오
해

지은이 | 민은아
펴낸이 | 권순남
펴낸곳 | (주)마야 · 마루출판사

1판1쇄 인쇄일 | 2017년 2월 9일
1판1쇄 발행일 | 2017년 2월 13일

등록일자 | 2008년 1월 7일
등록번호 | 제310-2008-00001호

주소 | 서울시 노원구 상계 1동 1049-25 신영산업 BD 602호
대표전화 | 02-2091-0291
팩스 | 02-2091-0290
이메일 | marubooks@hanmail.net

978-89-280-7744-1(03810)

값 9,000원

* 저자와 협의하여 인지를 붙이지 않습니다.
* 잘못된 책은 교환하여 드립니다.

「이 도서의 국립중앙도서관 출판시도서목록(CIP)은 서지정보유통지원시스템 홈페이지(http://seoji.nl.go.kr)와 국가자료공동목록시스템(http://www.nl.go.kr/kolisnet)에서 이용하실 수 있습니다.」
(CIP제어번호:CIP2017003298)

오해

민은아 지음

MAYA&MARU ROMANCE

▶목 차◀

프롤로그 …007

1. 그와 그녀는 정말 예뻤다 …019
2. 고장 난 심장 …045
3. 친구는 싫어 …073
4. 반칙은 안 돼 …101
5. 새로운 이름, 연인 …129
6. 사랑의 클라이맥스 …159
7. 연인으로서 할 수 있는 그 무엇 …185
8. 현재, 지금도 ing…… …211

9. 현실은 암흑 …241
10. 오해 …277
11. 진실의 첫 출발 …303
12. 가족사진의 의미 …335
13. 그녀를 위하여 …363
14. 가족 여행 …387
에필로그 …409
작가 후기 … 417

프롤로그

프롤로그

 마라톤을 하듯 길었던 이사들과의 오후 회의를 마치고 사무실로 돌아온 현준은 소파에 몸을 누이고 눈을 감았다.
 나비코. 현재는 액정 터치 패널을 만드는 회사로서 아버지의 삼십 년 노력과 정성이 가득 깃든 회사였다. 아버지가 위암으로 돌아가신 뒤 현준은 지난날의 아픔과 상처를 잊기 위해 의사의 길을 버렸다. 의사에 대한 회의도 있었고, 한 여자를 잊기 위해 선택한 길이었기에 후회하지 않으려 미친 듯이 일했다. 일하는 것 외엔 아무것도 돌아보지 않았던 칠 년이었다.
 하지만 현준은 칠 년 전 아픔에서 한 발자국도 헤어 나오지 못했다. 버틴다고 아픔이 사라지는 게 아니었다.
 사랑할 때보다 잊을 때가 더 힘들었다. 온몸에서 살아 숨 쉬던 사랑을 산 채로 태워 없애야 하는 것만큼 뒤늦게 두 번째 열병을 또 앓았지만 결국 가슴속의 불덩이를 폭발시키지 못했다.
"그만두고 싶다. 너무 아파."
 이별을 맞이한 사랑의 냄새는 너무도 지독했다. 아무것도 할 수 없게 만드는 범인이었다. 상처를 극복하기 위해선 아플 만큼 아파야 한다는 것을 깨닫고 독하게 이를 악물고 혼자 외롭게 앓고 다시 일어났다. 더 이상 사랑 따위가 심장을 흔들지 못하도록 할 것이다. 지난 사랑에 더 이상 목매고 싶지 않았다.
 칠 년이면 충분했다. 이제 그만 털어 내야 했다.
 저녁 7시.
 사무실 안으로 짙은 어둠이 가득 찼다. 현준은 퇴근을 하려고 천천히 몸을 일으키다 휘청거렸다. 아침부터 시작되었던 두통이 점점 강도를 높여 갔다. 오늘따라 두통약을 챙겨 오지 않은 것이 말썽이었다.
"으, 오늘따라 심하네."
 아무래도 두통약을 먹어야만 할 것 같은 생각이 들자 회사 건물을 빠져나와 약국을 찾아 두리번거렸다. 매일 차로 출퇴근을 하였기에 회사 주변으로 약국이 있는지 없는지조차 알 수가 없었다. 이리저리 한참 발품을 팔다 거리 쪽이 아닌 길 안쪽에서 약국을 찾았다. 장미약국. 현준은 아픈 머리를 두 손으로 잡고 몸으로 약국 문을 열면서 들어갔다.
"어서 오세요, 손님."

"두통약 좀 주세요."

"네, 잠시만 기다리세요."

현준은 약사가 내민 두통약을 잡으려고 손을 내밀다 약사와 눈이 마주쳤다. 순간 현준은 숨이 멎을 것 같은 충격과 놀라움에 휩싸였다.

"후, 하."

처음에 현준은 잘못 본 줄 알았다. 그러다 확신을 가진 그의 눈이 반짝였다. 눈이 멀 정도의 강렬한 무리가 온몸을 삼시간에 삼켜 버렸고, 그동안 잠자고 있던 흥분이 미친 듯이 등줄기를 타고 온몸으로 번져 갔다.

칠 년 만이었다. 현준은 보아도, 보아도 부족한 그녀를 한참이나 뚫어져라 바라보았다. 변한 게 하나도 없어 보이는 그녀. 그녀가 입고 있는 오픈 가운에 실로 새긴 이름, 약사 백린우.

백. 린. 우.

정말 그녀가 맞았다. 그녀를 본 순간 두통은 이미 사라져 버렸다. 현준은 호흡을 고르려 등을 돌렸다. 잠시나마 마음을 다스릴 시간이 필요했다. 현준은 눈물을 보이지 않으려 입술을 질끈 깨물고 재빨리 몸을 돌렸다. 그녀 역시 놀랐는지 두 눈을 동그랗게 뜨고 쳐다보고 있었다. 마치 시간이 멈춰 버린 것처럼 두 사람은 서로의 눈을 바라보고만 있었다. 입을 굳게 다문 채. 얼마나 지났을까? 현준은 손을 내밀어 그녀를 자신의 앞으로 끌어당겼다. 눈이 반쯤 뒤집히는 순간이었다.

"내가 아는 백…린우?"

"응… 맞아."

칠 년의 세월이 흘렀음에도 불구하고 그녀는 여전히 예뻤다. 흐른 세월이 무색할 만큼. 꾹꾹 눌러놓았던 아픈 기억들이 되살아났다.

"너, 너 여기 어떻게?"

"그동안 자… 잘 있었니?"

"잘 있지 못한 거 네가 더 잘 알 텐데…….'

린우는 귀를 울릴 만큼 낮고 은밀한 그의 목소리에 몸이 후들거렸다. 귀신이라도 본 듯 얼굴이 하얗게 질렸고 눈꺼풀에 경련이 일 것처럼 파르르 떨려 왔다. 눈앞의 모든 것들과 그리고 눈에는 보이지 않지만 허공에서 춤추고 있는 무수한 먼지들마저도 일순 얼어붙은 것 같았다.

진정하자. 진정해, 제발.

린우는 반사적으로 몸을 돌렸지만 곧 다시 그를 마주 보며 섰다. 그의 눈빛이 너무 아파 보였다. 날카로운 유리 조각처럼 보였다. 그녀가 뾰족한 구두코로 툭툭 바닥을 쳐 내는 동안 약국 안에는 불편한 침묵이 흘렀다. 칠 년이라는 긴 시간 동안의 헤어짐은 서로의 모습을 볼 수만 있도록 투명하지만 두꺼운 유리 벽이 두 사람 사이에 놓여 있는 것과 같았다. 잘못하다 보면 금이 가 부서지면서 유리 벽에 베여 상처가 생길 수도 있었다. 린우의 눈시울이 붉어졌다.

"미안해, 정말 미안해."

"왜 도망간 거야? 내가 널 얼마나 찾아다녔는지 알아?"

"너무 아팠어. 그래서 널 기다릴 수가 없었어."

"네가 아프다는 것은 알고 있었던 사실이야. 새삼스러울 것도 없었어."

"아줌마가 날… 싫어했잖아."

린우는 말 한마디에 많은 의미를 담아 대답을 했다. 하지만 그것이 과연 이유가 될 수 있을까? 하는 질문에 칠 년이 지난 지금까지도 명쾌하게 답을 할 수가 없었다. 어쨌든 도망을 간 건 사실이었다. 기다려 달라는 그의 믿음을 저버리고 말이다.

"우리 엄마가 널 싫어했다고?"

"그래."

그녀의 얼굴이 어둡게 일그러졌다. 다시 생각하고 싶지 않았다. 그때의 일을. 만약 다시 선택할 수 있는 기회가 주어진다 해도 똑같은 선택을 했을 것이다.

일렁이는 불빛들 사이로 그의 얼굴이 겹쳐 보였다. 굵고 뚜렷한 턱선에 시원시원하게 생긴 이목구비가 균형적으로 조화를 이룬 그의 얼굴. 칠 년이 지났지만 변함이 없었다. 무슨 생각을 하고 있는 걸까? 어두워지는 그의 얼굴을 보고 있으니 심란해졌다.

한국을 잊고 살 수는 있었지만 그는 잊을 수 없었다. 어떻게 변했을까? 당연히 의사가 되었을 거라 생각했었다. 하나 의사가운이 아닌 슈트를 입고 있으니 너무 낯설고 마음이 아팠다.
"의사 생활 그만둔 거니?"
"인턴 생활 마치고 그만뒀어. 의사가 될 이유가 없어졌거든. 알잖아? 내가 왜 의사가 되려고 했는지……."

그가 내뿜는 호흡과 시선이 마치 바늘처럼 따갑게 린우를 찔러 대자 핏기가 가신 그녀의 얼굴이 더욱 창백해졌다. 이렇게 시리고 차가운 눈빛은 처음이었다. 그가 허락하지 않는 한 움직일 수 없을 듯 시선이 묶여 버렸다. 결국 붉어졌던 그녀의 눈에 매달려 있던 작은 눈물이 그 무게를 견디지 못하고 떨어져 내렸다.

"미, 미안해."
"아직도… 아픈 거야?"
"아니. 이제는 많이 괜찮아졌어."
"약사니까 약은 알아서 챙겨 먹고 있겠지."
"그, 그럼."

다시 침묵이 흘렀다. 그를 바라보며 그녀는 그저 입술만 달싹거릴 뿐 어떤 말도 건네지 못하는 이 순간이 참으로 답답했다. 벙어리처럼 대꾸할 말을 찾지 못해서 잠시 침묵을 지켜야 했다.

현준은 죄인처럼 고개를 숙이고 있는 그녀를 향해 시선을 내렸다.

묻고 싶은 게 너무 많았다.

알고 싶은 것이 너무 많았다. 하지만 그것보다도 제일 먼저

하고 싶은 것이 있었다.

그녀를 품에 안고, 그녀의 입술을 맛보고 싶었다.

하지만… 아무것도 할 수가 없었다. 그녀를 만났다는 것도 믿을 수가 없는데, 만약 그녀의 온기를 느낄 수 있게 된다면 울컥 눈물이 쏟아질 것 같았다.

"한국에 언제 들어왔어?"

"나 한국에 없었던 거는 어떻게 알았어?"

"수소문하다가 네가 출국했다는 사실을 우연히 알게 되었어."

"그, 그렇구나. 귀국한 지 육 개월 정도 됐어."

"육 개월이라……. 왜 날 안 찾은 거야? 하긴 찾을 수가 없었겠지. 배신자 주제에."

현준은 그녀를 만나게 된다면 따지듯 화를 내려고 했다. 뺨이라도 한 대 때려 주고 모른 척 뒤로 돌아서려고 했다. 그러나 오히려 반대의 상황이 되고 말았다. 화를 내기는커녕 점점 목소리가 낮아지면서 심각해졌다. 마음이 무너져 내렸다. 가슴이 또 찢어져 커다란 구멍이 생겨난 것처럼 휑하게 시리고 아팠다. 뭐라 말하는지는 모르겠지만 미안함에 흐느끼고 있는 그녀의 마음이 조금씩 전해져 왔다.

"또 물어볼 게 있어."

"어, 물어봐."

"여기서는 언제부터 일하게 된 거야?"

"삼 개월 정도 됐어."

등잔 밑이 어둡다고 회사에서 거리상 오 분 거리 정도밖에 걸리지 않는 이곳에 있었다니 참으로 억울하고 허무한 기분이 들었다.

"그럼… 결혼은 했니?"

이 질문을 하기가 너무 두려웠지만 대답을 꼭 들어야 했다. 그녀의 대답에 따라 이현준 인생이 달라질 수도 있었다.

"왜, 대답하기 싫어? 나는 꼭 들어야겠어."

다그치듯 물어보는 그의 시선을 마주하는 그녀의 눈빛은 땅이 꺼질 만큼 무거워 보였다. 말 못 하는 사람처럼 입을 꾹 다물고 있던 그녀는 머뭇거리며 입을 열었다.

"아이가 둘… 있어."

잘못 들은 줄 알았다. 현준은 이를 악물며 짙고 깊은 호흡을 토해 냈다. 되묻는 그의 음성은 냉정하다 못해 시려서 기가 질릴 정도로 차가웠다.

"다, 다시 말해 봐."

"애 엄마라고. 그런 넌?"

그의 얼굴에는 살기를 억누른 미소가 떠올랐다. 그것은 저승사자처럼 무섭고 서늘했다. 차라리 만나지 말았더라면 이리 아플 일도, 미워할 일도 없었을 것이다.

"약혼녀가 있어. 곧 결혼할 거야."

"그렇구나. 추, 축하해."

"너도… 축하해. 결혼."

"고, 고마워."

린우는 피가 맺힐 정도로 거세게 입술을 깨물며 떨림을 감추기 위해 두 손을 가운 주머니에 넣었지만 전혀 나아지지 않았다. 온몸이 뻣뻣하게 결릴 지경이었다. 발 디딜 틈 없는 위험한 낭떠러지에 서 있는 느낌이 들었다.

"두통약 여기 있어."

"그, 그래."

현준은 두통약을 손에 쥔 다음 등을 돌렸다. 그리고 정신없이 약국을 뛰쳐나왔다.

백린우. 현준은 그녀가 자신의 여자라는 것을, 그녀를 영원히 사랑하는 것을 운명이라 생각했었다.

하지만 지금부터는 그녀를 사랑할 수 없게 되었다.

그녀 옆에 누군가가 있고, 그녀의 소중한 아이들이 있다는 걸 알게 된 순간부터…….

그녀는 자신의 인생을 휘저어 흙탕물을 만들어 놓고 도망가 버린 심술꾸러기, 욕심쟁이였다.

만나야 할 사람은 어떻게 해서라도 돌고 돌아 만난다는 것을 실감한 시간이었다. 찾으려 그렇게 무던히도 애를 썼을 때는 찾지 못했는데 이렇게 만날 수 있다니.

현준은 눈에 맺힌 눈물을 손등으로 닦으며 그녀와의 추억을 떠올렸다. 현준의 머릿속으로 단 한 번도 잊을 수 없었던 그녀와의 기억들이 순식간에 썰물처럼 밀려 들어왔다.

하나, 둘, 셋, 넷······.

그녀에 관한 거라면 만물박사였다. 그녀가 무엇을 좋아하고, 무엇을 싫어하는지, 모두 다 기억 속에 남아 있었다.

눈이 뿌옇게 흐려지는 것과 달리 입가에는 저절로 흡족한 미소가 지어졌다. 너무나 행복했던 그녀와의 추억이었다.

그녀 또한 옛 기억을 떠올리며 울고 있지 않을까?

그녀와 함께했던 그 많은 날들. 잊을 수 없는 추억이며, 행복한 기억이었다.

절대로 잊을 수 없다.

그와 그녀는······.

1. 그와 그녀는 정말 예뻤다

1. 그와 그녀는 정말 예뻤다

 그녀를 처음 만난 건 여섯 살 때였다. 강남 노른자위 땅을 사 놓으신 부모님 때문에 강북에서 강남으로, 아파트에서 넓은 정원이 있는 이층집으로 이사를 하게 되었다.
 그날 현준은 바쁜 부모님과 정돈되지 못한 집 안의 어수선한 분위기 때문에 차 안에서 꼼짝없이 꼬박 두 시간 이상을 갇혀 있어야 했다. 물건을 부수고 깨고 일 저지르는 것이 다반사인 말썽꾸러기였던 현준은 이사 방해물 경계 대상 1호였다. 오죽하면 엄마가 별명으로 흑표범이라 부르실 정도였을까.
 보지 않아도 알았다. 변호사인 엄마가 힘들게 시간을 내서 오셨으니 포장 이사를 하시는 분들께 손가락으로 지적하시며 종 부리듯 시키고 계실 것을. 그러니 창문을 열어 놓았다 해도, 문이 잠겨 있지 않았다 해도 차 안은 감옥처럼 자유를 빼앗긴 것이나 다름없었다.

현준은 화도 나고 답답해 죽을 지경이었으나 밖으로 나갈 수가 없었다. 말 잘 듣고 조용히 차 안에 있으면 엄마가 로봇을 사 준다고 약속을 하셨기에 뺨이 터질 만큼 볼 풍선을 분 채 애꿎은 앞좌석 등받이를 발로 팡팡 찼다.

"후, 답답해."

속이 풀리지 않았다.

차창을 내린 후 깊은 한숨을 내쉬던 그때, 똑똑 하며 열린 차 유리창 문을 두드리는 소리가 들렸다. 제법 예쁘게 생긴 또래의 여자아이였는데 눈동자에는 호기심이 가득했다.

"너, 누구야?"

"나, 이현준. 그런 넌?"

"나는 백린우. 반갑다."

또랑또랑한 눈빛으로 배시시 웃는 그녀. 볼에 숨어 있던 보조개가 슬며시 모습을 보였고, 희고 고른 치아가 사랑스럽게 드러나는 예쁜 여자아이였다. 검은 머리카락이 가을바람에 파도처럼 흩날리는 게 현준의 시선을 단박에 사로잡았다. 그녀는 정말 예뻤다.

"네 집은 어디야?"

"바로 저기."

그녀가 손가락으로 가리킨 집은 이사 오는 집과 마주 보고 있는 이층집이었다.

"어, 바로 우리 앞집이네."

"그럼 이웃사촌이 되는구나. 그런데 너 몇 살이야?"

"여섯 살."

"나는 일곱 살이거든? 누나라 부르면 되겠다."

현준은 그녀의 말이 마음에 들지 않는지 인상을 썼다. 예쁘게 생겼다는 거 다 취소다.

"됐거든? 나는 외동아들이야. 누나 따위 안 키워."

"난 동생이 갖고 싶은데……."

"에이씨. 너희 엄마한테 낳아 달라고 하면 되잖아!"

"우리 엄마는 아기 못 낳는단 말이야."

울먹이는 그녀의 눈이, 실망으로 일렁이는 그녀의 눈이 현준의 시선에 달라붙었다. 같은 어린아이에게서 느껴지는 때 묻지 않은 순수함. 현준은 그녀를 놀려 주고 싶었다.

"백린우! 반갑다."

"누나라고 부르라니까."

"누나라고 안 부를 거야."

"그럼 같이 안 놀아 줘."

"치사해."

이사를 하고 얼마 지나지 않아 알게 된 사실인데, 알고 보니 그녀는 이 동네 골목대장인 우현과 너무 친한 사이였다. 백린우, 장우현과 이다정, 김석기와 민지훈, 박보라, 모두들 일곱 살, 여섯 살은 혼자뿐이었다. 더군다나 그들은 키도 한 뼘가량 컸고, 몸무게도 꽤 차이가 나서 언뜻 보기에도 자신이 동생처럼 보였다. 형, 누나라 안 부르면 같이 놀아 주지 않는다는 협박에 현준은 7인방에 끼기 위해 초등학교 입학하기 전까지 우현과 그 친구들에게 억지로 형, 누나라고 불러야 했다.

소꿉놀이를 할 때는 우현에게 아빠, 보라에게는 엄마, 린우에게는 누나라 불러야 했고, 전쟁놀이를 할 때도 대장은 우현이가, 자신은 쫄병3 역할을 해야 했다.

하지만 곧 반전의 기회가 생겼다.

현준이 빠른 85년 2월생이라 또래 골목 아이들과 같이 학교에 입학을 했고 그들과 동창생이 되었다. 결국 누나의 의미는 퇴색하고 말았다.

입학식 날 울고불고하던 그녀의 모습은 길이길이 회자되었다.

"왜 현준이랑 같은 반이야? 현준이는 동생이야, 나 동생 갖고 싶다고오!"

개구리 왕눈이처럼 눈을 동그랗게 뜨고서 누나라 부르라고 외치던 그녀의 모습…….

그 이후 동창생임에도 불구하고 그녀는 정말 누나처럼 일일이 간섭하고 따라다녔다.

초등학교 5학년 때, 현준은 층계를 토끼처럼 껑충껑충 다섯 계단을 뛰어 내려가다 엎어져 손목 골절로 깁스를 한 적이 있었다. 그때 그녀는 누나 역할을 해 주겠다면서 잠잘 때를 제외하곤 옆에 딱 붙어 다녔다. 등·하굣길에도, 화장실 갈 때에도, 점심시간에도, 친구들과 오락실에 갈 때도, 심지어 감기에 걸려 코를 흘릴 때도 손수건으로 닦아 주던 그녀였다. 종알종알 떠들며 잔소리하던 모습이 싫어 한 번은 그녀 몰래 도망쳤다 부모님께서 실종 신고를 하는 바람에 된통 혼난 적도 있었다. 어쨌든 그녀는 누나처럼, 가족처럼 잠자는 시간을 빼고는 늘 함께였다. 그래서 그녀와 이란성 쌍둥이인 줄 알고 있는 친구들도 더러 있었다.

그녀를 제외한 나머지 친구들의 엄마들이 미혼모 딸이라고 그녀와 놀지 말라고 하면서도 강력하게 떼어 놓지 못했던 이유는 그녀의 어머니 영향이 컸다. 직장에 다니고 계셨던 바쁜 엄마들 대신 그녀의 어머니께서 맛있는 식빵과 도넛, 만두, 김밥을 만들어 주셨다. 수업이 끝나고 허기져 집으로 돌아올 때쯤 코를 유혹하던 음식 냄새. 7인방에게 그녀의 거실은 빵집이고, 음식점이었다.

"오늘 메뉴는 만두다. 린우야, 먹으러 가도 돼?"
"당연. 우리 엄마가 너희들과 같이 먹으라고 만드시는 거야."
"야호."
누가 먼저라 할 것도 없이 그녀의 집 안으로 쏜살같이 뛰어들어갔다. 그녀는 불쌍한 아이가 아니었다. 사랑이 고픈 아이도 아니었다.

언제나 당당한 아이. 놀리면 다른 여자아이처럼 소리를 지르며 우는 아이.

아빠가 없는데도 그녀는 행복해 보였다. 반면 아빠가 있고 엄마가 있는 자신은 늘 외로웠다. 여섯 살 어린 여동생이 있었지만 바쁜 엄마 때문에 동생은 아예 시골 외할머니가 키우셔서 동생 얼굴이 어떻게 생겼는지 기억도 잘 나지 않았다.

그렇게 이웃사촌이 가까운 친척보다, 가족보다 낫다는 걸 증명할 만큼 가까이 지냈다.

자꾸 누나라 부르라는 것만 빼면 그녀는 완벽하고 똑똑한 친구였다.

하지만 그런 행동도 중학교 2학년, 여름방학을 기점으로 멈추어야 했다. 백린우는 전교 1등, 천재였다. 미혼모, 첩의 딸이라고 같이 어울리지 말라고 하면서도 엄마는 언제부터인가 린우를 닮았으면 좋겠다고 말씀하셨다. 아들이 워낙 공부에 관심이 없던 탓이었다. 공부 잘한다고 사회에 나와 모두 승자가 되는 것은 아니었다. 하지만 공부는 숙명이었다. 엄마와 방학 내내 그녀와 함께 공부를 한다는 조건으로 갖고 싶었던 최고급 자전거를 약속받았다. 아들의 공부를 위해서라면 미혼모의 딸이라도 친해져야 한다는, 득이 된다면 적과도 손을 잡을 수 있는 깐깐하기로 소문난 엄마 홍진영 변호사의 철학 때문이었다.

그날도 평소와 마찬가지로 무작정 그녀의 집 현관문을 열었다.

"린우야! 나 왔······."

 민소매 하얀 원피스를 입고 있는 그녀가 두 발은 발가락을 쭉 편 채로 바닥에 힘들게 딛고 있었으며 두 팔은 팔을 감고 펴는 포즈를 연속해서 하고 있었다. 발레 동작을 연습하고 있다는 것쯤은 알고 있었지만 이렇게 우아하고 아름다워 보이기는 처음이었다.

 순간 현준은 길을 잃은 것처럼 머뭇거리며 멍하니 그녀를 바라보았다. 제법 발레리나 티가 난다.

 선이 가늘고 고와서 그런지 제법 곡선형에 가까운 몸매를 자랑하며 턴을 돌고 있는 그녀, 눈동자가 안 보일 정도로 휘어진 눈, 포물선을 그리며 웃고 있는 붉은 입술, 뭐가 그리 신이 나는지 턴을 돌고 있는 그녀의 웃음소리는 맑고 청량했다. 그 순간 이상한 일이 일어났다.

"윽, 아파."

 성장이 완성되기 시작한 소녀의 풋풋한 실루엣을 보고 있으려니 몸이 흥분되기 시작했다.

 그녀의 집을 뛰쳐나왔지만 현준은 한참 동안 닫힌 그녀의 집 대문을 응시해야 했다. 뭐라고 콕 집어 설명할 수 없는 기이한 기분이 들었다.

 때마침 바람이 불어 그의 머리카락을 헝클어 놓았다.

 어릴 적에는 또래 남자애들하고도 거리낌 없이 노는 선머슴 남자아이처럼 말괄량이에다 덜렁이였는데 크면서부터 그녀는 점점 변하기 시작했다. 얼굴이 원래 예쁘기도 했지만 선천적으로 하얀 데다 긴 속눈썹 아래 촉촉한 두 눈동자. 그 눈동자 안에는 뭐가 그리 많이 들어 있는지 파악하기도 어려울 만큼 맑고 깨끗하기도 했지만 어린아이처럼 느껴지지 않는 짙은 우수가 가득 차 있었다.

사춘기 남학생들이 원하는 이상형이었다. 키도 웬만한 여자아이보다 크고 몸매가 마른 체형이라 보살펴 주고 싶은 마음이 생기게 만들었다. 안 그래도 석기와 지훈이 자꾸 그녀 이름을 들먹이며 예쁘다고 중얼거렸고, 한술 더 떠서 우현이 녀석은 그녀의 손을 잡으려 한다든가 웃음을 지으며 어깨를 툭툭 치며 치근거리는 것을 보고 화가 나 한 대 때리고 싶은 걸 참고 있는 중이었다.

"짜증 나."

그날 이후, 그녀를 향한 시선과 감정은 미묘하게 변하기 시작했다. 아무렇지 않게 몸을 부딪치는 그녀의 행동에도 심장이 요동을 쳤고, 겉으로 티가 날까 봐 현준은 괜히 과장된 행동을 하며 버럭 소리를 질렀다.

그때마다 그녀는 입술을 삐죽이며 투덜댔고 현준은 심장이 타들어 갔다. 밥을 먹다가도, 잠을 자다가도 벌떡 일어나 창문을 열고 그녀가 자고 있을 방 쪽으로 시선을 돌렸다. 이성에 대한 호기심이 한창일 그 무렵, 그에게 찾아온 이성은 그녀, 백린우였다.

 첫사랑. 첫사랑은 이뤄지지 않을 확률이 더 많다던데.

 하나하나 돌을 쌓아 가듯 그녀에 대한 마음이 차곡차곡 점점 더 커질 줄은 정말 몰랐었다.

 현준에게 있어서 그녀는 누나도 아닌, 동창생도 아닌 여자였다.

 여자로서 그녀가 좋았다. 린우에게 떳떳한 남자가 되고 싶었다.

 그 후로 현준은 공부에 목숨을 걸었고 고등학교에 전교 2등이라는 좋은 성적으로 입학을 했다. 물론 전교 1등은 백린우, 그녀였다.

 하지만 좋았다.

 그녀의 곁에 있을 수 있다는 사실이……

♦

 이현준.

 그 이름을 가만히 되뇌는 것만으로도 심장이 널을 뛰었다. 그를 처음 본 건 일곱 살 때, 차 안 조수석 등받이를 발로 차고 있는 모습을 보면서 단박에 좋은 친구가 될 수 있을 거라 생각했었다. 그런데 여섯 살이었다. 엄마랑 단둘이 살아서 동생이 무척 갖고 싶었던 그녀는 무작정 우겨 댔다. 하지만 그가 동생이 아닌 참으로 고마운 친구라는 것을 알게 된 것은 정확히 열 번째 생일날이었다.

그 전까지는 한 살 어린 동급생, 소꿉친구, 지켜 줘야 하는 동생쯤으로 여겼던 것 같다. 그의 키가 작아 내려다보았으니까.

늦더위가 채 가시지 않은 팔월 말.

어찌나 깨끗하게 세차를 했는지 반짝반짝 빛이 나는 검은 차 안에서 보고 싶었던 아빠가 내리셨다.

늘 반듯한 정장 차림에 운전기사를 대동하고 오시는 아빠. 아이가 보기에도 그는 사회적으로 성공한, 부잣집 아빠처럼 보였다. 그때마다 골목길 아줌마들은 수군거렸다. 엄마를 향한 비웃음과 부러워하는 미소를 지으며.

또 무엇을 들고 왔을까? 강남의 집을 사 줬으니 이번엔 아파트? 회사 주식의 몇 퍼센트나 갖고 있을까? 하는 기타 등등의 호기심들.

하지만 린우는 아빠의 방문에도 기쁘다는 표현을 할 수 없었다. 여느 집 딸처럼 아빠, 하고 반갑게 부르며 달려가지 못했다. 아빠는 서 있는 자체만으로도 말로 표현할 수 없는 근엄함과 무서움이 엿보이는 사람이었다.

운전기사 아저씨가 트렁크에서 선물을 꺼내시는 동안 아빠는 대문을 열고 기다리는 엄마 앞으로 당당히 걸어 들어오셨다. 엄마의 치맛자락을 쥐고 뒤에 숨어 있는 딸에게는 단 한 번의 미소도 보여 주지 않으신 채 말이다.

"그동안 잘 있었나?"

"네, 어서 오세요."

"들어가지."

 한 달에 한 번 오시는 아빠. 이번 달에는 딸의 생일날 반가운 손님처럼 찾아오셨다. 아빠가 오시는 날이면 엄마는 다른 날보다 예쁘게 꾸미고 맛있는 음식도 많이 준비하셨다. 음식의 반은 쓰레기처럼 버리는 게 대부분이었지만.

 엄마는 아빠가 집 안으로 들어오시자 아빠의 뒤를 따라다니며 시중들기에 바쁘셨다. 손을 씻으러 가시면 욕실 불을 켜 주고, 수건을 대령했다. 마치 하녀처럼.

"오늘 린우 생일이에요."

"알아. 그래서 선물 사 왔어."

"고마워요."

 도대체 뭐가 그리 고마운지 린우는 알 수 없었다. 다만 엄마가 너무 행복해하고 즐거워하시는 모습을 보며 린우도 덩달아 기분이 좋아졌다.

"주무시고 가실 거죠? 편안한 옷으로 갈아입으세요."

"아니. 오늘은 그냥 갈 거야. 린우 생일이라 겨우 시간을 낸 거야."

"린우 아빠."

 아빠가 모처럼 집에 오셨는데 잠도 주무시지 않고, 엄마가 정성껏 차려 놓은 저녁밥도 드시지 않고 그냥 가시려고 했다.

선물 꾸러미만 잔뜩 거실 바닥에 내려놓으신 채.

그날부터였던 것 같다.

집 안에 어둠의 먹구름이 끼기 시작한 때가. 엄마는 터져 나오려는 눈물을 참으며 억지로 웃음을 지으셨다.

"많이 바쁘신가 봐요. 그럼 빨리 가 보세요."

"미안해. 다음에 시간 내서 또 올게."

"린우야, 아빠 가신대. 인사해야지."

린우는 이날을 손꼽아 기다렸던 자신의 마음을 몰라 준 아빠가 너무 미웠다. 아빠에게 인정받으려고 공부를 얼마나 열심히 하는데. 아빠가 오실 때마다 1등 했다는 통지표를 내밀면 아빠는 겨우 한 번 웃어 주셨다. 그 웃음을 보고 싶어 공부를 했을 뿐인데. 린우는 처음으로 소리를 지르며 현관문을 향해 뛰어나갔다.

"아빠 미워!"

하지만 아빠는 딸을 잡을 생각을 하지 않으시고 묵묵히 앉아 계셨다. 뒤따라온 엄마가 이름을 불렀지만 엄마도 싫었다. 바보 같은 엄마가 싫었다.

"린우야."

"엄마도 미워!"

정말 미웠다.

집을 나와 린우는 골목 어귀에 있는 놀이터로 향했다. 희미한 가로등만 몇 개 켜져 있는 놀이터는 열 살 아이가 혼자 있기엔 무서운 곳이었다. 하지만 집에 들어가고 싶지 않았던 린우는 그네에 앉아 우울한 기분을 떨쳐 내려 애를 썼다.

때마침 사람의 인기척이 들렸고 린우는 무서움에 바들바들 떨리는 두 손으로 그네를 꽉 움켜쥐었다.

"누구세요?"

"나야, 나. 이현준."

"아, 현준이? 네가 웬일이야?"

"그런 넌 웬 청승이냐?"

"아빠가 왔어. 내 생일이라고."

"그렇구나."

그가 그네에 앉아 말없이 신발로 바닥을 찼다. 그러자 그녀가 탄 그네의 움직임보다 조금 더 크게 그네가 올라갔다 내려갔다 했다. 삐걱삐걱 그네 소리가 고요한 놀이터에 울려 퍼졌다. 그렇게 한참 그네를 타던 그가 불쑥 한마디 꺼내며 작은 상자를 내밀었다.

"생일 축하해, 백린우."

"이거 뭐야?"

"열어 봐."

린우는 그가 내민 조그마한 상자를 열었다. 상자 안에는 여러 가지 색의 작은 볼 모양 초콜릿들이 앙증맞게 담겨 있었다. 보기에도 꽤 비싸 보이는 초콜릿이었다.

"내가 아끼는 초콜릿이야. 네 생일이니까 특별히 너에게만 줄게."

"됐어. 필요 없어. 난 내 생일이 싫어. 내가 태어났기 때문에 우리 엄마가 힘드신 거야."

"예쁜 아이는 그런 생각 하면 안 돼."

"왜 안 돼? 동네 아줌마들이 우리 엄마 보고 수군거리잖아. 내가 모를 줄 알아?"

린우는 못마땅한 눈빛으로 그를 바라보았다. 순간 그의 얼굴이 얼음처럼 굳어지더니 우물쭈물 한참을 멍한 표정을 지었다.

"미안해. 우리 엄마를 대신해 내가 사과할게."

린우는 살짝 눈물을 훔쳤다. 남들은 생일날이라고 케이크를 자르며 가족들과 함께 즐거운 시간을 보낼 텐데. 린우는 울지 않으려고 얼굴에 힘을 주면서 파르르 떨리는 입술을 앙다물었다.

"네가 왜 미안한데?"

"그냥 미안해."

"됐어. 그만해."

"초콜릿 하나 먹어 봐. 기분이 나아질 거야."

린우는 여러 가지 색깔 초콜릿 중 빨간색 초콜릿 하나를 꺼내 입에 넣었다. 입 안에 넣고 오물오물 초콜릿을 빨아 먹었는데 평소에 먹던 초콜릿 맛과는 조금 달랐다. 달콤한 향 때문인지 이상하게도 우울했던 기분이 조금 나아지는 듯한 기분이 들었다.

"맛있다."

"초콜릿이나 단 것을 먹으면 기분이 좋아진대. 우리 엄마가 그러셨어."

"정말?"

"응."

"그럼 이 초콜릿 내가 다 먹을래. 난 우울한 날이 많아."

"그래."

린우는 또 초콜릿 하나를 꺼내 입에 쏙 넣고 부드럽게 녹여서 먹은 다음 다시 초콜릿 하나를 꺼내 선심 쓰는 척 그에게 내밀었다.

"너도 먹어."

"나는 집에 많아. 너 다 먹으면 또 줄게."

"진짜지?"

"응."

린우는 그가 빼앗아 먹을지도 모른다는 생각에 초콜릿 상자를 품에 껴안고 하나씩, 하나씩 꺼내 먹었다. 달콤한 맛에 부드러움까지. 입 안에서 녹는 초콜릿의 향기에 린우는 행복한 미소를 지었다.

"진짜 이 초콜릿 맛있다. 이거 누가 사 준 거야?"

"아빠가."

"아저씨가 사 오셨구나."

갑자기 린우의 얼굴이 급격하게 우울해졌다. 초콜릿을 먹다 아빠가 오신 걸 깜빡 잊어버렸다. 그 마음을 알아챘는지 그가 한마디 꺼냈다.
"린우야, 아빠가 선물 많이 사 오셨어?"
"응."
"선물 많이 받았어?"
 린우는 고개를 끄덕였다. 하지만 하나도 즐겁지가 않았다. 선물 대신 엄마와 자신의 마음을 알아주고, 매일까지는 바라지 않지만 일주일에 한 번쯤은 아빠와 얘기도 나누고 엄마와 즐거운 시간을 보내고 싶었다.
"그나마 다행이다, 너는. 우리 엄만 내 생일조차도 잊어버리는데."
"넌 아빠랑 같이 살잖아."
"우리 아빠 얼굴 본 지 언제인지도 몰라, 나도."
"난 생일 선물보다 아빠랑 같이 살았으면 좋겠어."
 엄마는 아빠가 유부남인 줄도 모르고 사랑에 빠져 아이를 낳았는데, 그게 바로 자신이었다. 그래서 엄마를 미혼모, 또는 첩이라 불렀다. 그 말의 뜻을 알게 된 건 일곱 살 때였다. 그때 뜻을 알고 얼마나 울었는지 모른다.
"현준아, 너는 미혼모나 첩이 뭔 줄 알아?"
"확실히 잘 모르지만 나쁜 뜻인 건 알아."
"아빠는 부인이 따로 있대. 우리 엄마 말고."
 아픈 상처를 떠올리자 린우의 눈에서 눈물이 펑펑 쏟아졌다. 고사리 같은 작은 손가락 사이로 타고 흐르는 눈물 때문에 그녀의 여린 어깨가 들썩였고 작은 등은 울음소리 때문에 더욱 작아 보였다. 그때 그가 등을 토닥토닥 두들겨 주며 위로라는 것을 해 주었다. 작은 손으로 등을 두들기는 소리에 조금씩 슬픔이 옅어져 가는 느낌이 들었다.

"울지 마, 린우야. 슬프면 초콜릿 먹어."

"이현준."

"왜?"

"내 꿈이 뭔지 알아? 난 현모양처가 될 거야. 사랑하는 사람이랑 같이 사는 게 꿈이야."

"나는 의사가 꿈인데. 의사가 되고 싶어, 린우야."

그의 말을 듣고 있던 린우는 초콜릿 상자를 품에 안고 그네에서 벌떡 일어났다. 생각해 보니 놀이터에 온 뒤부터 그가 계속 린우야, 린우야, 하고 불렀다. 엄연히 한 살 더 많았다.

"누나라 불러."

"넌 누나 아니야. 그냥 친구야."

"친구? 난 너보다 한 살 많은데?"

"우리 아빠가 그랬어. 남자와 여자 사이에는 나이가 존재하지 않는다고. 우리 엄마가 아빠보다 세 살이나 많아."

"정말?"

"그래. 너도 3학년이고 나도 3학년인데 누나라 그만 우겨."

어리지만 단호한 그의 말투에 린우는 주눅이 들었고 신발 바닥으로 애꿎은 땅바닥을 계속해 찼다.

그 모습을 보던 그가 안쓰러운 표정을 지으며 그네를 박차고 벌떡 일어났다.

"내가 집까지 업어 줄까?"

"싫어. 나 집에 안 갈 거야."

"너, 아줌마가 계속 울었으면 좋겠어? 네가 집에 안 가면 아줌마가 계속 울고 계실 텐데?"

엄마 생각을 하니 또 눈물이 나려 했다. 이 세상에서 제일 싫은 게 엄마가 우는 것이었다. 어린 나이였지만 엄마의 울음소리는 뭔가 가득 차 있는 느낌이었다. 응어리와 한이 있는 것 같았다. 린우는 잽싸게 그네에서 일어났다.

"집에 갈래."

"내가 집까지 바래다줄게."

"너희 집이 우리 집 건너편에 있거든?"

"어쨌든. 집으로 가는 길이 무섭잖아."

린우는 주위를 두리번거렸다. 오늘따라 놀이터에 사람도 없고 비가 오려고 하는지 먹구름이 낀 하늘은 무척 어두웠다. 또한 가로등 불빛만이 밝혀 주는 어두운 골목을 혼자서 걸어갈 자신도 없었다.

"같이 가자."

"응."

린우는 자신의 손을 덥석 잡는 그의 얼굴을 쳐다보며 눈을 깜빡였다. 하지만 그는 아무렇지도 않은지 희미하게 웃음을 보였다.
"왜? 내가 손잡는 게 이상한 거야?"
"아니, 어쨌든 내 얘기 들어 줘서 고마워."
"고맙긴, 우리 친구다."
"그래, 오늘은 친구라고 할게."
"백린우, 우리 정말 친구라니까. 너는 3학년 2반. 나는 3학년 5반이잖아."
"나는 동생이 필요해, 동생이. 그러니깐 내가 누나야."
린우는 정말 동생이 갖고 싶어 엄마한테 동생을 낳아 달라 졸랐지만 그때마다 엄마는 안 된다고 말씀하셨다.

'동생을 낳으면 우리는 저 먼 나라로 가서 살아야 돼.'
'왜?'
'다 크면 알게 될 거야.'

린우는 엄마의 말씀을 떠올리며 입술을 삐죽거렸다.
"너는 좋겠다. 동생이 있어서."
"동생이 있으면 뭐해. 얼굴도 잘 기억이 나질 않는데."
"배부른 소리 하고 있다, 이현준."
"너 자꾸 그럴래? 너 혼자 집에 가."
"아, 아니야. 친구야, 친구."
"진작 그럴 것이지."

그날 린우는 그의 손을 잡고 학교에서 배웠던 동요를 부르며 함께 어두운 골목길을 걸어 집으로 돌아왔다.

검은 밤하늘에 수놓아진 것처럼 반짝이는 별은 길동무가 되어 주었다.

"저 별 정말 예쁘다."

커다란 도화지처럼 수많은 상상의 그림을 그릴 수 있었던 하늘. 저 별은 아빠 별이고, 저 별은 엄마 별, 또 다른 별은 린우 별. 마치 손을 뻗으면 잡을 수 있을 것처럼 가까이 느껴졌다. 린우는 하늘에서 반짝이는 별을 잡아 보려 그와 잡은 손을 떼고 하늘을 향해 손을 뻗었다. 그랬더니 그가 다시 손을 잡아 왔다.

"별, 잡지 마."

"너무 예뻐서 그래. 어차피 잡을 수도 없잖아. 흉내만 내 보는 거야."

"린우 네가 더 예뻐. 별보다 더 반짝거려."

"정말?"

"그래, 너희 아빠도 널 많이 사랑하고 계실 거야. 얼마나 예쁜데?"

상대방의 얼어붙은 마음을 녹여 줄 수 있는 건 따뜻한 말 한마디로도 족했다.

그동안 그와 손을 잡는 것, 서로를 얼싸안고 함께 뛰는 일은 많았지만 오늘처럼 맞잡은 손이 따뜻하게 느껴지기는 처음이었다.

 아홉 살 난 남자애의 손이 크면 얼마나 클 것이며, 따뜻하면 얼마나 따뜻하겠는가.

 하지만 달랐다.

 아버지의 손처럼 따뜻하고, 그와 손을 잡은 것만으로도 위로가 되었다. 그 이후로 린우는 그도 자신처럼 외로운 친구라 생각을 했고 누나처럼 챙기기 시작했다. 하루라도 안 보면 눈에 가시가 날 것처럼 보고 또 보면서 더욱 친한 친구 사이가 되었다.

 가끔 심술이 나면 그에게 누나라 부르라고 윽박지르기도 했지만.

 자신을 미혼모의 딸, 첩의 딸이라고 놀리지 않는 고마운 친구들과 엄마의 따스한 사랑을 받으며 린우는 밝게 자랄 수 있었다

 한 달에 한 번 정도는 오셨던 아빠가 이제는 가끔 연락만 하실 뿐 집에 오시지 않는다는 것 빼고는 슬픈 일도, 아픈 일도 없었다.

 그러던 어느 날, 처음으로 이현준 때문에 우울해지는 일이 일어났다.

 그날은 현준의 열다섯 번째 생일이었다.

 선물로 현준이가 좋아하는 초콜릿을 사서 상자에 담아 포장을 한 뒤 그의 집으로 가려고 대문을 나설 때였다.

바로 맞은편 집, 현준이 집 앞에 같은 학년 박선희가 서 있는 걸 목격했다.

"박선희, 네가 여기 웬일이냐?"

"어, 린우야. 여기 현준이 집 맞지?"

"어. 맞아."

오늘따라 선희의 모습이 여느 때와 달라 보였다. 얼굴에 살짝 화장을 한 것 같기도 하고, 옷도 꽤 신경 써서 입었다. 교복 치마 대신 하얀 레이스가 달린 치마와 굽이 있는 구두, 분홍색 외투까지. 거기다 손에 들고 있는 리본 달린 바구니. 바구니 안에는 여러 종류의 초콜릿이 잔뜩 들어 있었다.

"여기 왜 왔어?"

"현준이 생일이잖아. 그래서……."

"현준이 집에 있을 거야. 내가 불러 줄까?"

"그래 줄래?"

린우는 현준의 집 초인종을 평소와 달리 여러 번 눌렀다. 조금 뒤 현준이 밖으로 나오면서 투덜거렸다.

"백린우, 그냥 들어오면 될 것이지 초인종은 왜 누르냐?"

"선희가 너한테 생일 선물 준대."

"선물, 좋지."

그가 시선을 선희 쪽으로 향해 돌렸다. 그리고 환한 웃음을 지어 보였다. 갑자기 그의 웃음이 낯설어 보였다. 한 번도 자신에게는 저렇게 밝게 웃음을 보여 준 적이 없었던 것처럼 느꺼졌다.

"내 생일인 줄 어떻게 알았어, 선희야."

"생일 축하해, 현준아."

선물을 주고받는 그들의 모습을 보는 순간 린우는 목까지 토가 쏠려 올라오는 것을 겨우 참았다. 그런 린우의 마음도 모르고 두 사람은 뭐가 그리 즐거운지 웃음소리가 났다.

"나 간다, 현준아."

"그래. 고맙다, 선희야."

"학교에서 봐."

"조심해서 가."

린우는 그가 선희를 향해 손을 흔드는 모습이 눈에 거슬렸다. 바보, 멍청이. 여자라면 다 좋은가? 너도 어쩔 수 없는 남자구나. 이유를 알 수 없는 화가 머리 꼭대기까지 치밀어 올랐다.

"이현준, 그만 손 흔들어라. 선희 갔거든?"

"남이사. 손을 흔들든 말든 네가 무슨 상관이야?"

"상관?"

허리에 척 하니 손을 얹은 린우는 그를 빤히 노려보았다. 순간 그가 어이없다는 듯 헛웃음을 터뜨렸다.

"너 오늘따라 이상하다. 밥 잘못 먹었냐?"

"이현준, 너 선희가 좋냐?"

"그럼 좋지. 안 좋냐? 공부 잘해. 예쁘잖아?"

"뭐?"

"그런 넌 내 생일인데 선물 안 줘?"

"내가 너한테 선물을 왜 주냐? 됐거든?"

린우는 들고 있던 초콜릿 상자를 들고 다시 집으로 돌아와 그대로 침대 위에 내던졌다.

속이 불편했던 이유가 무엇 때문인지 알 것 같았다.

질투였다.

단 하루 만에 질투의 대상이 되어 버린 이현준.

그 뒤 종종 선희와 그가 같이 있는 모습을 목격하곤 했다.

그때마다 이상하게 기분이 나빠졌다. 혼란스러웠고 도대체 무슨 대화를 나누길래 저리 즐거울까? 하는 궁금증도 일었다.

이런 기분, 정말 싫었다.

이현준과는 친구였다. 우현과도 친구고 7인방은 친구여야 했다.

그중에서 현준과는 가장 친한 친구였고 집도 제일 가까운 맞은편이라 가족이라 해도 별 무리가 없어 보일 정도였다

가장 친한 친구를 다른 친구에게 빼앗기는 것 같은 기분, 정말 이상했다.

2. 고장 난 심장

2. 고장 난 심장

고3 여름, 토요일 수업을 마치고 돌아오던 현준은 골목 어귀 놀이터에 앉아 있는 린우와 마주쳤다. 힘주어 잡으면 똑 부러질 것 같은 가는 팔다리와 창백한 하얀 피부, 그녀의 모습은 가을바람에 하늘거리는 코스모스처럼 가느다랗고 꼭 쓰러질 것 같아 보인다. 그녀는 몸이 약해 병원에 가서 수혈을 받느라 오늘 학교에 오지 못했다. 현준은 반가움에 소리부터 질렀다.
"야! 백린우."
"이현준, 너 자꾸 까불래? 누나라고 불러."
"그만해라. 많이 참았다."
"뭘 참아?"
"넌……."

현준은 말끝을 흐리며 그녀를 내려다보았다. 그녀의 눈빛이 궁금하다며 반짝거리자, 그의 마음에 또 커다란 구멍이 한 개 뚫렸다. 공허함. 이것이 무엇을 뜻하는지 잘 알고 있기에 설렘보다는 아픔이 물밀듯 밀려 왔다.

3학년에 올라와 그녀와 같은 반이 되었다는 사실을 알고 난 뒤 교실을 향해 걸어가는 그의 발걸음은 술 취한 사람처럼 흔들렸다. 하루 이십사 시간 중 삼분의 이 이상 그녀와 같은 공간에 있다는 사실이 얼마나 흥분되는지. 표현할 수 없었기에 더 감격스러웠고 애절했다.

함께 등교하고, 같은 교실에서 공부를 하고, 같이 밥을 먹는다. 비록 같이 점심, 저녁을 먹는 건 아니었지만 그녀의 일거수일투족을 눈에 넣을 수 있다는 사실은 고3의 힘듦과 어려움을 반 정도는 깎아 버릴 수 있는 특효약이었다. 일 년 동안만 동고동락하기로 계약한 부부 사이라고나 할까?

그녀와 함께하는 하루의 시작, 담임선생님의 말씀도 귀에 제대로 들려오지 않을 만큼 기분 좋은 아침.

아침 햇살이 창을 뚫고 교실 바닥에 퍼지며 그 햇살이 눈 속으로 파고들었다. 눈을 찡그리며 한 손으로 햇살을 막는 순간 머리가 아찔했다. 그녀와 시선이 맞부딪쳤다. 사각 프레임 안에 그녀가 있다.

그녀의 눈빛이, 무심한 표정이 그의 가슴을 아릿하게 조여들게 만들었다.

같은 공간에 있는 것만으로도 솔잎 같은 맑고 청결한 향기가 짙게 나는 느낌이다. 그녀의 존재를 느껴 보고 싶어 눈을 감는 순간 꼭 분위기를 깨곤 하는 담임선생님의 목소리.
"여러분은 고3이야. 일 년 동안 열심히 해서 좋은 성적 거두길 바란다."
현준은 그녀와 같은 대학, 같은 학과를 다니는 게 꿈이요, 희망이었다.
부정하고 싶어도 그녀는 이미 자신의 뇌와 심장을 고장 나게 만들었다. 그래서 더욱더 공부를 열심히 했다.
그녀의 관심을 끄는 남자가 되고 싶었다.
하지만 그녀가 몸이 아파 학교에 오지 않을 때면 걱정이 되어 공부에 집중을 하지 못했다.
오늘처럼.
이렇게 그녀와 얼굴을 마주 보고 있을 때면 자꾸 심술궂은 말이 튀어나오고 만다.
"키가 내 어깨에도 못 오는 주제에 누나라고 불리고 싶니?"
"어. 영원히 너는 내 동생이야."
"그럼 난 네 오빠다."
컵에서 쏟아져 버린 우유처럼 그녀의 얼굴이 더욱 하얗게 흐트러졌다. 그녀는 오빠라는 말이 거슬리는지 인상을 찌푸렸다. 그것도 손에 쥔 사탕을 뺏긴 것처럼 처량하게, 슬프게. 현준의 눈에 피어올랐던 불꽃이 이내 사그라졌다.

"도대체 넌 동생이 왜 갖고 싶은데? 난 현정이가 귀찮다고."
"그건 가진 자의 위선이야. 현정이가 얼마나 예쁜데?"

여섯 살 아래 여동생 현정이. 요즘 사춘기가 시작되는지 또박또박 말대꾸도 하고, 외모에 신경을 어찌나 쓰는지 눈에 거슬릴 정도였다.

"호박에 줄 긋는다고 수박 되냐?"
"그러니까 너랑 현정이가 매일 싸우는 거야. 오빠가 돼서 여동생 예뻐해 주면 어디가 덧나냐?"
"또 잔소리."
"넌 평생 내 잔소리 들어야 돼."

현준은 순간 소리를 지를 뻔했다. 급히 손가락을 들어 자신의 입술을 문지르며 터져 나오는 웃음을 눌렀다.

"평생? 그 약속 지키는 거다."
"무슨 뜻이야?"
"네 입으로 그랬잖아. 평생 잔소리할 거라면서."
"말이 그렇다는 거지. 몰라. 나 너랑 더 이상 얘기 안 할래."
"알았어. 다른 얘기하자."
"그래."

현준은 그녀가 슬픈 표정을 짓는 것이 싫다. 사실 그녀 때문에 수혈을 하고 받은 헌혈증이 꽤 있었으나 그녀의 혈액형이 O형이었기 때문에 B형인 현준은 그녀에게 수혈을 해 줄 수가 없었다. 그것도 참 마음이 아팠다. 그녀에게 아무 도움도 줄 수 없다는 것 자체가. 그녀가 하얀 치아를 드러내고 밝게 웃음을 짓자 마음의 한 짐을 던 것 같아 장난스럽게 그녀의 코를 아프지 않게 꼬집는 척했다.

"병원에 갔다 왔냐?"

"그래. 피 주사 맞고 오늘 퇴원했다."

"병신. 남의 피를 일 년에 몇 번씩 맞냐? 그 조그마한 네 몸에 몇 명의 피가 돌아다니는 거냐?"

"몇 번은 무슨. 한 번 맞는다."

"한 번이나 몇 번이나. 남의 피가 네 몸을 도는 건 똑같잖아."

"이현준, 나 힘들다. 그만해."

"힘들다면서 밖에는 왜 나와 있어?"

"수혈 받고 오면 가슴이 답답해."

평소에는 수혈 받고 퇴원을 해서 집에 돌아오면 며칠 동안 얼굴에 붉은 홍조가 생겨 열아홉 살 귀엽고 사랑스런 여고생으로 보인다. 하지만 오늘따라 그녀의 혈색이 더욱 안 좋아 보였다. 하얗고 핏기 없는 창백한 얼굴이 차갑게 느껴져, 손을 대면 마치 그대로 눈사람이 될 것처럼 보였다. 현준은 걱정스런 말투로 되물었다.

"더 아픈 거 아니야?"

"내 걱정하지 말고. 고3이 이리 빨리 집에 와도 되는 거야?"

"그런 넌 고3 아니냐?"

"나야, 뭐. 보시다시피 몸이 이래서 대학 못 갈 것 같다. 너라도 공부 열심히 해. 좋은 대학 가야지."

"의대 갈 거야. 그래서 네 병 내가 고쳐 줄게."

"진짜?"

비스듬히 고개를 들어 올려다보는 그녀의 눈빛에 현준의 심장은 또 바닥으로 추락해 버렸다. 린우는 왜 날 이렇게 고통스럽게 할까? 너무 사랑스러워 깨물어 주고 싶은데 표현할 길이 없었다. 사랑한다고 고백해도 그녀가 믿어 줄지 의문이 들었다. 이런 허물없는 관계에서는. 그녀는 또 장난스럽게 내뱉었다.

"말만 들어도 고맙다."

"진짜야. 진짜라고."

"알았다고, 동생아."

"왜 믿지 못하는 거야. 그리고 나 동생 아니라고."

이제까지 다정한 가면을 썼던 것처럼 그의 얼굴은 금세 어두워지며 균열이 갔고 목소리는 얼음처럼 차가워졌다.

린우는 철분 결핍성 빈혈이라는 진단을 받고 빈혈 약을 복용했지만 이제는 그마저도 별 효과가 없는 듯 보였다. 일 년에 한 번은 꼭 수혈을 받을 만큼.

현준의 입가에 경련 같은 떨림이 스쳐 지나갔다.

"건강해라."

"이런, 날 걱정해 주는 거야?"

"그래."

"전교 2등인 소녀는 몸 둘 바를 모르겠네."

몸이 약한 탓에 공부를 덜 했는지 저번 달 전교 1등은 현준이었다. 처음으로 백린우를 이겼지만 기분은 오히려 더 나빠졌다. 그녀의 우울한 얼굴이 아직까지도 생생했다.

"비꼬지 마. 꼭 내가 너를 괴롭히는 것처럼 들린다."

"너 나 괴롭히고 있는 거 맞잖아. 공부 때문에."

"쳇."

이젠 사소한 말투에도 시비를 거는 그녀의 모습에 그의 눈썹이 불쾌하게 꿈틀거렸다. 전교 1등 자리를 빼앗겼다고 대놓고 짜증을 부린다.

하늘에 맹세코 그녀를 괴롭힌 적이 한 번도 없었다. 좋아했으면 모를까. 하지만 그녀는 모른다.

"메롱."

"백린우."

털썩.

린우는 그에게 약을 올리려는 의미로 혀를 내밀며 몸을 돌리다 그만 바닥에 넘어지고 말았다. 치마를 입은 탓에 무릎 밑으로 흙이 묻었고 군데군데 살결이 벗겨지며 피가 몽글몽글 맺혀 있었다.

"너 피 나잖아. 어떡해."

현준은 답답한 듯 윽박질렀지만 그녀는 생각보다 차분했다. 하지만 이미 그녀의 눈은 울음을 터뜨리기라도 할 것처럼 물기가 번지기 시작했다. 그녀의 얼굴에 아픈 그림자가 그려졌다.

"바보야, 너 넘어지면 안 되잖아."

"조금 아프긴 하지만 참을 만해."

그렁그렁한 눈물을 씩씩하게 닦는 그녀를 보는 순간 현준은 속이 다 뒤집어지는 줄 알았다. 그녀가 아픈 게 싫다. 현준은 등을 돌려 그녀 앞에 무릎을 꿇고 앉았다.

"업혀."

"됐어. 나 걸어갈 수 있거든?"

"젠장. 여자들은 왜 이리 말이 많은지, 원."

현준은 그녀의 다리를 붙잡고 강제로 둘러업었다. 엉겁결에 그녀는 그의 등에 업히게 되었다.

"혀, 현준아."

"오늘만 업을게. 너 어지럽잖아."

"고마워."

린우는 그의 어깨에 얼굴을 묻었다. 참으로 포근하고 따뜻했다. 그리고 넓고 단단했다. 다 큰 성인 남자라는 걸 깨닫게 된 순간이었다. 그가 잠시 무거운지 자신의 몸을 살짝 흔들었을 때 그 흔들림이 떨림이 되어 그녀의 온몸으로 흘러갔다.

"나 무겁지?"

"아니, 새털처럼 가벼워. 살 좀 쪄라. 제발."

"응. 오늘부터 밥 한 공기씩 먹으려고."

"잘 생각했다."

현준은 그녀를 업고 집으로 가는 이 길이 끝나지 않고 계속 이어졌으면 하는 생각이 들었다.

그녀에게서 느껴지는 체취. 거친 호흡.

등에서 느껴지는 그녀의 가슴 촉감. 곱고 부드러웠다. 거기다 그녀의 긴 머리가 흘러내려 얼굴을 간질였다.

그녀의 향기가 너무 좋다. 그녀의 냄새가 미칠 만큼 좋았다. 호흡까지 뜨겁게 만들었다. 조금씩 온몸에 열기가 오르며 호흡이 가빠 왔다.

달콤하게 내뱉는 가쁜 숨……

"너 무슨 샴푸 쓰냐?"

"왜?"

"네가 쓰는 샴푸 나도 쓸라고 그런다."

"엄마가 만들어 주시는 천연 샴푸라서 이름이 없어. 엄마한테 더 만들어 달라고 해야겠다."

"만들어 주시면 나야 감사하지."

"알았어."

무더운 여름이었지만 봄 처녀가 된 것처럼 현준의 가슴속에선 봄바람이 살랑살랑 불어왔다.

마음속에 담아 둔 말을 꺼내기에 딱 좋은 분위기였다. 순간 그동안 참고 견뎠던 감정이 치밀어 오르자 현준의 얼굴이 뜨거워졌다.

다행인 건 그녀가 그의 얼굴을 볼 수 없다는 점이다.

마음속에 나무처럼 매해 쑥쑥 자라 온 비밀스런 마음.

사랑하고 싶다.

그녀에게 마음을 고백하고 싶었다. 좋아한다고, 사랑한다고…….

"린우야."

"왜?"

"아, 아니야."

"우리 집에 다 왔다. 내려 줘."

"집까지 들어갈 거야."

"됐어. 나 그냥 여기서 내릴 거야."

"내 말대로 해."

"아, 알았어."

짧게 대답했지만 그녀는 난처한 상황에 처한 사람처럼 아랫입술을 살짝 깨물었다. 현준은 그녀의 집 앞에 멈춰 서서 초인종을 눌렀다.

"어머니! 저 현준이에요."

"현준이 왔구나? 린우는 밖에 나갔는데."

"저랑 같이 왔어요."

"잠깐만 기다려."

파란색 대문이 열리자 현준은 그녀를 업은 채 집 안으로 들어갔다. 행서는 업혀 오는 딸의 모습에 얼굴이 하얗게 사색이 되었다.

"현준아! 이게 어떻게 된 일이야?"

"린우가 집 앞에서 넘어졌어요. 그래서 업고 왔습니다."

"넘어졌어? 많이 다친 거니?"

"아니요. 무릎에 상처가 나서요. 어머니, 제가 린우 방까지 업고 갈게요."

"그럴래?"

"네. 치료도 제가 할게요, 어머니는 그냥 계세요."

"그래. 고맙다, 현준아."

행서는 딸을 업고 가는 현준을 보며 마음이 든든했다. 딸에게 좋은 친구가 있다는 것은 정말 행복한 일이었다.

"현준아, 밥 먹고 갈래?"

"네. 고맙습니다."

"내가 고맙지. 준비해 놓을 테니 내려와."

그녀를 업고 계단을 올라가면서 현준은 허락된 행복을 만끽했다. 그녀의 방을 구경할 수 있는 기쁨이 주어졌다. 허구한 날, 그녀의 방 안을 건너편에서 보곤 했지만 직접 들어온 것은 고등학교에 올라간 이후로는 처음이었다. 이 층 그녀의 방에 도착하자마자 현준은 그녀를 침대 위에 내려놓고서는 잠시 그녀의 방 안을 두리번거렸다. 핑크색과 프릴로 장식한 커튼과 침대 시트 및 이불, 아이보리색 옷장과 화장대, 그리고 커다란 곰 인형. 마지막으로 봤던 그날과 별로 달라진 것이 없어 보였다.

"별로 변한 게 없네?"

"이현준, 너 혹시 내 방 구경하고 싶어 날 업고 온 거냐?"

"아, 아니. 참, 구급함 어디 있어?"

"화장대 위에."

"그래."

현준은 그녀의 화장대 위에 비치되어 있는 구급함 상자를 열었다. 다행히 흉터가 남을 만큼 상처는 크지 않았지만 치료는 해야 할 듯싶어 소독약을 솜에 묻혀 상처에 조심히 발랐다.

"아야."

"칠칠맞기는! 가뜩이나 피가 모자라다면서!"

"그 정도는 아니야."

"멍도 잘 생기면서."

"의사처럼 굴지 말아."

"입 다물어."

순간적으로 시야가 흐릿해진 눈동자에 눈물이 고였다. 벅찬 고마움이 눈의 가장자리까지 뜨겁게 적시고 말았다.

"쉬어."

"고마워."

그녀가 상기된 얼굴에 건포도처럼 까만 눈망울이 수줍다는 듯 속눈썹을 내리깔자 현준은 칠흑같이 검은 눈동자로 그녀를 응시했다.

"고마우면……."

"뭐?"

"아니다. 쉬어라."

"참, 너 선희랑 잘 지내니?"

"선희……. 아, 박선희?"

"선희가 너 좋아하는 것 같던데."

현준은 웃음이 나는 걸 겨우 참았다. 그녀의 입에서 박선희라는 이름이 나올 줄은 몰랐다.

벌써 삼 년 하고도 육 개월도 더 된 일이었다.

생일 선물을 받은 그날 저녁, 현준은 그녀의 집을 친구들에게 물어 찾아갔었다. 대문을 열고 나오는 그녀에게 초콜릿 바구니를 건넸다.

'이거 돌려주려고 왔어.'

'현준아.'

'박선희, 난 너에게 생일 선물 같은 것 받고 싶지 않아.'

'생일 선물인데 그것도 안 돼?'

'응, 안 돼.'

'혹시 너 린우 좋아하니?'

'좋아해. 그것도 많이.'

'그렇구나. 알았어. 대신 날 이용해.'

'이용?'

'린우 마음이 어떤지 알고 싶지 않아?'

'당연히 알고 싶지.'
'그러니까.'

 현준은 그때 일을 떠올리며 웃음을 지었다. 그 이후로 합의하에 선희와 친한 척하며 같이 얘기도 하면서 린우의 눈치를 살폈다. 조금은 신경 쓰는 것 같기도 했지만 딱 거기까지였다. 더 이상 선희와 친한 척할 필요가 없어지자 그녀와의 관계를 깨끗이 정리했다. 친구들은 그 사실도 모르고 선희와 사귄 줄 알고 있었다.
"나 선희한테 좋아하는 여자 있다고 말했어."
"네가 좋아하는 여자가 있다고?"
"그래. 곧 고백할 거야."
"진짜? 누, 누군데?"
"너 몰라도 돼. 나 간다, 쉬어."
 현준은 그녀의 방문을 닫자마자 문에 기대어 숨을 내쉬었다.
 발걸음이 떨어지지 않았다. 그녀도 혹시 나를 좋아하고 있는 건 아닐까?
 현준은 괜한 기대감에 가슴이 덜컹거리자 그녀의 방문을 뚫어져라 보았다. 당장 그녀의 방으로 들어가서 내가 좋아하는 여자는 바로 너라고 얘기하고 싶은 마음이 굴뚝같았다. 하지만 곰탱이 그녀는 장난이라 여길 수도 있기에 심사숙고해서 고백을 해야 했다.

오랜만에 가슴속을 어지럽히고 있던 안개가 걷히고 앞이 환하게 밝아지는 심정이었다. 계단을 내려가고 있을 때쯤 아줌마의 목소리가 들려왔다.

"현준아, 밥 차려 놨어. 밥 먹고 가."

"네, 아줌마."

아래층으로 내려가는 현준의 발걸음은 활기찼다.

집에 가면 아침에 해 놓은 식은 밥만 있을 테고 라면이나 끓여 먹어야 할 게 분명했다. 이제 라면에 찬밥 말아 먹거나, 짬뽕이나 자장면 배달시켜 먹는 것도 신물이 났다. 현준은 어렸을 때에 현모양처가 꿈이라고 말했던 그녀의 말을 잊지 못했다.

"나도 엄마 같은 여자 싫어. 현모양처 좋다. 그래서 린우가 더 좋은걸?"

점점 그녀에 대한 마음은 터질 것처럼 부풀어 올랐다. 폭발하기 전에 고백할 수 있기를.

린우는 그가 방을 나가자 침대에 누웠다.

오늘따라 현준의 눈빛이 짙게 가라앉은 것이 마음에 걸렸다. 삼킬 듯 강렬하게 내려다보는 눈빛.

생각에 잠긴 것 같기도 하고 허무한 것 같기도 하지만 오히려 그래서 더욱 슬퍼 보이고 무표정한 얼굴이었다. 집요한 그의 눈빛이 고스란히 느껴져 그녀는 고개를 살짝 치켜들었다

내렸다. 침대 시트를 잡은 손이 자신도 모르게 파르르 떨었다.

 남자다운 목선, 날렵하고 떡 벌어진 어깨, 가면을 쓴 것처럼 차디차게 굳은 이목구비가 시선을 사로잡았다.

 그가 나간 후에도 린우는 좀처럼 흐트러진 마음을 진정시킬 수 없었다. 심장을 깃털로 간질이는 것처럼 기분이 이상했다.

 업혀 오는 내내 생각했다.

 등이 무척이나 넓었다. 기대고 싶을 만큼.

 이현준, 그는 이웃사촌이자 한 살 어린 동생이었다. 비록 동창생이긴 했지만.

 아직도 생각난다.

 고등학교 신입생 입학식 날, 린우는 신입생 대표로 단상에 나가 인사를 했다. 그런데 어찌 된 일인지 신입생 대표에게 향하는 시선보다 학생들 사이에 앉아 있는 현준이 더 학생들의 시선을 끌었다.

 뭐가 그리 피곤한지 민망할 정도로 그는 하품을 해 댔지만, 그마저도 빛이 난다는 듯 보고 있는 여학생들의 시선이 눈에 무척 거슬렸었다. 우현도 친구고 현준도 똑같은 친구였지만 뭔가 달랐다.

 우현이 다른 여학생들에게 둘러싸여 있는 모습을 보면 '저렇게 잘난 우현이가 내 친구야.' 하고 자랑을 하고 싶은 반면, 눈에 꽃을 달고 현준에게 선물 공세를 하는 여학생들을 보면 괜히 화가 치밀어 오른다.

이런 기분, 현준의 생일날부터 시작되어 쉽게 머릿속에서 사라지지 않는다.

아무리 현준은 가장 친한 친구라고 주입을 시키고는 있지만 자꾸만 가슴은 다른 말을 하고 있었다.

선희와의 일도 마찬가지였다. 삼 년도 더 지난 일이지만 아직도 충격이 크다. 그 뒤로 심심찮게 둘이서 얘기하며 웃는 것은 또 뭔지.

"언제부터 현준이랑 친했다고 껌딱지처럼 붙어 다녀? 기분 나쁘게. 어릴 적부터 현준이 옆에 있었던 건 나라고. 바로 백린우란 말이야."

린우는 무엇인지 모르지만 머릿속에서 어떤 감정을 끄집어내기 위해 끙끙대야 했다.

"뭐, 뭐지? 도대체 이유가 뭐야?"

심장이 이리 요란스럽게 뛰는 건, 분명 이유가 있다.

그 이유를 생각해 내야 했다.

현준에게 업히고, 서로를 챙겨 줄 만큼 친한 사이가 맞기는 하다. 하지만 이제는 스스럼없이 다가오는 그의 행동이 당황스럽기도 하고, 그의 접촉에 뛰기 시작한 가슴이 수상했다. 거기다 좋아하는 여자가 있다고 했다. 곧 고백할 거라고 한다.

"혹시 내가 아닐까? 아니면… 다정이? 보라? 선희는 아니고."

괜한 기대감에 심장이 또 덜컥거렸다.

"왜 이럴까?"

아무것도 생각나지 않았다. 이젠 심장뿐만 아니라 머릿속까지 복잡해지고 요란스러워졌다. 마치 그가 중요한 것을 던져 놓고 나간 기분이 들었다.

만약 그가 고백을 해 온다면 사랑과 우정 중에 어느 쪽을 선택해야 하지?

이상하게도 그와 함께 있어야 완벽한 완전체가 된 것처럼 안정감이 들었다. 요즘 들어 그가 옆에 없으면 텅 빈 것 같은 기분이 들곤 했다.

그 이유를 알고 싶었다.

진심으로…….

♦

막바지에 다다른 여름, 가을이 오기 전 남아 있는 열기를 모두 쏟아 내려는 듯 내리쬐는 햇살이 꽤 강렬했다.

창문 밖, 하늘을 보면 눈꼬리가 시큰해질 만큼 햇살이 내리쬐었고 반 친구들 모두 힘든지 지쳐 보였다. 참으로 힘든 시기였다. 고3, 더위, 공부, 잠, 지금 사중고를 겪고 있는 셈이었다.

현준은 수업 시간 내내 오는 졸음을 쫓아내느라 시선을 한 곳에만 집중시켰다. 부서질 듯 강렬한 태양도 그녀를 보고 싶은 것을 막을 수 없었다.

졸음 예방약, 백린우.

보고 있어도 보고 싶고 웃음이 지어진다.

하나 그녀를 보고 있는 시간이 흐를수록 그의 눈빛과 어깨가 흔들렸다. 흔들림은 점차 커지면서 파도처럼 요동을 했다. 입술 또한 타들어 갔다.

그녀는 단 한 번도 허튼 짓을 하지 않고 대나무처럼 꼿꼿하게 선생님을 보며 수업을 듣고 있었다. 공부에 목을 매는 이유를 알고는 있지만 보고 있기에 안쓰러울 만큼 마음이 아팠다.

현준은 여학생들이 던지고 간 초콜릿을 꺼내 입에 넣었다.

입 안에 달콤한 향기가 가득하니 기분이 조금 개운해지는 느낌이 들었다.

수업이 끝났다는 종이 울리고 나서야 그녀가 잠시 고개를 숙이며 눈을 부비는 것을 보았다. 저러니 몸이 힘들다 자꾸 투정을 하는 것이다.

"독하다. 정말 독하다."

선생님이 나가고 쉬는 시간, 현준은 친구들과 매점에 가기 위해 교실을 나섰다. 저 앞에 린우가 다정과 함께 가는 것이 보였다. 현준은 그녀를 보기 위해 계단 난간을 붙잡고 날듯이 미끄러져 내려가다 한 바퀴 공중제비를 해 바닥에 착지를 했다.

"백린우."

"너 또 다치면 어쩌려고 난간을 타고 내려오니?"

또 잔소리 시작이었다. 오늘따라 그녀의 잔소리가 귀에 달콤하게 들려오자 가지런한 치아가 보일 정도로 현준은 기분 좋은 웃음을 지었다.

"걱정되냐?"

"당연하지."

현준은 자신도 모르게 피식 웃었다. 아닌 척했지만 그녀의 잔소리가 그동안 고팠었다. 오십 분 동안 꼼짝도 안 하고 수업을 들었으니 에너지를 모조리 소모했을 터, 충전을 해 줄 필요가 있었다.

"우유랑 빵 사다 줄까?"

"아니, 됐어. 너나 먹어."

"또 왜 그러실까? 우리 린우."

"우리 린우?"

"그래. 왜, 거슬려?"

"거슬린다. 분명히 넌 나보다……."

"쉿! 그만."

린우는 입술을 크게 늘어뜨려 웃는 그의 모습을 보며 퉁명스럽게 말이 튀어나왔다. 겉으로 보기에 그의 웃음은 상큼하고 싱그러웠다. 속에는 능구렁이가 가득 들어 있는 걸 감춘 채. 이에 잠자코 있던 다정이 결국 독설을 한마디 내뱉었다.

"이현준, 린우의 입은 입술 님이고 나는 입술 놈이냐? 왜 차별해?"

"미안. 너도 빵 사다 줄까?"

"됐어. 나 린우하고 딸기 우유 먹을 거야."
"알았어. 사다 주면 될 거 아니야."
"이현준, 너는 우리보다 한 살 적은 거 명심해."
"또 아픈 곳 건드린다."

현준은 다정의 궁싯거리는 소리에 곧 표정을 바꾸곤 심드렁한 표정으로 대꾸를 하며 걸음을 내딛다가 다시 몸을 돌렸다. 다정이와 아옹다옹하는 동안 그녀가 말을 한 마디도 하지 않았다는 게 마음에 걸렸다.

"백린우, 어디 아픈 거… 아니야?"

현준은 고개를 내려 그녀의 얼굴을 물끄러미 응시를 하다 인상을 지었다. 그녀의 얼굴은 하얗게 변했고, 살짝만 건드려도 쓰러지고 말 것처럼 기운이 없는 데다가 끙끙 앓는 소리까지 내고 있었다.

"너 얼굴이 창백해."
"안 그래도 어지러워서 양……."

린우의 머리가 뒤로 넘어지더니 바로 몸이 바닥으로 푹 내려앉았다. 그녀가 또 쓰러진 것이다.

"린우야, 백린우."

몸에 있는 피가 전부 빠져 버린 듯이 원래 하얗던 피부가 창백해져 생명의 기운이 없는 것처럼 느껴졌다.

현준은 순간적으로 그녀가 쓰러진 건 생리 때문이라는 것을 알았다. 여자는 왜 생리를 해야 하는지 짜증이 일었다. 임신을 하기 위한 하나의 행사라면 결혼한 유부녀들만 생리를 하면 안 될까? 처녀들에게는 백해무익한 게 생리처럼 보였다.

현준은 어쩔 줄 몰라 하는 친구들 사이에서 쓰러져 있는 그녀를 업고 양호실로 뛰어갔다. 그녀는 정말 깃털처럼 가벼웠다.

"이다정, 너도 따라와."

"알았어. 린우야, 괜찮아? 린우야, 정신 차려 봐."

다정도 울먹이며 뒤따라 들어갔다.

"선생님, 린우가 또 쓰러졌어요."

쉬는 시간이라 잠시 통화를 하고 있던 보건교사 민주는 휴대폰을 책상 위에 올려놓고 침대에 그녀를 눕히라 손짓을 했다. 그사이 다정이 재빨리 이불을 들추어냈다.

"선생님, 눕혔어요."

"그래, 린우 또 생리 중이구나?"

민주는 현준을 보며 물었다. 올해 들어 쓰러져서 양호실로 온 것이 세 번째였다. 그때마다 항상 곁에는 현준이 있었.

정신을 잃은 그녀를 바라보는 현준의 시선이 바닥을 알 수 없을 정도로 깊고 어두웠다.

"생리 중 맞는 것 같아요."

"이럴 때 보면 꼭 네가 오빠 같아 보여."

"그걸 린우도 깨달았으면 좋겠어요."

현준은 양호실 침대에 누운 그녀를 걱정스러운 시선으로 내려다보다 아예 의자를 침대 옆으로 끌고 와서 앉았다. 그사이

민주는 그녀의 활력징후를 재기 위해 구급함을 열었다.

"이현준, 이다정, 너무 걱정하지 말고 너희들 가서 공부해."

옆에 서서 린우의 손을 잡고 있던 다정은 고개를 끄덕였지만 현준은 오롯이 시선을 린우에게 두었다. 그녀의 곁을 떠나고 싶지 않았다. 혼자 있게 하고 싶지 않았다.

"수업 종 치면 갈게요. 그래도 되죠?"

현준의 대답에 다정도 조금 더 지켜봐야겠다는 생각에 옆 침대 모서리에 앉았다.

"그럼 저도 여기 있을래요."

"마음대로 해."

민주는 친구들의 우정이 보기 좋은지 기분 좋은 미소를 지으며 전자 혈압계로 린우의 활력징후를 체크했다.

110에 65, 84, 20, 36도 6부. 민주가 혈압계의 커프를 풀자 그녀가 스르륵 눈을 떴다 다시 감았다.

"활력징후는 정상이다. 그리고 정신을 차렸다가 다시 잠이 들었으니 걱정하지 마."

"다행이네요."

"일단 잠 좀 자게 하고 린우 어머님께 연락해야겠다."

"제가 할게요."

"그럴래?"

"네."

겉으로는 덤덤한 척했지만 현준의 눈동자는 어지럽게 뒤엉키며 미친 듯이 흔들리고 있었다. 그녀의 얼굴이 정말 우유처럼, 아니 눈처럼 하얗다.

"왜 자꾸 아픈 거야? 사람 마음 아프게."

"그러게. 린우는 몸이 너무 약해."

다정은 안쓰러운 마음에 그녀의 손을 더욱 꼭 쥐었다. 골목 친구였지만 엄마가 그녀와 친하게 노는 것을 좋아하지 않았다. 그 이유는 첩의 딸이라는 것이었다. 하지만 다정은 별로 상관하지 않았다. 자식은 부모를 선택할 수 있는 권리가 없었다. 첩의 자식으로 태어나고 싶은 사람이 어디 있겠는가.

자신의 약점을 이겨 내기 위해 린우가 얼마나 공부를 열심히 하는지 알고 있기에 다정은 마음이 아파 눈시울을 글썽거렸다.

"현준아, 린우 금방 깨어나겠지?"

"한숨 자고 일어날 거야. 걱정 마."

"손이 너무 차다. 얼굴은 백지장처럼 하얗고."

린우의 얼굴에서 시선을 떼지 못하던 현준은 그녀의 창백한 얼굴에 혈색이 잘 돌게 만들었으면 좋겠다는 생각이 들었다. 현준이 조심스레 그녀의 뺨을 향해 손을 들었다가 이내 내렸다.

그녀의 뺨을 만질 수가, 건드릴 수가 없었다.

어릴 적엔 그녀와 얼굴을 부비부비하는 것은 기본이었고, 안고, 뒹굴고, 그녀의 배 위에 올라타 장난을 치는 것도 아주

쉬운 일이었다.

하지만 이제는 그녀에게 장난을 치는 것도 부담스럽다. 다정과 보라의 손을 장난치며 만지듯 그녀의 손을 함부로 만질 수도 없었다.

소꿉친구가 아닌, 어린아이가 아닌, 다 큰 남자와 여자라는 것 때문이었다.

그때가 그립다. 아무것도 모르는 순진한 어린아이처럼 뛰놀던 때가……

3. 친구는 싫어

3. 친구는 싫어

얼마를 자다 깬 걸까? 일어나 보니 주위가 제법 어둑해졌다. 린우는 졸음기가 남아 있는 눈을 비비며 천천히 일어나 앉았다. 흐릿한 눈동자로 시간을 확인하려 시계를 보려는 순간 누군가가 자신을 지켜보고 있다는 걸 알고 놀라 하마터면 비명을 지를 뻔했다.
"누, 누구세요?"
"나야. 현준이."
현준은 그녀가 일어나 앉자 물 잔을 그녀에게 건넸다.
"일단 물부터 마셔."
"고마워."
갈증을 느낀 린우는 그가 건네준 물 잔을 받아 입 안에 흘려 넣었다. 꿀꺽. 물을 한 모금 마시자 정신이 번쩍 들었다.
"다정이는? 너는 언제부터 여기에 있었던 거야?"
"양호 선생님은 퇴근하셨고, 다정이를 비롯해 다섯 명이 여기 있겠다는 걸 내가 쫓아냈다. 혼자 고생하면 되잖아."
"공부는 어쩌고. 야간 자율 학습 시간일 텐데."
"네 덕분에 마음 편히 쉬는 거지, 뭐."
"그랬구나. 고마워."

그녀의 웃는 모습이 너무 편안해 보여서, 깨끗해 보여서 현준은 눈이 아팠다. 왜 자꾸 몸을 혹사시키면서까지 공부를 하는지 화가 치밀어 올랐다. 결국 그의 입에서 싫은 소리가 나왔다.
"야, 누가 모범생 아니랄까 봐. 몸이 아프면 양호실에서 쉬든가. 수업 시간에 단 일 분도 허튼 짓 안 하니 몸이 견뎌 내냐?"
"이제 삼 개월도 안 남았잖아."
"미련 곰탱이. 집에 가자, 어머님이 학교로 오신다는 걸 내가 데리고 간다고 했어."
"야간 자율 학습해야지."
"백린우, 내가 널 병원에 끌고 가야 정신 차릴래?"

린우는 고개를 가로저었다. 오늘따라 더욱 검은 그의 눈동자가 불을 지피며 바로 눈앞에서 보이니 숨이 멎을 것 같았다.
"난 늘 너에게 신세만 진다, 현준아."
"너랑 나 사이에 신세란 말은 어울리지 않아. 한 번만 더 말하면 나 화낸다."

"알았어. 나 집에 가고 싶어."

"잘 생각했다."

린우는 신발을 신기 위해 몸을 구부리다 자신도 모르게 배를 손으로 감싸고 몸을 웅크렸다. 그러자 그의 입술에서 한숨처럼 흐린 말투가 흘러나왔다.

"배 많이 아픈 거야?"

"조, 조금."

"너는 되도록 생리를 하지 말아야겠다. 엄마 되기도 전에 몸 다 망가지겠다."

"혀, 현준아."

린우는 순간 가슴이 철렁 내려앉았다. 얼굴에 쏟아지는 그의 시선을 일부러 피했다. 가족도 아니면서 여자의 가장 소중한 리듬 주기까지 꿰뚫고 있는 그를 뭐라 말할까? 가족, 무조건 내 편이 되어 주는 사람, 아빠의 빈자리를 메워 주는 친구. 때로는 화를 돋우기도 하지만 어떤 때는 얹힌 사람의 속을 시원하게 쑥 내려가게 만드는 청량제 같은, 가슴 언저리에 맺힌 상처를 치료해 주는 듯한 그런 느낌을 받는다.

"너는 이상하게 나를 울컥하게 만드는 구석이 있어."

"울컥? 정확히 어떤 뜻이야?"

"좋은 뜻이니까 걱정 붙들어 매셔."

"오랜만에 너한테 칭찬 들으니 기분 좋다."

"바보, 멍청이."

"너한테만 바보, 멍청이야."

부드러운 그의 미소가 사르르 녹을 정도로 달콤하게 느껴졌다. 그 모습에 또다시 심장이 톡톡 뛰었다. 하지만 아플 때만 잘해 주는 그가 미워 린우는 심술이 났다.

"웃지 마."

"알았어. 네가 웃지 말라면 안 웃을게."

"명심해."

"알았어."

린우는 다시 신발을 신으려고 다리를 내렸다. 그리고 몸을 숙이다 신발을 신겨 주려고 무릎을 꿇은 현준과 시선이 마주쳤다. 그의 체취가 느껴질 만큼 가까운 거리였다.

"됐어. 내가 신을게."

"오늘 하루 끝까지 애프터서비스해 줄게."

"현준아."

"왜? 남자가 해 주니 신데렐라가 된 것 같아 가슴이 떨려 오냐?"

살갗을 찌르는 듯 그의 검은 눈동자와 얽히는 순간 그녀는 손을 올려 두 뺨을 감쌌다. 정곡을 찔린 셈이었다. 언젠가부터 그와 시선이 마주치면 그의 눈동자가 심하게 흔들리고 있다는 것을 깨달았다. 그걸 보고 있는 자신의 눈동자까지 덩달아 흔들리고.

분명한 건 그 시선을 똑바로 쳐다볼 수 없었다. 그의 눈동자에 무언가가 들어 있다. 그것이 무엇인지는 모르지만 그냥 무시해 버릴 수가 없다. 바로 지금처럼, 아니 그의 등에 업혀 집에 들어간 그날부터.

현준이 남자라는 걸 새삼 다시 느끼게 된다.

친구에서 남자로 성장해 가는 과정에서 자꾸 느끼게 되는 야릇한 감정.

린우는 달아오른 뺨에서 갑작스레 열이 나는 것만 같아 입술을 열고 숨을 몰아쉬었다. 이제까지 그와 함께해 온 시간 동안 지금처럼 당황스러운 적도 없었다. 둘만 있는 양호실이 굉장히 좁게 느껴졌고 답답해졌다.

"하아, 하아, 하아······."

"어디 또 아픈 거야?"

"아니야. 그냥 숨이 조금 찼을 뿐이야."

"다행이다. 다 됐어."

현준은 신발을 신겨 준 다음 벌떡 일어나 양호실 출입문 쪽으로 먼저 걸어 나갔다. 그녀의 시선과 마주치니 얼굴이 타는 기분이 들었다.

또한 심장이 떨려 도저히 그녀를 볼 수 없었다. 쿵쾅쿵쾅. 가슴 저 밑바닥부터 차고 올라오는 뜨거운 불덩어리가 숨을 조이고 또 조인다.

통증이 심해질수록 결국 더 고통스러운 감정. 사랑······.

뜨겁게 내쉬는 안타까운 호흡이 그의 입술에서 새어 나왔다.

"후."

백린우는 늪이다.

밑바닥이 보이지 않는 백린우 늪에 빠져 한 발자국도 빠져나오지 못할 것 같다.

그녀를 보고 느끼며 움직이는 시선, 심장, 호흡, 마음은 점점 더 견고하고 단단해졌다.

지금 이 마음이라면 영원히······.

아무리 낮에는 더운 여름의 끝자락이라 해도 가을이 코앞에 온지라 저녁에는 해를 집어삼킨 어둠으로 인해 선선한 바람이 불었다. 아픈 그녀를 집에 데려다주고 돌아오던 현준은 어두운 골목에서 걸어오는 우현을 만났다. 장우현, 그는 덩치가 크고 키가 커서 어릴 적 이 동네 골목대장이었고 자신은 쫄병3이었다. 하지만 어릴 때 큰 키는 잘 자라지 않는다는 말이 맞는지 그의 키는 고등학교에 들어와 크지 못했고 자신보다 7센티 정도 작았다. 정확히 그의 키는 현준의 이마 근처에도 오지 못했다.

"어쩐 일이냐?"

"너 린우 데려다주고 오는 길이지?"

"그래, 알면서 왜 묻는 거냐?"

"린우는 왜 자꾸 쓰러지는지 모르겠다. 마음이 아프다."

현준은 우현의 근심 어린 얼굴이 마음에 들지 않았다. 같은 동네에서 자란 소꿉친구이기에 관심을 갖는 것까지는 이해한다. 하나 우현이 보여 주는 관심은 그게 아니라는 것을 알기에 괜히 퉁명스러운 말이 튀어나왔다.

"할 말 있으면 해. 날 기다린 이유가 있을 거 아니야."

"궁금한 게 있는데 대답해 줘."

"얘기해 봐."

"이현준, 너 린우 좋아하냐?"

"아니?"

그는 다행이다 싶은 표정으로 가슴을 쓸어내렸다. 그 모습을 지켜보고 있던 현준의 입술 사이로 거친 웃음소리가 새어 나왔다. 더 이상 친구라는 가면 아래 일정 거리를 유지하고 싶지 않다. 이제부터 시작이었다. 알게 모르게 숨겨 왔던 그녀에 대한 사랑, 그녀를 알고 있는 모든 사람들에게 알릴 작정이었다.

"좋아하지 않고 사랑하고 있어. 그런 너도 린우 사랑하는 거 아니냐?"

우현은 잠시 당황해서 아무런 답을 하지 못하고 입술을 꾹 다물었다. 진지하게 들려오는 그의 대답과 질문은 뭐랄까, 귀에 거슬렸고 심장이 불규칙하게 뛸 만큼 불안하게 만들었다. 일종의 경고성 발언으로 들렸다.

다른 남자가 사랑하는 여자를 향해 정면 돌파, 직진 승부를 한다면 잘한다 박수를 쳐 주겠지만 지금 경우는 달랐다. 사랑하는 대상이 똑같으니 사랑을 성공하려면 서로 경쟁을 해야 했다. 이른바 라이벌 관계가 형성된 순간이었다.

"맞아. 그럼 우리 이제 라이벌 되는 거네."

"라이벌? 그건 틀린 말이야, 장우현. 왜냐하면."

현준은 둘 사이에 흐르는 묵직한 흐름을 끊고 우현의 앞으로 한 발 다가가 섰다. 당당하게, 멋있게, 그리고 자신을 뚫어져라 보는 그를 자신감에 찬 시선으로 내려다보았다.

"린우는 내 여자야. 그러니 라이벌이 아니지."

우현은 아무렇지도 않은 척, 별일 아닌 척, 괜찮은 척하려 했지만 숨길 수가 없었다. 남자의 본능을 깨우는 단어, 내 여자. 하지만 린우는 아직 어느 누구의 여자도 아니었다.

"내 여자? 이현준, 함부로 막 갖다 붙이지 마. 린우는 네가 좋아한다는 것조차 모르고 있을걸?"

"곧 고백할 거야. 그리고 린우를 좋아하는 게 아니라 사랑하고 있다고 분명히 말했다."

"젠장."

우현은 너무나 자신만만한 녀석의 태도에 속이 터져 죽을 지경이었고 두려움과 불안함이 배가됐다. 185센티 정도의 큰 키에 다부진 체격, 얼굴에는 차가운 빛이 돌지만 그마저도 맹렬한 야수의 느낌이 묻어나는 그놈의 짙은 눈빛. 단 몇 초간의 눈빛의 교차였지만 그 존재감은 정말로 강렬했다. 몸이 움츠러들 만큼 무서운 놈이었다.

"누가 최후의 승리자가 되는지 보자고."

"우현아, 그거 아냐? 사랑은 노력하는 자만이 얻을 수 있는 선물이야. 그리고 기회는 행동하는 자에게만 오는 것이라고."

"야! 이현준."

"난 사랑을 쟁취하기 위해 무슨 일이든 할 거야. 그러니 너도 네 사랑을 쟁취할 수 있도록 최선을 다해 봐."

우현의 눈빛 속에 차가운 경멸이 감돌았다. 이현준이 좋은 녀석이라는 건 알지만 지금 말투는 참으로 거슬렸다. 한 여자를 두고 두 남자가 싸우는 대립 양상이건만 이미 승리자가 된 것처럼 자신 있게 말을 했다. 더 이상 참고 있을 수 없었다.

"이현준, 어쩌냐? 린우는 널 동생으로 생각한다고."

"동생? 동생이기 전에 난 남자고 린우는 여자거든? 난 이미 사랑을 시작했으니까 너도 할 테면 해 봐."

"걱정 마. 수능이 끝나면 할 거라고."

"정정당당히 싸우자고, 장우현. 어차피 결과는 달라지지 않겠지만."

"너나 앞서가지 마."

"어차피 린우 결정에 달린 거야. 린우 마음이 중요해."

현준은 그에게 할 말을 다 하고 집 안으로 들어갔다. 그의 입에서 튀어나온 동생이라는 단어가 생각나자 엉망으로 뒤엉키는 기분이 들어 현준은 거친 동작으로 머리를 쓸어 올렸다.

"젠장."

장우현.

어릴 적에는 우현의 말이 법이고 명령이었지만 이제는 다르다.

우현보다 공부도 훨씬 잘하고, 키도 크고, 여자애들에게 인기도 더 많다. 물론 관심 사절이었고 신경도 쓰이지 않았다. 오로지 관심 대상은 백린우뿐이었다.

 절대로 그녀를 우현에게 빼앗길 수 없었다.

 가장 큰 이유는 그녀를 너무 사랑하기 때문에 포기할 수 없다.

 사랑, 서로 간에 믿음의 약속이라고 해도 좋을 만한 증거. 그런 아찔한 연애를 그녀와 하고 싶었다.

 여름 태양이 아무리 뜨겁다 한들 사랑에 빠진 남자의 마음은 따라올 수 없을 거다.

 아직은 고백하지 못했기에 반쪽 사랑이라 말할 수 있었지만 그녀를 사랑하는 마음 하나는 누구에게도 뒤지지 않을 만큼 뜨거웠다.

 고백을 해야 했다. 그것도 빨리.

 이 불안감을 빨리 해소하고, 다른 녀석들이 넘보지 못하게 종지부를 찍을 수 있도록…….

 "기다려, 백린우."

♦

 그것은 갑작스러운 일이었다. 린우에 대한 나쁜 소문이 학교에 떠돌았다. 모의고사에서 전교 1등을 차지한 그녀를 시기하던 만년 3등 김창석이라는 녀석이 그녀가 미혼모 딸이라고 소문을 퍼뜨리고 다녔던 것이다.

"백린우는 미혼모 딸이래. 아빠가 누구인지도 모르고."

그 소문은 학교 내에서 금방 퍼져 나갔고 그녀의 귀에까지 전해졌다. 린우는 아무렇지 않은 척, 담담한 척했지만 현준은 알고 있었다. 그게 그녀의 회복될 수 없는 아픈 상처란 것을……

어깨가 축 늘어져 눈에 띄게 의기소침해진 그녀, 그녀의 눈동자에선 금방이라도 눈물이 흘러내릴 것 같았다.

같은 반 친구들까지 흘긋흘긋 그녀의 눈치를 보고 있는 것을 본 현준은 화가 나 책상을 손으로 내리쳤다.

"야, 너희들 린우 왜 보냐? 린우가 동물원 원숭이냐?"

비록 아빠의 사랑은 제대로 받지 못하고 자랐지만 린우를 향한 아줌마의 사랑을 알고 있기에 가만히 두고 볼 수가 없었다. 밝고, 착하게 큰 이유는 다 아줌마의 정성과 헌신 때문이었다.

현준은 쉬는 시간, 김창석을 만나기 위해 3학년 2반 앞을 기웃거렸다. 곧이어 우현이, 지훈이, 석기도 교복 바지 주머니에 손을 넣고 걸어오고 있었다. 우현과 잠시 시선이 부딪쳤다. 개인적인 감정은 일단 접어 두고 친구를 아프게 한 나쁜 녀석을 응징하러 왔다는 것에 현준은 감동을 받았다. 역시 미워할 수 없는 골목 친구들이었다.

"나 혼자도 그 녀석 박살 낼 수 있는데."

"너만 친구냐? 우리도 린우 친구다."

지훈이 한마디 거들었다. 키는 작지만 서 있는 것만으로도 상대방에게 위압을 줄 수 있을 만큼 덩치가 컸다.

"고맙다. 너희들이 와 줘서 든든하다."

"가만있을 수 있어야지. 린우 울고 있냐?"

"아니. 다정이랑 보라랑 와서 같이 떠들고 있어."

"그럼 우리도 할 일을 해야겠다."

"좋지."

"단 주먹은 안 돼, 현준아."

우현이 한마디 던지자 현준은 고개를 끄덕거렸다. 현준이 3학년 2반 교실 뒷문을 열고 제일 먼저 앞장을 섰고 그 뒤로 우현이, 지훈이, 석기가 따라 들어갔다. 현준은 교실 안에 들어가자마자 자신들을 향해 따라오는 시선들을 무시하고 큰 소리로 그의 이름을 불렀다.

"김창석, 너 나 좀 보자."

공부 벌레 창석은 문법책을 펼쳐 들다 자신의 이름을 부르는 소리에 의자를 뒤로 밀고 일어났다. 이 녀석들이 올지도 모른다는 생각을 했지만 떼거지로 몰려올 줄은 몰랐다. 창석은 기선 제압을 위해 새끼손가락을 올리며 놀리는 시늉을 했다.

"너희들 뭐냐? 린우 이거냐?"

"우리? 린우 친구지, 뭐. 불알친구라고나 할까?"

"맞아."

우현이 현준의 말을 되받아치며 눈짓을 했다. 창석이 앉아 있는 책상 주위를 네 명이 에워싸며 그를 향해 따가운 시선을 보냈다.

"잠깐 밖으로 나가자. 여기서 곤란하거든."

"싫다면?"

"좋아. 그럼 여기서 얘기하지, 뭐. 그런데 너, 후회할 텐데."

"바, 밖으로 나가."

결국 못마땅한 듯 창석이 앞장을 서자 현준과 나머지 세 명도 따라나섰다. 이어폰을 꽂은 채 못 들은 척하거나 책을 보는 척하는 친구. 몇은 궁금증에, 또 몇은 힐난하는 듯 뾰족한 시선을 보냈지만 어느 누구 하나 창석을 따라오는 친구는 없었다. 그것만으로도 창석이 반에서 어떤 생활을 하는지 알만 했다.

"걱정 마라. 창석이랑 얘기만 할 거야."

조용했던 교실이 웅성거리기 시작했고 뭔가가 마음에 들지 않는다는 듯 현준의 미간도 슬쩍 일그러졌다. 현준이 친구들과 간 곳은 학교 건물 뒤쪽 쓰레기 소각장이었다.

"여기서 얘기하자."

"왜 이곳이냐? 혹시 넷이서 날 때리려는 것은 아니겠지?"

창석은 자신을 둘러싸고 있는 네 명의 친구들을 보며 바짝 얼었다. 하지만 이놈들에게 절대로 지고 싶지 않았다. 영화처럼 린우 보디가드 흉내를 내는 척이라니.

현준의 시선은 서늘하다 못해 차가움이 뚝뚝 묻어났다. 남자 대 남자로서 한바탕 뒹굴고 싶었지만 학교 폭력 처벌이 엄청나게 강화된 바, 가슴에 꾹꾹 분노를 누르며 억지웃음을 지었다.

"우리가 바보냐? 1대4로 싸우게? 너는 나 혼자라도 충분해."
"좋아, 이현준. 말해 봐."
"김창석, 너희 아버지가 젊은 여자를 건드려 미혼모 만드셨다며?"
"뭐? 너 그거 어떻게 알았어?"
"다 아는 수 있어. 세상에 비밀이 없거든?"
"젠장."

창석은 발로 애꿎은 땅만 찼다. 안 그래도 집에 가면 엄마가 매일 이혼한다고 울고불고 난리를 치신다. 부모가 돼서 고3 아들 걱정은 눈곱만큼도 안중에 없었다. 그러니 점점 시험 성적이 떨어질 수밖에 없었다.

"곧 그 미혼모가 네 동생을 낳을 텐데 어쩌냐? 배다른 동생 생기고 좋겠네."
"이 새끼가?"

창석은 현준을 노려보았지만 팽팽한 날이 선 현준의 시선은 더 날카롭게 빛났다. 린우가 아파할 걸 떠올리며 몇 번이나 주먹을 날리고 싶은 걸 겨우 참아 냈다. 학교 폭력에 휘말려서 일을 더 크게 만들 필요는 없었다. 하지만 현준의 눈동자에는 용서할 수 없다는 의지가 불타올랐다. 현준은 그의 약을 살살 올리며 보란 듯이 더 떠들어 댔다.

"손이 근질하지? 때리고 싶으면 때려 봐. 맞아 줄 용의 있으니까."

"이현준, 네가 왜 백린우 일에 상관하냐?"

"왜 상관할 것 같냐? 린우를 좋아하니까 그렇지. 난 린우가 미혼모 딸이든, 바보든 상관없어. 절름발이라 해도 좋아할 거야. 너처럼 시기심에 남의 아픈 상처 건드리는, 그것도 여자의 약점을 떠벌리는 쪼잔한 놈과는 다르지."

"맞아. 우리 현준이는 너 같은 놈이랑 급이 틀려."

옆에서 석기가 한마디 덧붙였다. 현준은 석기를 향해 엄지를 추켜올려 주고는 창석을 향해 다시 소리쳤다.

"어때, 이 사실을 학교에다 다 떠벌릴까? 김창석은 바람둥이 아들이라고. 아님 너에게도 미혼모가 낳은 동생이 생길 거라고."

"내, 내가 어떻게 했으면 좋겠는데?"

"이미 소문이 난 건 어쩔 수 없고, 린우한테 무릎 꿇고 사과해."

"싫어. 난 못 해."

"그럼 어쩔 수 없지. 네가 바람둥이 아들이라고 퍼뜨리는 수밖에. 아, 아들은 아버지를 닮아 간다고 했지? 너도 나중에 그런 나쁜 짓 할 거냐?"

창석은 주먹을 쥐고 몸을 부르르 떨었다. 한 치의 흔들림도 없이 자신을 갖고 노는 현준의 말솜씨에 할 말을 잃었다. 하지만 틀린 말은 하나도 없었다. 비열한 건 자신이었다.

"난 린우가 1등 하는 게 싫어."

"사내새끼가 정말 밥맛이다. 1등 하면 축하해 줘야지. 안 그래?"

주위에 있던 친구들이 동시에 고개를 끄덕거렸다. 현준은 참고 또 참아야 하는 화를 한숨으로 토해 내며 치밀어 오르는 분노를 주먹을 쥐는 것을 대신했다.

"후, 린우는 어릴 적부터 같이 자란 친구야. 걔가 얼마나 예쁜지, 착한지 모르지?"

"공부 잘하는 사람은 다 나에게 적이야."

"그 범주에 나도 속하냐?"

"당연하지, 이현준."

"김창석, 너도 공부 잘해. 조금만 더 하면 1등할 수 있을 거야."

"아버지께 야단맞았다. 여자에게 1등 빼앗겼다고. 네 집안도 만만치 않을 텐데 잔소리 안 듣냐?"

"듣는다. 하지만 난 진심으로 축하해 줘. 린우가 아니라 네가 1등을 한다고 해도."

이제까지 미간을 찌푸리고 있던 창석의 얼굴에 정체를 알 수 없는 미소가 떠올랐다.

"이현준, 정말이냐?"

"그래. 속고만 살았냐? 네 마음 알지만 그렇다고 남의 아픈 상처를 건드리냐? 가서 사과해. 그게 내가 바라는 조건이야."

"알았어. 대신 무릎 꿇는 것은 봐 줘."

창석은 부탁하듯 내뱉었다. 현준은 공허한 눈빛으로 바라보는 창석을 보며 마음이 움찔했다. 관심에 목말라 하고, 사람의 정에 목말라 하는 아픔이 있다는 것을. 어릴 적 백린우처럼,

자신처럼. 현준은 고개를 끄덕이며 창석의 어깨를 툭툭 쳤다.

"자신이 잘못한 걸 아는 남자는 멋있는 사람이야."

"린우는 좋겠다. 든든한 친구들이 있어서."

"너도 좋은 친구들이 생길 거야, 곧."

창석은 아무런 대답을 하지 않고 다시 건물 안으로 들어갔다. 현준과 그 친구들이 3학년 1반 교실에 도착했을 때 창석이 그녀에게 사과하는 모습을 볼 수 있었다. 동시에 현준의 입가에 미소가 번졌다. 그녀가 고개를 돌리고 엄지손가락을 척 하니 올렸다. 잘했다고, 고맙다고 칭찬을 해 준 것이다.

그녀가 보여 준 맑고 싱그러운 웃음…….

순진한 아이처럼 귀엽고 사랑스러운 웃음, 그 웃음을 터트리고 싶지만 자제하는 그녀의 표정까지도 예뻤다.

그녀가 더욱 좋아졌다.

그녀를 더욱 사랑하게 되었다.

이번 사건으로 그녀의 마음에 조금이라도 변화가 있길 바라며 현준은 옆에 서 있는 우현의 어깨를 감쌌다. 우현은 퉁명스럽게 한마디 내뱉었다.

"치워라. 역겨워."

"친구, 고맙다."

"눈에서 하트 튀어 나간다."

"보이냐?"

"그래도 아직 끝난 게 아니야."

"알아. 하지만 난 린우가 웃고 있으면 무조건 좋아. 지금처럼."

우현은 현준의 얼굴을 바라보았다. 녀석의 얼굴에는 행복이라는 단어가 쓰여 있었다. 그녀를 바라보는 시선에는 별보다 더 반짝이는 빛이 있다. 무시할 수 없는, 사람을 끌어당기는 빛. 이런 놈을 이길 수 있을까? 아무래도 쉽지 않은 전쟁인 것 같았다. 그를 바라보는 우현의 얼굴에는 어두운 그림자가 드리워졌다.

사업체를 가지고 있는 아버지에 변호사인 어머니. 친구들 중에 제일 집안이 좋지만 그걸 자랑한 적도 없고 오히려 어릴 적에는 한 살 어리다고 구박을 해도 끝까지 졸졸 쫓아다녔다. 쫄병처럼. 그랬던 녀석이 이렇게 멋진 친구가 될 줄이야. 린우만 아니면 더 친해질 수도 있었을 텐데. 이현준은 미워할 수 없는 친구였다.

"린우 괜찮겠지?"

"그래. 백린우는 여리게 보이지만 강한 여자야."

현준은 그리 믿었다.

만약 그녀가 미혼모의 딸이 아니라 평범하게 태어났더라면 없었을 색안경 낀 시선들. 그 시선들이 그녀를 힘들게는 하겠지만 그녀는 이겨 낼 수 있을 만큼 강한 여자라 생각했다.

하지만 그것이 얼마나 잘못된 생각이었는지 알게 되기까지 꽤 오랜 시간이 흘렀다.

♦

 단풍이 빨간 물들임을 자랑하던 가을이 지나고 대기하고 있던 겨울이 조금씩 자신의 존재를 알리기 시작했다. 빨간 단풍처럼 몸속에 있던 불덩이를 밖으로 표현하지는 못했지만 시험이 끝나면 곧 고백을 할 수 있다 생각하니 절로 기운이 솟았다.

 고3 교실은 마치 전쟁터 같았다. 숨조차 쉬지 못할 만큼 긴장감이 돌고 서로가 서로를 경쟁자로 생각하며 전투력을 올렸다.

 시간이 흘러 수능 시험 전날, 예비 소집을 마치고 집에 일찍 온 현준은 깨끗이 샤워를 마치고 옷을 갈아입은 뒤 외출하기 위해 일 층으로 내려갔다.

 때마침 누군가와 통화를 마친 어머니가 수화기를 내려놓으시며 부르셨다.

 "이현준, 어디 가니?"

 "친구들이랑 잠깐 만나기로 했어요."

 "빨리 들어올 거지?"

 "네. 요 앞 커피숍에서 만나기로 했어요."

 "그래. 잘 갔다 와. 그리고 내일 시험 잘 볼 자신 있어?"

 "모르겠어요. 최선을 다해야죠."

 진영은 아들의 답이 마음에 들지 않는지 머리의 관자놀이를 꾹 하고 손가락으로 눌렀다.

 "린우보다 잘 봐야 되는데……."

"어머니, 린우보다 왜 더 시험을 잘 봐야 하는데요?"
"미혼모 주제에 자기 딸 공부 잘한다고 어깨를 추켜세우고 다니니 그렇지."
"어머니, 미혼모는 자식을 지키기 위해 자신을 희생한 엄마라고요. 남들에게 손가락질 당할 이유가 없어요."
"이현준, 너 지금 엄마 앞에서 린우 편드는 거니?"
"편이 아니라 사실을 말씀드리는 거예요. 만약 어머니가 그 상황이라면 어떤 선택을 하셨을 것 같아요?"
"이현준, 그게 엄마한테 할 소리야?"
"적어도 변호사라면 약자 편에 서서 힘이 되어 주셔야죠. 어머니처럼 약자를 우습게 보고 깔보면 누가 어머니를 존경하겠어요?"

 진영은 자신도 모르게 손을 들어 아들의 뺨을 내리쳤다. 생각지도 못한 아들의 거친 반항에 온몸이 부들부들 떨려 왔다. 전신을 휘감는 불쾌감과 분노로 인해 몸이 휘청거려 주저앉을 뻔했다.
 현준은 자신의 뺨을 두 손으로 움켜쥐었다.
"어, 어머니."
"여자 때문에 엄마를 나쁜 사람으로 몰아? 그게 아들이야?"
"여자 때문이 아니라 어머니의 마음가짐이 잘못되었다는 걸 말씀드리는 거예요."
"꼴 보기 싫으니까 썩 꺼져."
 현준은 뭐라 말할 수 없는 허무함과 쓸쓸함에 집을 뛰쳐나왔다. 어머니께 뺨을 맞은 건 처음이었기에 충격은 대단했다. 하지만 어머니께 맞은 뺨보다 더 아픈 건 심장이었다. 린우와 함께 공부하라고 할 때는 언제고 손바닥 뒤집듯 이랬다저랬다 하시냐고.

"짜증 나. 정말."

서늘한 냉기가 온몸으로 스며들자 그의 어깨가 한껏 움츠러들었다. 아무리 생각해도 분하고 억울했다. 린우는 어머니에게 그런 대접을 받을 이유가 하나도 없었다. 린우는 정말 예쁘고 바른 친구였다. 미혼모를 색안경 끼고 보는 사람들이 잘못된 것이었다.

현준은 그녀의 집 대문 앞에 서서 그녀가 나오기만을 기다렸다. 십일월이었지만 날씨는 제법 쌀쌀했다. 이상하게도 수능을 치는 날에는 꼭 추위가 기승을 부렸다.

대문이 열리는 소리가 나면서 그녀의 모습이 보였다.

"백린우."

"현준아, 여기 왜 서 있어?"

"너한테 줄 게 있어서."

현준은 코트 주머니에서 예쁘게 포장된 찹쌀떡 상자를 꺼내 그녀에게 내밀었다.

"시험 잘 보라고."

"고마워. 나는 준비 못 했는데."

"백린우, 한 가지만 부탁하자."

"뭔데?"

"꼭 들어줘야 해."

"그래, 말해 봐."

"너, 나보다 시험을 꼭 더 잘 봐야 해. 알았지?"

린우는 웃어야 할지 말아야 할지 몰라 잠시 고개를 숙였다 올렸다. 참으로 엉뚱한 녀석이었다. 도대체 저 머릿속에 무엇이 들어 있는지 궁금할 때가 있었다. 수능을 잘 보고 싶은 건 모든 수험생들의 소원이었다.

"이현준, 난 가끔 네 머릿속이 궁금해."

"왜?"

"이기고 싶은 게 사람들의 심리인데 넌 다른 것 같아."

"너한테만 그래. 꼭 들어줘야 해."

"노력해 볼게. 하지만 어려울 것 같아."

"백린우는 할 수 있다. 할 수 있어."

"싱거운 소리 그만하고 빨리 가자. 친구들 기다리겠다."

"그래."

한 발 앞서가는 그녀의 뒤를 따라 현준은 보폭을 맞춰 걸어갔다. 코트를 입었지만 그녀의 몸은 앙상하니 메마른 나뭇가지처럼 말라 보였다. 현준은 하늘을 보며 소원을 빌었다.

린우 시험 잘 보게 해 주세요. 밥 많이 먹고 건강해서 쓰러지지 않게 해 주세요.

너는 이렇게 내 앞에서 걸어. 아빠 오실 때처럼 엄마 뒤에 숨지 말고 당당하게 앞에서 걸으라고.

나는 네 뒤를 따라가면서 보호해 줄 테니까.

정말이었다. 현준은 그녀가 엄마가 놀랄 만큼, 화가 날 만큼 시험을 잘 봤으면 하는 바람이었다.

그래야 엄마가 린우를 인정을 할 테다.

슬픈 현실이지만 그게 가장 좋고 현명한 방법이었다.

린우는 친구들 속에서 유독 자신을 뚫어져라 보고 있는 현준을 보며 뭐라 설명할 수 없는 기분을 느꼈다. 친구들은 내일 예상 문제를 뽑아 보며 머리를 맞대고 있는데 말이다. 목구멍은 견딜 수 없이 간질거렸고 그의 시선은 불편했다. 곤혹스러움에 안절부절못하며 얼굴만 빨개졌지만 마법에 걸린 것처럼 시선을 돌릴 수가 없었다.

왜 자꾸 나를 보는 거지?

커피숍 안이 너무 더운 느낌이 들자 린우는 자리에서 일어났다.

"야, 우리 이제 그만 헤어지자. 일찍 자고 일찍 일어나야지."

"좋아. 우리 내일 최선을 다하는 거다."

"시험 잘 보자고."

"파이팅."

7인방 친구들이 저마다 한마디씩 내뱉으며 손을 모아 파이팅을 외친 다음 린우는 커피숍을 나왔다.

집으로 돌아오는 골목길. 친구들은 각자 집으로 들어가고 골목 안쪽에 사는 현준과 단둘이 남게 되었다.

어색한 분위기가 이어졌다. 린우는 분위기를 깨고 싶어 어렵게 말을 내뱉었다.

"이현준, 시험 잘 봐."

"너도 잘 봐."

"그래."

"린우야, 우리 손잡을까?"

"손?"

"그래. 어릴 적에 골목길이 무서워 같이 손잡고 걸었잖아."

"나 안 무서운데?"

"내가 무서워서 그래."

그가 덥석 손을 잡아 왔다. 순간 쿵 하는 떨림이 심장에 내려앉았다. 이상하게도 심장이 뒤틀린다. 무슨 생각으로 손을 잡은 걸까? 하지만 잠시 스치듯 지나쳐 간 그의 얼굴에서는 아무것도 읽어 낼 수가 없었다.

자꾸 화가 난다.

친구라고 딱 잘라 선을 그었지만 분명한 건 그 선을 이미 그가 넘어왔고 자신 또한 그 선을 넘으려 하고 있었다.

린우는 종잡을 수 없는 마음속의 변화가 반갑지 않았다. 하지만 몸과 마음이 떨리는 오늘, 지금 이 순간 그의 손은 어릴 적 그때처럼 따뜻했다. 그의 손을 놓고 싶지 않을 만큼.

린우는 물이 흐르는 듯, 바람이 살짝 지나갔다 다시 돌아와 뺨을 간질이듯 부드럽게, 느릿하게 눈을 감았다 떴다. 입술 끝이 묘하게 말려 올라갔다. 손가락 끝으로 손바닥에 뭐라 쓰고 있는 그의 행동 때문이었다.
"뭐라 썼어?"
"나중에 말해 줄게."
"집에 다 왔다. 빨리 들어가서 쉬어."
"잘 자, 린우야."
"응."
그가 잡은 손을 푸는 순간 린우는 허전함에 자신의 손을 내려다보았다. 그렇게 집으로 들어온 린우는 마당에 서서 차가운 바람 속에 한참을 서 있었다.
따스함이 식어 버린 손······.
그 손안에 있던 그의 마음을 놓쳐 버린 것 같은 느낌이 가슴을 깊게 쓸고 지나갔다.
흔들리는 동공만이 그녀의 감정을 고스란히 드러내고 있었다.

4. 반칙은 안 돼

4. 반칙은 안 돼

 십 대의 마지막 종착역 수능이 끝난 다음 날, 가채점을 하고 난 현준은 안도의 숨을 쉬고 난 후 린우가 앉은 쪽으로 시선을 돌렸다. 벌써 가채점을 끝냈는지 그녀의 모습은 교실 어디에서도 보이지 않았다.
 "어디 갔지?"
 현준은 걱정스러운 마음에 벌떡 자리에서 일어나 그녀를 찾기 시작했다. 교실을 나오니 을씨년스럽게 눈이 내리고 있었다.
 옥상으로 가기 위해 계단을 올라가던 현준은 혼자 있는 그녀를 발견하고 성큼성큼 걸음을 옮겼다. 그의 긴 다리를 눈과 바람이 휘감았다. 입고 있던 코트가 제 역할을 하지 못할 만큼 바람과 함께 진눈깨비가 내렸다. 현준의 얼굴에 검은 그림자가 드리워졌다.

"후."

그녀의 점수가 생각만큼 나오지 않았다는 걸 알았다. 그녀가 코트도 입지 않고 옥상에 쭈그리고 앉아 죄 없는 아랫입술만 꼭꼭 씹고 있는 걸 보니 말이다. 엄마가 잘됐다고 소리를 지르는 모습이 눈에 보였다.

괜스레 짜증이 치밀어 올랐다. 큰맘 먹고 어제 그녀의 손바닥에 '사랑해.'라고 고백까지 해 주었는데…….

그녀는 전혀 눈치를 채지 못한 것 같다.

어머니가 린우와 린우 어머니를 또 안주 삼아 떠들어 대실 걸 생각하니 머리가 지끈 아파 왔다.

"젠장, 짜증 나 미치겠다."

현준은 그녀의 머리, 어깨에 내려앉은 진눈깨비가 무척 무겁게 느껴져 급격하게 우울해졌다. 감기라도 걸리면 어쩌려고 코트도 입지 않은 채 올라왔을까. 그녀 앞에 선 현준은 코트를 벗어 그녀의 어깨 위에 덮어 주었다.

"감기 걸리고 싶어 환장했냐? 코트는 왜 안 입었어?"

"깜빡했다."

"깜빡할 게 따로 있지. 안 춥냐?"

"안 추워. 나 지금 화가 나 몸이 뜨거워 미칠 지경이거든?"

"이유가 뭔데? 말해 봐. 들어 줄게."

"이현준, 미안해. 네 소원 못 들어줬다."

"나는 가슴이 시릴 정도로 춥다."

"미친. 마음 아픈 사람이 누군데? 설마 약 올리는 거야?"

"백린우, 너 정말 나를 그 정도의 나쁜 인간으로 생각하는 거야?"

"미안. 내가 실수했어."

린우는 가슴에 구멍에 났는지 찬바람이 들어오는 느낌이 들었다. 이런 성적을 내려고 삼 년 내내 힘들게 공부를 했는지. 너무 어이가 없어 울음도 나오질 않았다. 아빠가 얼마나 실망을 하실까? 엄마는 우실지도 몰랐다. 그런 생각을 하자 머릿속은 터지기 일보 직전이었고, 몸은 차가운 얼음물에 담근 것처럼 춥고 시렸다.

급격히 어두워진 그녀의 표정에 현준은 그녀의 손을 잡아 일으켜 세웠다. 손이 얼음장처럼 차자 현준은 두 손으로 그녀의 손을 감싸고 호호 입김을 불었다.

"같은 대학에는 갈 수 있을 거야."

"야, 이현준. 이 손 안 놓을래?"

"청승 그만 떨고 들어가면 손 놓을게. 감기 걸린다."

"내가 감기 걸리든 말든 네가 무슨 상관이야?"

불만 가득한 그녀의 목소리를 듣고 있으니 현준의 입가에 눈꽃처럼 하얀 미소가 피어났다. 입술을 쭉 내밀며 씩씩거리는 게 꽤 귀엽다. 깨물어 주고 싶을 정도였다.

"상관있으면 어떡할래?"

"뭐?"

"상관있으니까 들어가자."

어둠과 묘한 기운을 머금은 현준의 눈동자가 그녀를 향했다. 가슴에 뜨거운 열기가 가득 감싸인 것과는 달리 얼굴에는 아픔과 슬픔이 조각조각 부서져 흐트러졌다.

"솔직히 말해 봐. 무슨 상관이냐고."

"정말 알고 싶어?"

"그래, 말해 봐."

머리에서 발끝까지 내려갔던 그의 시선이 다시 그녀의 얼굴에 꽂혔다. 순간 린우는 그의 강렬한 시선에 어깨를 움찔했다. 깊이를 가늠할 수 없을 만큼 어둡고 심란해 보이는 그의 눈동자 안으로 빨려 들어갈 것 같았다.

이현준.

린우는 또다시 그가 낯선 남자처럼 느껴졌다. 요즘 들어 부쩍 현준이 자꾸 머릿속에서 맴돌았다. 과연 현준과 어떤 사이일까? 친구보다는 더 가까운, 연인보다는 조금 먼 사이? 어제 손을 잡을 때도 평소와 너무 달랐다. 과연 그가 손바닥에 쓴 단어가 뭘까? 이상한 생각을 떨쳐 내려 자신도 모르게 고개를 떨어뜨리다 올리면서 눈길이 닿는 곳에 시선이 머물렀다. 그의 이마였다. 진눈깨비에 휘날린 그의 머리카락이 이마를 덮으며 흐트러졌다. 그럼에도 불구하고 참 잘생겼다. 선이 굵은 남자다운 외모, 예리하게 반짝이는 두 눈동자 사이로 힘차게 뻗어 내린 콧날과 그 아래 윤곽이 뚜렷한 입술, 참으로 여자들이 좋아할 얼굴이었다. 그래서 린우는 더 짜증 나게 되물었다.
"이현준, 빨리 말해 보라고."
"누나라며, 네가 누나라며. 누나라면 한 가족 아니야?"
"가족? 정말 날 가족으로 생각해?"
"그래. 그러면 안 되는 거냐?"

현준의 얼굴이 싸늘해지면서 경직됐다. 사랑한다 말하고 싶었지만 숨겨야 하는 이 순간이 너무 원망스러웠다. 그녀가 수능을 잘 봐서 기분이 좋았더라면 고백을 하는 게 조금은 쉬워졌을 텐데. 일부러 수능을 못 본 게 아니라는 걸 알지만 얄밉다. 백린우, 정말 미련 곰탱이었다. 이렇게 자신의 마음을 눈치채지 못할 수 있을까? 고백만 안 했을 뿐, 얼마나 많이 표현하고 있는데. 소중한 사람인 동시에 그녀는 자신을 아프게 하고 고통스럽게 할 수 있는 존재였다.

린우는 갑자기 자신을 쳐다보는 그의 눈이 차가워졌다는 것을 깨닫고는 고개를 돌렸다.

싫었다. 언젠가부터 그의 싸늘한 시선이 이상하게도. 그냥 그가 다정한 눈으로, 사랑스러운 눈으로 봐 주었으면 하는 바람이었다.

"평소에는 백린우, 백린우, 하고 부르면서 갑자기 웬 누나?"
"어쨌든 들어가자. 너 또 아파서 병원에 입원하고 싶어?"
"알았어, 알았다고. 들어가면 되잖아. 너 나보다 수능 잘 봤다고 유세 떨기만 해 봐. 가만 안 둘 거야."

"안 떨 거니까 걱정하지 마."

"좋았어. 그리고 한 가지 더. 둘이 있을 때 누나라 불러."

"그건 싫다."

"방금 전 누나라고 불렀잖아."

"그렇다고 누나라고 부르는 건 아니라고 본다. 엄연히 너랑 나랑은 같은 반 동급생이야."

"그럼 반 친구들한테 말할 거야. 네가 우리보다 한 살 어리다고."

"좋아. 할 테면 해 봐."

현준은 그녀의 터무니없는 협박이 가소로워 해 보라는 마음으로 그녀의 손을 놓아주고 팔짱을 꼈다. 린우는 팔짱을 낀 그의 몸을 훅 밀쳤다. 꼼짝도 안 했다. 다시 한 번 힘껏 떠밀었지만 결과는 똑같았다.

"거봐, 힘도 없으면서 까불고 있어."

"이현준, 너 정말 밥맛이다."

역시 독기가 빠지고 어깨가 축 처진 그녀의 모습은 보기 싫다. 역시 가시가 돋친 꽃이 예쁘게 보였다. 현준은 두 손을 들어 그녀의 머리 위로 올렸다. 그녀의 머리가 젖는 게 싫기도 했지만 사실은 걱정하지 말라고, 괜찮다고 머리를 쓰다듬어 주고 싶었다.

"알았다, 알았어. 둘만 있을 때 누나라 불러 줄게."

"진짜지?"

"그래. 남자는 한 입으로 두말 안 한다."

"남아일언중천금."

"그래. 약속할게."

결국 그녀에게 지고 만 현준은 앞서가는 그녀의 뒤를 조용히 따라 걸었다. 그녀의 어깨에 내려앉은 쓸쓸함과 아픔의 무게가 보일 듯 말 듯, 손가락에 잡힐 듯 말 듯 했다.

잡아 주고 싶었다. 털어 주고 싶었다. 몇 번, 아니 몇 백 번이라도, 그녀가 행복하다면 그녀에게는 일부러 져 줄 수 있었다. 그녀가 원한다면 저 하늘의 별이라도 따 주고 싶었다.

"룰루랄라."

갑작스레 심경의 변화가 왔는지 그녀가 콧노래를 흥얼거렸다. 덕분에 차갑게 얼어붙어 있던 그녀의 모습이 스르륵 녹아 버린 느낌이 들었다.

어느새 그의 입가에 기쁨의 미소가 피어올랐다. 그녀의 기분이 좋아졌으면 그걸로 족했다.

현준은 그녀가 아픈 게 싫었다. 그녀가 속상해하는 것도 싫었다.

그녀는…….

소중했다. 그 어떤 것보다.

그게 사랑의 기본 윤리였다.

옥상에서 교실로 향하는 계단을 내려오다 보니 우현이 복도 벽에 몸을 기대고 서 있었다. 정말 숨을 돌릴 틈도 주지 않고 시간 차 공격으로 맞서는 그였다. 앞서가던 그녀가 그의 이름을 불렀다.

"우현아."

"린우야, 이거 마셔. 춥잖아."

그가 내민 건 김이 솔솔 나는 뜨거운 코코아였다. 그녀는 코코아를 입에 넣고 행복한 미소를 지었다.

"나는?"

"넌 없어."

"차별하냐, 장우현?"

"그래. 차별한다. 마시고 싶으면 돈 많은 네가 사 먹으면 되잖아."

"정말 어이가 없다, 장우현."

"이현준, 나 린우랑 할 얘기가 있는데 자리 좀 비켜 줘라."

"싫어."

"이현준."

현준은 그를 불꽃 튀는 시선으로 노려보았다. 잠시나마 좋았던 시간을 깨 버린 방해자였다. 그런 상황을 종료시킨 건 그녀가 뱉은 아주 거슬리는 말이었다.

"우현아, 현준이가 싫다면 우리가 다른 곳으로 가면 되잖아."

"그럴까?"

"그래."

그녀가 우현과 팔짱을 끼고 해맑게 웃음을 보이며 눈앞에서 사라졌다. 시험을 잘 보면 뭐해? 그것보다 더 큰 어려움이 생기고 말았다. 고3의 책임을 어깨에서 내려놓았지만 마음의 짐은 더 무거워졌다.

한참 뒤 교실로 돌아와 보니 이미 교실 안은 텅 빈 상태였다. 가채점을 한 결과를 가지고 고3 담임선생님들이 긴급회의를 해야 돼서 모두 집으로 가라고 했다는 것이다.

그런데 백린우가 아직도 보이지 않았다. 보라에게 물어보았더니 교실에 돌아오지 않았다고 했다.

"젠장."

오늘따라 친구들이 모조리 뿔뿔이 흩어졌다. 시험 후유증이랄까? 친구들의 얼굴에는 수심이 가득 차 보였다.

혼자서 집으로 오는 길은 여느 때보다 더 짜증 나고 화가 났다.

진눈깨비가 어느새 함박눈으로 바뀌었다.

첫눈치고 눈이 제법 탐스럽게 내렸다.

그래서 더 우울했다.

그녀와 함께 첫눈을 맞고 싶었는데…….

현준은 집에 돌아와 제일 먼저 커튼을 걷고 건너편 그녀의 방을 향해 시선을 돌렸다. 커튼이 쳐져 있어 볼 수는 없지만 그녀가 방 안에 없다는 것쯤은 알 수 있었다.

현정이 눈싸움을 하자고 졸랐지만 그럴 마음의 여유가 전혀 없었다. 그녀가 오기를 기다리는 망부석처럼 린우의 집 앞을 노려볼 뿐이었다.

그러길 몇 시간이 지났을까? 어둑해진 골목 안, 그녀의 집 앞에 우현과 그녀가 뭐가 그리 좋은지 웃는 모습이 포착되었다.

현준은 엄청난 속도로 이 층 계단을 뛰어내려 그녀의 집 앞으로 달려갔다. 그들을 보는 현준의 시선은 심기가 불편하다 못해 속이 터져 미칠 지경이었다. 분노로 감정의 소용돌이가 몰아쳤다. 가슴이 쉽게 진정되지 않았다. 주체할 수 없는 질투심에 감정이 폭발할 것 같아 현준은 잠시 눈을 감았다 떴다.

"너희들 뭐 하나?"

"어, 현준아."

"백린우, 너 시험 못 본 거 맞아? 뭐가 좋아 웃고 있냐?"

린우는 금방이라도 울듯이 시큰거리는 콧잔등을 찡그리며 떨리는 입술을 깨물었다.

"이현준, 너 내 친구 맞냐?"

"뭐?"

"우현이가 슬프면 참지 말고 울어야 한다고 했어. 슬픈 영화 보면서 실컷 울고 왔다."

그녀가 꼭꼭 씹듯이 내뱉었다. 차가운 바람이 가슴을 강타하자 현준은 할 말을 잃었다. 그녀의 마음을 헤아린다고 했지만 그녀에게까지 도착을 못 한 모양이었다.

"백린우, 너 들어가라."

"그렇지 않아도 들어갈 거야. 우현아, 오늘 고마웠어."

그녀가 그에게 천사의 웃음을 보여 주었다. 그러자 그가 그녀의 머리를 헝클어뜨리며 기분 좋은 웃음을 터뜨렸다. 귀에 거슬릴 만큼.

"천만에. 영화 또 보여 줄게."

"그래."

그녀가 대문을 열고 집 안으로 들어가자마자 현준은 우현의 멱살을 잡았다. 힘줄이 드러나도록 틀어쥔 주먹, 분노로 꿈틀거리는 등과 어깨, 자신을 통제하기 위해 현준은 심호흡을 내뱉었다.

"후. 장우현, 너 정말 이러기야?"

"내가 뭘 어쨌는데?"

"린우랑 단둘이 영화라니, 이건 반칙이야."

"반칙? 친구끼리 영화도 못 보냐?"

"친구? 그래 친구이긴 하지. 하지만 친구라는 이름을 네가 더럽히지 말았으면 좋겠다."

"이현준, 너나 더럽히지 마. 이제까지는 내가 많이 양보했는데 이제는 안 하려고."

"웃기시네."

현준은 참았던 울분을 터트리듯 주먹으로 그의 턱을 날렸다. 이에 우현도 주먹을 같이 날렸다.

하얀 눈이 쌓인 골목길에 두 남자의 몸싸움 흔적이 또렷이 그려졌다. 엎치락뒤치락하며 서로를 향해 날리는 주먹에는 그녀를 향한 마음이 가득 차 있었다. 그러길 몇 분, 현준은 그의 몸 위에 올라타 멱살을 잡았다.

"너 나한테 졌어. 어떡할래?"

"더 때리든지 마음대로 해. 하지만 난 오늘 너무 행복했다."

"이 자식이?"

"오늘 보니 린우 많이 힘든 것 같더라. 건드리지 말고 옆에서 지켜봐 주는 것도 괜찮을 것 같다."

현준은 잡고 있던 멱살을 스르륵 놓았다. 갑자기 급소를 가격당한 것처럼 고통스러웠고 숨이 제대로 쉬어지지 않았다. 현준은 거칠게 호흡을 내뱉었다. 친구인 동시에 린우를 좋아하는 라이벌이긴 하지만 우현은 생각하는 폭이 넓고 정말 좋은 녀석이었다.

"장우현, 너는 사람을 미워할 수 없게 만든다."

"너도 마찬가지야, 인마. 네가 린우한테 하는 걸 반만이라도 했었다면 이리 후회가 되지 않을 텐데."

"네가 좋아도 난 린우는 너와 공유하고 싶지 않다."

"누가 할 소리? 이현준, 한 가지 약속하자. 반칙하지 않기로."

"반칙?"

"모든 결정은 린우가 하는 거야. 그 결정에 우린 따르는 거고."

"자신 있다는 거야?"

"아니. 난 너에게 이길 자신이 없다, 현준아. 다만 내 첫사랑이 아름답게 남길 원해. 이기면 더욱 좋고."

현준은 가슴이 아릿아릿 저며 와서 심장 언저리로 손을 가져다 얹으며 우현의 몸에서 내려왔다. 순간 자신이 바보 같다는 생각이 들었다. 그가 말한 첫사랑에 대한 모범 답안을 십 년 넘게 지웠다 썼다 반복하며 고백도 못 한 자신이 한심스러웠다.

"나는 첫사랑이 이루어지길 바란다. 그게 소원이야."

"우리 악수하자. 친구로서."

"좋아."

현준은 그가 내민 손을 잡았다.

"먼저 주먹이 나가서 미안하다, 우현아."

"어릴 적에는 내가 널 많이 때렸는데 이제는 역전이 됐다."

"내가 훨씬 더 크거든?"

"그래도 내가 이 동네 골목대장이었어."

"그래. 인정해 줄게."

그녀는 이 세상에서 가장 소중한 사람인 동시에 친구이고, 우현도 가장 믿을 수 있는 친구, 죽마고우였다.

하얀 눈이 그들의 머리, 어깨 위로 소복이 내렸다.

눈처럼 깨끗한 마음을 가진 그들을 친구로 생각하듯 편안하게 내려앉았다.

🌢

길가에 늘어서 있는 가로수들이 옷을 완전히 벗고 앙상한 뼈대들을 노출시키며 추위에 떨고 있는 2월 10일.

올해 2월 10일은 현준에게 의미가 남달랐다. 생일날에 고등학교를 졸업했고, 대학생이 되었다. 운 좋게도 의대에 진학을 할 수 있었지만 린우는 약대에 붙었다. 그나마 다행인 건 같은 대학교라는 사실이었다.

7인방은 마니또 게임을 통해 서로에게 졸업 축하를 했고 성인이 되었음을 자축했다.

현준은 린우에게 졸업 선물을 준비했고 그녀에게는 생일 선물 겸 축하 선물을 받았다. 남성용 손목시계였다.

"생일 축하해. 그리고 졸업도."

"너도 축하해. 빨리 선물 풀어 봐."

"그럴까?"

린우는 선물 상자를 물끄러미 바라보다가 리본을 풀었다. 그가 선물한 것도 손목시계였다. 분홍색 가죽 끈이 예쁜 시계였다.

"와우, 선물도 똑같은 걸로 준비하다니 우리 통했네?"

"정말 그렇게 생각해?"

"뭘?"

"우리가 통한다는 거."

"사실 나 우현이에게도 손목시계를 받았어."

우현이 똑같은 선물을 했다는 소리에 현준은 실망감으로 얼굴을 찡그렸으나 그 녀석에게 린우를 좋아하지 말라고 할 수도 없었다. 그 녀석도 마음 앓이를 하고 있을 테다.

"그 녀석이 준 것도 찰 거야?"

"당연하지. 시계는 많을수록 좋아. 똑같은 시계만 차고 다닐 순 없잖아."

"내가 준 시계 더 많이 차고 다녀."

"알았어. 네 말대로 할게."

린우는 그가 선물해 준 시계를 차려고 소매를 걷었다. 그 순간 그가 손목을 낚아채더니 시계를 채워 주었다.

"고마워."

"나도 채워 줘."

"그래."

린우는 그의 손목에 시계를 채워 주고 나서 한참 동안 고개를 들지 못했다. 이제야 온몸으로 실감을 했다. 현준의 생일이어서 미리 축하 선물을 건네주려고 왔건만 단둘이 그의 방에 있다는 것을.

"오늘 저녁에 생일 파티 할 거야?"

"응."

"아줌마랑 아저씨랑, 현정이랑?"

"아니, 백린우 누나랑."

"나?"

누나라는 말에 그녀의 눈동자가 동그랗게 커졌다. 정말로 불러 주는 거냐고 묻고 있는 것 같았다.

현준은 그녀를 놀려 주고 싶었다.

"응, 단둘이. 생일 파티 할 거야."

"왜?"

되묻는 그녀의 질문에 현준의 눈빛이 조금 굳어져 갔다. 백린우는 공부 머리는 뛰어나지만 다른 쪽으로는 별로 똑똑한 것 같지 않았다.

"왜일까?"

"아줌마가 속상해하실 거야."

"아침에 이미 했어, 가족들이랑. 그리고 엄마는 오늘 재판에 이겨서 축하 파티 하고 계셔. 아들 생일보다 그게 더 중요할 거야."

"그렇구나."

린우는 그의 얼굴에 드리운 슬픈 그림자를 보았다. 이따금 자신이 느꼈던 그 감정과 똑같은 표현. 외롭다는 표정이었다.

"그럼 어떻게 파티할 거야? 나랑 밖으로 맛난 음식 먹으러 갈까? 아니, 우리 소꿉친구들 부를까?"

"싫어. 난 백린우 누나랑 술 한잔할 건데?"

"안 돼. 너는 아직 미성년자야. 열아홉 살이잖아. 난 스무 살이고."

"끝까지 놀린다. 잠깐 있어 봐. 맥주 정도는 괜찮을 거야."

현준이 방을 나가자 혼자가 된 린우는 그의 방을 둘러보았다. 그레이 컬러가 주를 이룬 침대 시트와 커튼 때문인지 방 안의 분위기는 어둡긴 했지만 생각보다 깔끔하고, 책도 정리가 잘되어 있었다.

"첫, 생긴 거랑 똑같아. 흠잡을 데가 없잖아."

입술을 삐죽거리던 린우의 시선이 한곳에 머물렀다. 시선을 뗄 수가 없을 정도였다. 그의 가족사진이 걸려 있었다. 흰 와이셔츠에 넥타이를 매고 슈트를 입은 남자 두 명은 의자에 앉고 그의 여동생과 엄마는 예쁜 옷을 입고 서서 웃고 있는 사진이었다. 보기에도 단란한 가족사진이었다.

"너무 보기 좋다."

그녀의 집에는 가족사진이라는 것이 없다. 엄마와 찍은 사진만 걸려 있을 뿐. 린우는 손가락으로 그의 아버지의 사진을 손으로 매만졌다.

"아버지, 아빠."

참으로 그리운 이름이었다. 그리고 부러웠다. 미혼모, 첩의 딸이라 놀림을 받는 게 싫어 정말 공부를 죽을 만큼 열심히 했다. 건강이 좋지 않아 마무리를 잘하지는 못했지만.

"하여튼 부족한 게 없어. 이현준은."

괜히 질투가 난다. 괜히 화가 났다.

하지만 미워할 수는 없는 친구였다. 미혼모의 딸이라는 소문이 학교에 퍼졌을 때도 울지 않았던 린우였다. 이미 귀에 딱지가 앉을 만큼 들었던 말이었다. 하나 소문을 퍼뜨린 친구를 설득하여 사과를 하게 만든 장본인이 현준임을 알았을 때 린우는 눈물을 핑 돌았다.

얼마나 고마운지.

떡 벌어진 어깨, 강인한 인상, 슈트를 입고 있으니 성인 남자처럼 남성스럽고 듬직하고 한편으로는 위험한 매력을 발산하고 있는 듯 보였다. 린우는 사진 속의 현준을 손가락으로 살짝 튕기는 척하며 때렸다.

"거, 쌤통이다."

어딘가 모르게 달라 보이는 그의 사진을 훔쳐보듯 보면서 린우는 그의 침대 위에 앉아 엉덩이를 들썩였다. 고급 침대라 그런지 탄력성이 꽤나 좋게 느껴졌다.

"음, 잠이 잘 오겠다. 이런 침대라면."

더군다나 좋은 냄새가 났다. 평소 현준의 몸에서 나던 향기와 비슷했다. 그녀가 침대에 잠시 누워 볼까? 하는 생각으로 몸을 옆으로 눕히는 순간 동시에 방문이 열렸고 그가 들어왔다. 린우는 잽싸게 몸을 곧추세웠다. 하지만 그와 눈길이 마주쳤다. 삐딱한 웃음과 함께 뭔가 야릇한 시선이었다.

"너, 뭐 했냐?"

"뭐 하긴. 침대가 좋아 보여서 누워 보려던 참이었어."

"남자의 체취를 느껴 보고 싶었구나?"

"아, 아니야."

"마음대로 느껴 봐. 환영하는 바야."

"그, 그만해."

린우는 그의 짓궂은 농담에 화끈거리는 얼굴을 감출 수가 없자 손부채질을 했다.

"방이 너무 깨끗하다. 아줌마가 매일 청소해 주시는 거야?"

"아니, 내가 매일 청소하는 거야. 우리 엄마는 내 방에 잘 들어오지 않으셔."

"왜?"

현준은 그녀의 질문에 들고 온 쟁반을 책상 위에 올렸다. 쟁반 위에는 맥주 두 병과 잔 두 개, 구운 오징어가 있었다.

"바쁘시잖아. 그리고 한번 청소하시면 다 갖다 버리셔서 안 돼."

"하긴, 우리 엄마도 그러셔."

"네가 잡동사니를 버리지 않고 가지고 있어 그런 거야. 너희 엄마, 딱 내 이상형이라고."

"이상형? 하긴 우리 엄마가 전형적인 현모양처이시긴 하지. 팔자가 드세서 그 빛을 못 보고 계시긴 하지만."

"우리 엄마와 반대로 말이지?"

"그래, 난 아줌마가 무서워."

"직업 때문에 그래."

사업체를 운영하고 계시는 아버지와 달리 엄마의 직업은 변호사였다. 승률 칠 할에 빛나는 홍진영 변호사님. 그래서 늘 바쁘시다. 아들 생일도 잊어버리실 정도로 변호할 사건이 많으셨다. 오늘 생일은 졸업식과 맞물려 그나마 기억하기 쉬웠다고 말씀하실 때 정말 화가 머리끝까지 솟아올랐지만 지금까지 키워 주신 은혜를 생각하면 이해 못 할 것도 없었다.

현준은 병따개로 맥주병을 따고 빈 잔에 맥주를 따랐다. 노란빛과 하얀 거품이 조화를 이루며 빈 잔을 채웠다.
"마시자. 졸업 축하는 해야지."
"좋아."
 린우는 당당히 잔을 들어 입으로 가져가 그와 눈을 맞추며 보란 듯이 맥주 한 잔을 홀짝 목으로 넘겼다.
"오, 제법인데? 한 잔 더 마실래?"
"당연하지."
 그녀의 목소리가 제법 앙칼지게 들리자 현준은 그녀의 빈 잔에 또 술을 채워 줬다. 술 마시는 모습조차 예뻤다. 너무 예뻐 그녀의 입 속으로 들어가야 할 운명에 처한 맥주가 부러울 정도였다. 현준은 그녀가 입으로 가져가던 술잔을 뺏어 제 입에 털어 넣었다.
"술 먹지 마."
"내가 술 먹든 말든 네가 무슨 상관인데? 그리고 술 가져온 사람은 너야."
"상관? 지금 나보고 신경 쓰지 말라는 거냐?"
"그래."
 삐딱하게 비틀린 입술만이 현재 그의 기분을 짐작하게 했다. 열기로 번들거리는 그의 눈이 그녀를 보고 있었다.
"너, 나 어떻게 생각해?"
 예상 못 한 그의 말에 당황한 그녀는 눈빛이 살짝 흔들렸다.

"무슨 뜻이야?"

"말 그대로 날 어떻게 생각하냐고!"

아무렇지 않은 척 넘기려다 그의 도발적인 질문에 린우는 난감해졌다. 대답을 종용하는 그의 어투가 차갑지만 진지하게 들려왔다.

"아무리 동창생이지만 나는 너보다 한 살 많은 누나야!"

"넌 육 개월 빠른 다정이에게 언니라고 불러?"

"바보야! 연식이 다르잖아! 연식이! 다정이는 84년생이고 넌 85년생이잖아. 스무 살과 열아홉 살이 어떻게 같냐고?"

"백린우, 너 지금 그걸 말이라고 해?"

"내 말이 틀렸냐고?"

"틀렸다면 어쩔래?"

"혀, 현준아."

그의 표정이, 고요 속의 폭풍처럼 차갑게 이글이글거렸다. 절대로 건드리지 말아야 할 상처를 건드린 표정이었다.

흡사 믿었던 사람에게 배신당한 것처럼.

독약을 삼키듯 그의 표정은 아주 고통스럽게 변해 갔다. 가슴이 쇠가 되어 녹슬어 간다.

마치 주문을 걸듯 속으로 같은 문장을 여러 번 되뇌며 현준은 잠시 한숨을 내쉬고는 곧바로 푸념 섞인 말을 내뱉었다.

"잘 들어. 이제부터는 누나라는 소리 한 번 더 해 봐. 가만 안 둘 거야."

"혀, 현준아."

"이제까지는 네 장난에 맞춰 줬지만 이제는 아니야. 알았어?"

현준은 발끈하며 흥분한 목소리로 말을 내뱉고 나자 민망한 기분이 들어 그녀의 머리 위로 손을 뻗어서 머리카락을 마구 헝클었다.

"하지 마."

"내 맘이야."

"하지 말라니까."

그녀가 계속 입술을 삐죽이며 투덜대자 현준은 어쩔 수 없이 손을 내리고 맥주잔을 만졌다. 하나 맥주잔을 만지는 손가락에 떨림이 있음을 알아챘다. 또한 그녀의 머리카락을 헝클었던 손가락에서 열감까지 느껴지자 현준은 그녀를 응시했다.

서로의 시선이 복잡하게 엉키며 아주 잠깐 어색한 기류가 흘렀다. 그녀의 흔들리는 눈동자처럼 그의 심장도 따라 흔들렸다. 반쯤 벌어진 그녀의 붉은 입술을 보자 작은 신음이 입새로 흩어졌다. 그녀에 대한 사랑을 마음속에만 갖고 있기엔 그 크기가 너무 컸다. 심장박동이 제멋대로 날뛰어 조절을 할 수가 없었다. 고백하고 싶고, 표현하고 싶었다.

"린우야."

"왜?"

현준은 그녀의 얼굴 위로 고개를 숙였다. 그녀의 얼굴은 마치 주사를 맞기 위해 기다리는 아이처럼 새파랗게 질려 있었다.

"나 너한테 할 말 있어."

"무, 무슨 말?"

속삭이며 다가오는 그를 보며 린우는 자신도 모르게 눈을 질끈 감았다 떴다. 술 때문인지, 현준 때문인지 몰라도 붉은 기가 얼굴 전체로 퍼지는 기분이 들었고, 마음속에선 셀 수 없을 만큼의 많은 나비가 날갯짓을 하는 것처럼 두근거렸다.

"나, 나 갈 거야."

린우는 자리에서 일어났다. 하지만 맥주를 연거푸 두 잔을 마신 탓인지 비틀거리고 말았다. 때마침 그녀의 손을 잡으며 일어선 현준은 그녀의 입김이 느껴질 만큼 가까이 다가섰다. 흠칫하고 놀란 그녀는 서서히 뒷걸음질 쳤으나 현준은 그녀를 가두듯 벽에 두 손을 짚었다. 그녀가 내뿜는 열기와 눈빛에 숨이 막힐 지경이었다. 그는 그녀의 두 팔을 손으로 애무하듯 미끄러뜨리면서 위로 올리고 그녀와 깍지를 꼈다. 린우는 이마에 식은땀이 흐를 만큼 너무 당황스러워 말을 더듬고 말았다.

"혀, 현준아."

"백린우, 잘 들어."

"뭘?"

마치 영혼을 빨아들일 듯 깊고 검은 그의 눈동자에 그녀의 커다란 눈동자가 깊이 얽혀 들었다. 그녀를 사랑하는 마음이, 본능이 목 끝까지 치밀어 올라 목울대가 크게 일렁거렸다.

"나 너 좋아해."

용기 내어 고백을 했지만 그녀는 아무것도 듣지 못했다는 표정을 지었다. 늘 언제나 그렇듯 눈을 동그랗게 뜨고 말똥말똥 쳐다보는 걸 보면. 그녀는 또 한 번 그의 마음을 불안하게 뒤흔들었다.

"이현준, 나도 너 좋아해."

"그렇게 좋아하는 것 말고. 남자 대 여자로서 널 사랑한다고."

린우의 얼굴이 점점 굳어져 갔다. 이제까지 이현준은 친구로서 변함없는 배려와 우정을 보여 주었다. 기쁠 때 같이 웃어 주었고, 슬플 때도 같이 울어 주었을 만큼 여자 친구들보다 더 가까운 사이였다.

"농담하지 마."

"농담 아니야."

"좀 비켜 줄래, 현준아?"

"싫다면……?"

그의 검은 눈동자가 짙게 변했다. 이런 모습 너무 낯설게 느껴지자 린우는 두 손으로 그의 어깨를 밀쳤다. 하나 꿈쩍도 하지 않았다.

"너 이거 반칙이야."

"좋아. 반칙한 김에 더 할래. 나 생일 선물 줘."

"이미 줬잖아."

"다시 돌려줄게. 나 받고 싶은 거 있어."

현준은 늘 상상했었다. 이 순간을.

피부에 선명하게 그려진 그녀의 핏기 없는 입술. 추워 보인다. 그 입술을 따뜻하게 데워 주고 싶다. 이렇게.

"읍……."

그의 입술이 닿는 순간 그녀의 몸이 겁먹은 새처럼 푸드덕 놀라 휘청거렸다.

서로의 숨결이 하나로 섞여 들었다 느껴진 순간, 그의 입술이 그녀의 입술을 조금 더 세게 내리눌렀다.

보드랍고, 말캉한 느낌.

닿는 순간 녹아 흔적도 없이 사라져 버리는 솜사탕처럼 달콤했다. 가볍게 부딪쳤던 입술이 떨어지더니 곧 다시 찾아왔다.

촉촉이 젖은 입술로 닿았다 다시 떨어지는가 싶더니 또 찾아왔다. 서투른 키스도 아니었고 성급한 키스도 아니었다.

키스라고 말하기 어려운 뽀뽀였지만 그 여운은 엄청났다.

그녀의 눈동자가 이리저리 마구 움직였다. 그와의 키스로 인해 그녀의 심장이 이상한 반응을 보이기 시작했다.

슬금슬금. 심장을 갉아먹었다. 심장을 두드렸다. 간질간질 긁어 댔다.

그러다 결국 심장이 쿵 하고 아래로 떨어졌다가 하늘 끝까지 올라갔다.

이현준이 미친 게 분명했다.

그와 입맞춤을 하게 되다니…….

상상도 하지 않았던 일이 실제로 일어나고 말았다.

5. 새로운 이름, 연인

5. 새로운 이름, 연인

 그의 뜨거운 입술을 느끼는 동시에 린우의 머릿속 회로는 복잡하게 얽혀 나갔다. 첫 키스의 느낌이 어떤지 알기도 전에 어떻게 행동을 해야 하지? 발로 차야 하나? 뺨을 때려야 하나? 온갖 생각이 난무하기 시작했다. 금방 떨어져 나갈 줄 알았던 그의 입술이 다시 느껴지자 린우는 두 손으로 힘껏 그의 가슴을 밀치며 뒤로 물러났다.

"그, 그만해."

 목구멍은 견딜 수 없이 간질거렸고 그의 시선은 불편했다. 곤혹스러움에 안절부절못하며 얼굴만 빨개졌다.

"뭐 하는 짓이야?"

"느낀 그대로야. 너와 진한 키스를 하고 싶었지만 이 정도선에서 참은 거야."

"이현준, 현준아."

"왜 이렇게 목소리가 부드러워? 내가 키스할 걸 알고 있었다는 거야?"

"아, 아니야."

분명 펄쩍 뛰며 화를 낼 것이라 생각했는데 그녀의 반응이 조금 의외였다. 기운 없이 대꾸하는 그녀의 모습에 그의 눈빛이 낮게 가라앉았다. 그녀가 너무 당황해서 그런다는 걸 모를 리 없었다. 그러기에 더 조바심이 났다. 차라리 그녀에게 뺨이라도 한 대 맞으면 기분은 개운해질 것 같은 느낌이 들었다.

"때리고 싶으면 날 한 대 치든지."

"생각해 보고."

"뭘 생각해?"

"너무 기가 막혀서 그런다. 우리가 이래도 되는 사이인지."

"이래도 되는 사이가 뭔데?"

"우리가 사귀는 것도 아니잖아."

다른 사람도 아닌 그녀의 대답은 예리한 면도칼로 몸을 천천히 긋는 고통과 비슷했다. 무언가에 쫓긴 사람처럼 현준은 어깻숨을 몰아쉬었다.

"나는 더 이상 너랑 친구 안 해."

"현준아, 난 너를 잃고 싶지 않아."

"후. 백린우, 너무 늦었다. 빨리 집에 가라. 더 있다간 내가 무슨 짓을 할지 모르겠다."

"뭐?"

린우는 자신도 모르게 움찔했다. 그의 어조는 너무나도 진지했고, 그의 목소리의 울림은 방 안 가득 허공을 타고 울렸다. 뭐라 대꾸할 수 없을 만큼. 더불어 그가 내뱉은 거친 숨결이 귓가에 들려왔다.

"하아."

방 안에 어색한 침묵이 흘러갔다.

잠시 침묵하는 동안 현준의 시선이 서늘하게 가라앉았다. 그러더니 곧 풍선에서 바람이 푸시시 빠져나가듯 짧은 웃음소리가 들렸다. 피식거리며 웃는 것도 아닌 묘한 웃음을 입가에 걸었다.

"너 정말 내가 무슨 짓이라도 하길 바라는 거야?"

현준은 발끝에서 머리끝까지 온몸의 신경세포가 꼬여 가는 느낌이 들었다. 그녀 때문에 자꾸 흔들렸다. 수백 번 고민한 끝에 겨우 단단히 붙들어 맨 사랑의 겉 포장을 뜯어냈는데 몸은 욕심쟁이처럼 또 다른 걸 갖고 싶어 했다.

그녀에게 나쁜 짓을 할까 봐 두려워 손을 묶듯이 꼭 쥐며 마음을 다잡았다. 새까맣게 타들어 가는 자신의 마음을 몰라준 채 동그란 눈동자를 이리저리 굴리며 아무것도 모른다는 표정을 짓고 있는 그녀가 야속할 따름이었다.

"빨리 가라고. 내가 데려다줘야 하는 거야?"

"아, 아니."

린우는 얼떨떨함과 당황스러움이 뒤섞인 채로 그의 집에서 도망치듯 뛰어나왔다. 뺨이 뜨겁다 못해 확확 달아올랐다.

사랑은 아니지만 뭔가 자꾸 꼬리에 꼬리를 물어 슬슬 끌려가는 기분. 머리에 큰 돌을 맞은 것처럼 띵했다.

그 순수하고 깨끗했던 마음으로 다시 돌아갈 수는 없을까?

예전처럼…….

하나 그것보다도 더 린우를 괴롭히는 것이 있었다.

그것은 시간이 지났음에도 불구하고 마치 방금 전에 진한 키스를 한 것처럼 가시지 않는 입술의 여운이었다.

너무 뜨거웠다.

온몸을 뜨겁게 할 만큼…….

혼자 남은 현준은 일어나 창문을 열었다. 다급하게 집 안으로 들어가는 그녀의 뒷모습이 보였다. 그리고 곧 그녀의 방에 불이 켜지면서 그녀의 모습이 보였다.

"린우야."

그녀의 이름을 부르는 순간 그녀가 커튼을 치는 것을 보았다. 커튼에 가려 그녀의 얼굴을 볼 수가 없었다.

무엇을 하고 있을까? 무슨 생각을 하고 있을까?

혹시 우는 건 아니겠지? 불결하다고 입술을 문지르고 물로 헹구는 건 아니겠지? 하지만 미안하다고 하고 싶지 않았다.

그녀를 사랑하니까.

현준은 손을 들어 자신의 입술을 매만졌다. 입술은 너무나 뜨거운데 맑은 일급수를 마신 것처럼 개운한 느낌이었다.

이런 느낌이었다. 그녀의 입술은 이런 느낌이었다.

순결하고 깔끔했다.

입술만 닿았을 뿐인데 머릿속이 하얗게 비었다. 살갗에 소름이 돋았다. 하마터면 그녀의 입술을 집어삼킬 뻔했다. 그녀의 입술을 열고 혀를 낚아채면서 빨아 당기고 싶었다. 그녀의 숨결을 모조리 빼앗고 싶었다.

만약 키스를 하게 된다면 어떨까? 그녀와 사랑을 나누게 된다면 미치겠지?

상상만으로도 몸이 뜨거워졌다.

친구로서 잃고 싶지 않다는 그녀의 말이 더욱 그를 불타오르게 만들었다.

그녀의 입술을 맛본 탓일까? 낯 뜨거운 상상이 자꾸 떠오르면서 몸의 열기가 한곳으로 몰려들었다.

그녀를 갖고 싶었다.

"젠장. 샤워부터 해야겠다."

현준은 입고 있던 옷들을 벗기 시작했다. 겨울의 차가운 기운이 방으로 불어왔지만 몸은 뜨거워 견딜 수가 없었다. 다른 날보다 더 몸과 마음이 활활 타올라 고통스러운 밤이 될 것이다.

이제 그녀도 알았을 테다.

남자와 여자가 친구가 될 수 없는 이유를…….

♦

 며칠 후, 대학교에 진학을 하기 전 골목 친구들과 모여 즐거운 시간을 보내기로 했다. 주점에서 만나 술을 한잔하기로 약속했지만 유일한 열아홉 살 이현준 때문에 어려워지자 모인 곳은 다름 아닌 노래방이었다.

 오랜만에 모인 7인방.

 우현과 다정이를 제외한 나머지 석기와 지훈, 보라는 지방대로 진학을 하기 때문에 이제 자주 만나기가 어려워졌다.

 우현은 옆에 앉은 현준의 어깨를 감정을 담아 툭 쳤다.

 "네놈 때문에 술집에 못 갔으니 오늘 노래방비 네가 쏴!"

 "걱정 마라. 내가 쏜다. 저녁까지도 책임진다."

 "와우, 역시 부잣집 아들은 다르네."

 우현은 자리에서 일어나 앞으로 나가더니 마이크를 잡았다.

 "오늘 물주는 이현준이니까 실컷 노래 부르고 맛있는 저녁 먹으러 가자. 거기서 소주 한잔하면 되겠다."

 "와우!"

 환호성과 함께 노래방 안은 시끌벅적 요란해지기 시작했다. 노래하는 것을 즐기지 않는 현준은 친구들이 율동을 하며 노래를 부르는 것을 보는 척하며 슬며시 린우를 훔쳐보았다.

 키스 사건, 입술만 맞댔으니 뽀뽀나 다름없었지만 쇼킹한 사건이 일어난 후 첫 만남이었다. 심경의 변화가 있었는지 자신과 시선을 마주치려 하지 않았다. 그녀는 시선을 다른 친구들에게 고정한 후 박수만 쳐 댔다.

그 모습을 보는 현준의 마음은 모래알처럼 잘게 흩어졌다. 아팠다. 그녀를 향해 보내는 눈빛과 작은 한숨은 노래방 안을 정처 없이 떠돌아다녔다. 이렇게 가까이 있는데도 너무 멀리 있는 것 같은 그녀. 너무 마음이 아파 참을 수 없었던 현준은 그녀에게 갚아 주듯 까칠하게 말을 던졌다.

"백린우, 그렇게 쳐 대다간 손바닥이 남아나질 않겠다."

역시 답이 없었다. 그녀는 아예 못 들은 척하곤 친구들에게 더 환하게 웃으며 박수를 쳐 댔다.

현준이 뭐라고 다시 한마디 하려던 찰나 석기가 팔을 끌어 잡았다.

"이현준, 네 노래 좀 들어 보자."

"나 노래 못해."

"못해도 들어 보자. 이제 대학 가면 만나고 싶어도 어렵다고."

석기의 말에 지훈도 거들며 현준을 스테이지 앞으로 끌어당겼다. 두 놈의 힘을 당해 낼 수 없었던 현준은 못 이기는 척 따라 일어났다.

선곡은 사랑과 우정 사이.

지금 자신의 심정을 대변하는 노래였다.

반주가 흐르자 현준은 최선을 다해 노래를 부르기 시작했다. 시선은 린우를 향해 고정을 한 채. 그런데 갑자기 우현이 그녀의 옆으로 가 앉는 게 포착이 되었다. 현준의 눈에 불꽃이 튀기 시작했다.

사람 욕심은 끝이 없는 게 맞았다. 친구라지만 우현이 그녀 옆에 오는 것도 보기 싫었다. 더군다나 그녀가 우현을 향해 환한 웃음을 보여 주는 걸 본 현준의 심장은 와르르 무너져 버렸다. 백린우는 이현준을 한 번에 무너지게 만드는 아킬레스건과 다름없었다.

차가운 눈빛으로 우현을 쏘아보았지만 우현은 한술 더 떠 보란 듯이 귓속말로 그녀에게 말을 건넸다. 이건 명백한 도발이었다.

사랑하는 것만큼 비겁해진다. 사랑하는 크기만큼 참을성은 점점 없어졌다. 노래를 부르고 있던 현준은 바닥에 마이크를 내던지고 우현에게 달려들어 멱살을 잡았다.

"장우현, 너 지금 뭐 하는 거야?"

"어, 어, 진정하시고. 린우에게 어지럽지 않냐고 물어봤다. 어쩔래?"

"거짓말하지 마."

"린우한테 물어봐."

현준은 멱살을 풀어 주고 린우를 향해 시선을 돌렸다. 그러고 보니 얼굴빛은 더 하얗고, 갈라진 입술에, 피곤한지 눈꺼풀을 파르르 떨고 있었다. 아무래도 잠을 못 잔 모양이었다. 심장이 아릿해졌다. 아무래도 다 자신의 탓인 것 같아 더 신경이 쓰였다.

"백린우, 아프면 집에 가자."

"됐어. 오랜만에 만났는데 재미있게 놀자."

"네 몸이나 걱정해."

현준은 친구들의 따가운 시선을 느끼며 린우의 팔을 끌어 잡았다.

"미안하다. 노래방비는 내가 계산하고 갈 테니 더 놀아. 린우 집에 데려다줘야 할 것 같다."

"이현준, 너는 있어. 내가 데려다줄게."

생각지도 못했던 우현의 반격이었다. 저번 일로 마음을 접었다고 생각했었는데 그게 아니었다는 것을 깨달았다. 그를 보는 현준의 시선은 얼음장처럼 차가워졌다.

"장우현."

"같은 골목 친구인데 너만 고생해서 쓰냐? 이번에는 나에게도 양보해 줘라."

"싫다면?"

"린우한테 물어봐. 누구랑 가고 싶은지……."

친구들의 시선이 한곳으로 향했다. 백린우.

린우는 순간 멈칫거렸다. 장우현, 이현준, 둘 다 부담되기는 마찬가지였다. 하지만 지금 이 순간 현준과는 가기 싫었다. 린우는 결정을 한 듯 다부지게 말했다.

"나 우현이랑 갈래."

느닷없이 허를 찔린 현준의 얼굴이 새빨갛게 달아오르면서 알 수 없는 슬픔이 심장박동에 맞춰 샘솟듯 피어올랐다. 현준은 사랑을 알기 전 상처보다 사랑을 알 게 된 후 느끼게 되는 감정의 상처가 훨씬 더 깊다는 걸 알았다. 그녀의 말 한마디에도 이렇게 하늘이 무너지는 것 같은 아픔이 차오르는 걸 보면.
"그, 그래. 그렇게 해."
"가자, 린우야."
 우현이 린우의 어깨를 감싸고 노래방을 나가는 모습을 보면서 현준은 다시 마이크를 잡고 노래를 불렀다. 여유 만만한 표정을 지으며 나가는 우현의 얼굴을 한 대 때려 주고 싶은 걸 겨우 참았다.
 아프다. 너무 아파 소리를 지르지 않고서는 견딜 수가 없었다.
 그러나 소리를 질러도 분노와 슬픔이 조금도 해소되지 않았다. 충혈된 눈에는 눈물이 흥건하게 괴어 오고 있었다.
 노래방에서 나오자마자 현준은 우현의 집으로 향했다. 우현은 자신이 올 줄 알았는지 대문 밖에서 기다리고 있었다.
"장우현, 얘기 좀 하자."
"좋아, 밤이 늦었으니 초등학교 운동장으로 가자."
"운동장? 그래, 한번 붙어 보자고."
 현준은 앞장 서는 우현을 따라 초등학교 쪽으로 걸음을 옮겼다. 늦은 밤이라 교문이 닫힌 상태여서 담을 타 넘고 학교 안으로 들어갔다. 어릴 적에 마음껏 뛰놀던 넓은 운동장이었는데 지금은 좁아 보일 만큼 어른이 되어 가는 중이었다.

상대방이 마음에 들지 않는다는 듯 바지 주머니에 두 손을 찔러 넣고 마주 보고 선 우현을 보자 현준은 속이 용암처럼 끓어올랐다. 린우 앞에서 못난 모습 보이기 싫어 겨우 참았기에 그를 향해 쏟아 내는 원망의 음성은 서릿발처럼 찼다.
"장우현, 너 무슨 심보냐?"
"그런 넌 린우가 네 거라도 되는 줄 아냐? 항상 집까지 데려다주면서 점수나 따고 말이야. 이번에는 내가 점수 좀 땄다."
"야! 장우현."
"나 린우한테 고백했다 차였다."
"뭐? 언제?"
"며칠 되었다. 그래서 심술 좀 부려 봤다, 어쩔래?"
 우현은 그녀에게 고백을 하고 차인 후 며칠간 뜬눈으로 지새웠다. 가슴속의 불덩이를 토해 내기는 했지만 피우지는 못했기에 더욱 아쉬움이 남았다. 백린우는 열병을 앓게 만든 장본인이었다. 그녀와 함께한 시간이 너무 많아 그녀를 마음속에서 쉽게 떨쳐 낼 수가 없어 더욱 고통스러웠다. 실연의 상처와 그리움에 체해 모든 기능이 마비된 느낌이 들었다.
"린우가 그러더라. 난 소꿉친구라고."
"소꿉친구 맞잖아."
"그런 너도 소꿉친구잖아. 넌 아니야?"
 우현의 질문에 현준은 아무 답도 할 수가 없었다. 우현의 말이 맞았다. 그놈의 소꿉친구가 자꾸 발목을 잡았다.

"소꿉친구가 최대의 적이구나. 적."

"이현준, 고백하려면 빨리해. 린우 얼마나 예쁘냐? 대학교 가면 바로 남자 친구 생긴다."

"젠장, 그날 고백을 확실히 했어야 했는데……."

"너희들 무슨 일 있었지?"

"그래. 내가 린우한테 뽀뽀했다."

"뭐?"

우현은 어이없다는 웃음을 터트리다 바로 주먹으로 현준의 턱을 한 대 내리쳤다. 오랜 시간 함께했던 친구였기에 믿었는데, 이리 배신을 때릴 줄이야. 분노가 치밀어 오르자 우현은 한 대 더 그의 턱을 내리쳤다.

"후우, 너 어떻게 그럴 수가 있냐?"

현준은 예상하고 있었다는 듯 입가에 흐른 피를 손등으로 닦았다.

"와, 생각보다 세게 나오네? 한 대까지는 맞아 줄 용의가 있었는데, 장우현."

"정정당당하지 못했어, 이현준. 넌 반칙한 거라고."

"반칙? 웃기시네. 예전에 이미 내가 경고한 것 같은데."

"잘해 봐라. 린우가 받아 줄지는 모르지만."

"걱정 붙들어 매라. 꼭 성공한다. 난."

"너무 자만하면 큰코다친다. 친구로서 걱정하는 거다."

"네 충고 받아 준다. 대신 한 대는 억울해서 갚아야겠어."

우현의 턱을 내리친 현준의 눈동자는 무섭게 번뜩였다. 절대로 백린우를 다른 놈에게 빼앗길 수 없었다. 결국 그와 자존심 싸움을 하듯 엎치락뒤치락 운동장에서 뒹굴고 말았다.

집으로 돌아온 현준은 흙투성이가 된 옷을 벗어 던지고 거울 앞에 섰다. 입가에 피가 맺혀 있었다.

"독한 놈. 승복하려면 깨끗이 할 것이지."

현준은 샤워를 마치고 건너편 이 층 방 창문을 응시했다. 어느 날부터 그녀의 창문에 그녀의 실루엣이 보이지 않을 정도로 두꺼운 커튼이 쳐져 있었다. 분홍색 커튼이 아닌 짙은 갈색 커튼. 아무리 추운 겨울이라지만 너무 심했다. 그녀의 모습을 전혀 볼 수가 없었다.

보고 싶다.

오늘따라 더…….

이른 새벽, 린우는 침대에 누워 휴대폰을 만지작거리다 그가 보내온 메시지를 한참이나 뚫어져라 보다 몸을 일으켰다.

[창문 열어 봐. 눈이 왔어.]

그날 이후로 점점 현준을 보기가 두려워졌다. 건너편 이 층 방에서 이쪽을 바라보고 있는 그의 모습을 보고 있노라면 심장이 안절부절, 못 볼 걸 본 것처럼 뛰어 댔다. 그렇다고 이런 서먹한 관계로 계속 지낼 수도 없었기에 린우는 걸음을 내디뎌 커튼을 걷고 창문을 열었다.

아직 컴컴한 하늘과 대조적으로 온 세상을 하얗게 만들어 준 눈. 제법 많이 내렸다. 자꾸만 빨리 가라 재촉하는 봄을 향해 겨울은 마지막 심술을 부렸다.
눈 구경을 하려고 손을 내밀던 그 순간 린우는 눈을 동그랗게 떴다. 그가 두 손을 흔들고 있는 모습에다 아직 아무도 길을 내지 못한 새하얀 눈길 위에 쓰인 글씨. 돌멩이를 하나, 하나 모아 눈 위에 쓴 글자가 보였다.

사랑해, 백린우.

린우는 눈만 깜빡거렸다. 사랑이라는 단어가 머릿속에 쉽게 접수되지 않았고, 뇌는 순간적으로 사고 기능을 상실했다.
"야, 이현준. 장난하지 말라고 했어."
"진심이라고, 진심이야."
현준의 눈엔 어떤 진통제라도 듣지 않는 통증이 눈을 타고 가슴으로, 온몸으로 번지고 있었다.
드디어 참을 수 있는 한계를 지나 폭발 직전이었다. 그녀가 노래방을 떠난 이후로 가슴이 얼어붙을 듯 추웠다.
그녀의 얼굴이 그립다. 그녀의 사랑이 그리웠다.
이 가슴을 녹여 줄 그녀가.
이대로 참았다간 감당할 수 없는 일이 터질 것 같아 결국 터뜨리고 말았다.

그녀를 사랑하는 마음은 그릴 수 없을 만큼 크고 넓은데 진작 고백을 할 수 없었던 이유는 따로 있었는지 모른다. 혼자 하는 사랑에 길들여져 있었고, 친구라는 관계는 생각보다 어렵고 복잡한 관계였다.
"너랑 친구 안 할 거야."
"현준아, 난."
"알아. 너는 아직 내 마음과 똑같지 않다는 것을……."
 그녀를 사랑하면서부터 그녀와 함께했던 시간들 중에 기억하고 싶은 것들이 자꾸만 늘어 간다. 남이 볼까 두려워 가슴속 깊이 숨겨 놓고 꺼내 보면서 추억하고 싶은 것들이 늘어 간다. 누군가 그랬다. 사랑은 남자와 여자가 해야 할 운명이라고. 똑같이 사랑을 하지 못하고 한쪽에서 일방적인 사랑을 하는 건 좀 더 서로를 알기 위한 조금은 짓궂은 하늘의 선물이라고. 하지만 그 선물을 받고 싶은 맘 전혀 없었다.
"사랑해! 나랑 사귀자."
 린우는 아무런 답을 하지 못하고 창문을 닫았다.
 며칠 전, 우현에게 고백을 받았다. 친구가 아닌 여자로 좋아하고 있다고.
 린우는 우현의 고백을 듣자마자 바로 거절을 했다. 골목 친구로 생각하고 있다고 분명히 밝혔다. 그런데 왜 현준의 고백에는 자꾸 답을 하는 게 망설여지는지…….
 누나라 부르라고 윽박지르다 정이 든 걸까?

만약 현준과 사귀다 헤어지게 된다면 어떻게 될까?

예전의 그런 사이로는 돌아가지 못할 게 뻔했다. 현준의 얼굴을 보지 못한다면 무척이나 마음이 아플 것 같다.

평소 린우는 헤르만 헤세가 말한 명언들을 좋아했다.

한 사람의 진실한 친구는 천 명의 적이 우리를 불행하게 만드는 그 힘 이상으로 우리를 행복하게 만든다. 친구와의 우정을 떠올리면 이상하게도 다정보다 현준이 생각난다. 아플 때 옆에서 가족처럼 도와준 친구. 남자임에도 불구하고 따스하고 등을 토닥토닥 두드려 주던 친구.

오돌오돌 상처로 얼룩진 가슴을 어루만져 주며 위로를 할 줄 아는 친구. 아빠보다 연인보다 그런 친구가 필요했다.

그러니 이현준은 우정을 나눌 수 있는 친구로라도 남아 있어야 했다.

"미안해, 현준아. 넌 내 친구였으면 좋겠어."

♦

삼월의 시작. 모든 것이 새롭게 시작되는 시간이었다.

하지만 현준에게는 고통의 시간이었다.

봄을 맞으러 성급하게 일찍 나온 새싹들이 애처로이 보일 정도로 아직까지 춥다. 바람에 파르르 떨며 안아 달라 애원하는 것 같아 보였다.

현준은 린우와 함께 입학을 했고 고등학교 시절에는 느껴보지 못했던 자유를 누리며 새내기 대학 생활을 해 나갔다.

그런데 쉽게 풀 수 없는 문제가 생기고 말았다. 린우가 남자 선배와 동급생 사이에서 인기와 호감도 순위가 1위였다.

아직 사귀자는 질문에 대답을 하지 않았기에 그녀는 여전히 솔로였다. 다른 남자와 사귀어도 문제가 없었다. 강의가 끝나자마자 현준은 약대 건물로 가기 위해 가방을 챙겨 강의실을 빠져나왔다. 그때 같은 과 한혜영이 앞을 가로막았다. 화장기 없는 말간 피부, 그 흔한 립글로스 하나 바르지 않았지만 그녀의 얼굴은 예쁜 데다가 반짝반짝 빛이 나 과 남학생들에게 인기가 탑이었다. 하지만 현준은 그녀에게 관심이 전혀 없었다. 오로지 백린우, 그녀만이 여자로 보였다.

"이게 무슨 짓이야? 저리 비켜."

"이현준, 나랑 좀 얘기해."

"난 너랑 할 얘기 없어."

"나는 있다고. 그러니 얘기 좀 하자."

시계를 보며 시간을 확인한 현준의 얼굴이 보기 싫게 일그러졌다. 시간이 없었다. 이미 강의가 끝나고 어디로 이동했을지도 모를 일이었다.

"저리 비키라고 했다."

"이현준, 나 너한테 관심 있어."

"나 분명히 말했어. 사랑하는 여자 있다고."

"친구라며, 그 애가 친구라고 하던데?"

"네가 린우를 알아?"

"너희들 둘이 계속 붙어 다니잖아."

"내가 쫓아다니는 거야."

"좋아. 어쨌든 난 그 애가 너를 어떻게 생각하는지 궁금했거든."

현준은 어이가 없다는 듯 고개를 내저었다. 악다문 잇새로 억눌린 신음이 비집고 나오자 현준은 이를 갈듯 말을 내뱉었다.

"후. 한혜영, 경고하는데 한 번만 더 린우 찾아가 쓸데없는 소릴 지껄이면 나 너 다시는 안 봐."

"이현준, 너 참 불쌍하다. 네가 뭐가 아쉬워 그 애한테 쩔쩔매냐?"

"사랑하니까. 사랑하니까 그런다. 그러니까 신경 꺼."

현준은 갈 길을 가로막듯이 서 있는 그녀를 밀치고 달리기 시작했다. 빨리 달려야 했다. 강의가 끝나 그녀가 다른 곳으로 가기 전에 붙잡아야 했다. 가까스로 도착해 보니 강의실 뒷문이 열려 있었고 웅성거리는 소리가 들렸다.

"젠장!"

그녀를 만나러 가면서 입술에 그려졌던 웃음은 분노에 사라지고 싸늘한 냉기가 가득 남았다. 약학과 강의실 안에서 그녀가 과 친구들과 웃고 있는 모습을 보며 현준은 무의식적으로 손을 움켜쥐었다. 그중에 남자도 있었다. 언제 그녀 앞에 당당한 남자의 모습으로 설 수 있을까?

이렇게 좋은데, 보고만 있어도 심장이 떨리는데, 심장을 내주어도 좋을 만큼 사랑하는데 어떻게 더 감출 수 있단 말인가.

현준은 거칠게 주먹으로 강의실 벽을 쳤다. 고통이 손등을 타고 저릿하게 몰려왔다. 얼음의 결정이 돋아나듯 차갑게, 차갑게 얼어붙었다. 깊게 가라앉은 눈동자에 걱정이 묻어 있었다.

힘줄이 드러나도록 틀어쥔 주먹, 분노로 꿈틀거리는 등과 어깨, 자신을 통제하기 위해 현준은 심호흡을 내뱉었다.

"후, 후."

참을 것인가, 참지 말아야 할 것인가 고민 중이었다. 갖가지 감정의 소용돌이가 몰아쳤다. 마음껏 감정을 표현할 수 없게 만드는 친구와 연인 사이라는, 보이지 않는 경계선이 점점 그를 힘들게 만들었다. 주체할 수 없는 질투심에 감정이 폭발할 것 같아 현준은 잠시 눈을 감았다 떴다.

사뿐사뿐, 하늘하늘, 곧 눈앞에서 사라질 것만 같은.

그녀를 잡을 수 없는 텅 빈 손. 그녀를 보고 있으면 숨을 쉴 수 없을 만큼 힘들어진 마음. 그녀의 이름을 부르는 것조차 떨려 왔다.

"백린우."

린우는 자신을 부르는 소리에 고개를 돌렸다. 현준의 얼음 같은 시선이 바로 들어왔다. 심장이 궁상맞게 뛰기 시작하면서 불편해졌다. 이현준 때문에. 점점 더 적응되지 않는 그와의 만남에 머리는 복잡해지고 감정의 딜레마에 빠져 갈피를 잡지 못하는 느낌이 들었다.

"어, 현준아."

"집에 가자."

"먼저 가. 나는 과 친구들하고 약속 있어."

"오늘 아침까지 그런 얘기 없었잖아."

"방금 전에 약속한 거야. 그러니 먼저 가."

"싫어. 난 너랑 집에 가려고 과 모임도 다음 주로 미뤘다고."

린우는 너랑 집에 함께 가기 싫다고 목까지 차오른 말을 차마 꺼내지 못하고 다시 삼켰다. 겉으로는 덤덤한 척했지만 눈동자는 어지럽게 뒤엉켰다.

이현준, 그와는 골목 친구인 동시에 소꿉친구였다.

하나 이제는 그가 고백을 해 옴으로써 관계는 깨져 버렸다.

십삼 년 넘게 가까이, 항상 옆에 있었다. 한결같이 그 자리를 지키더니 더는 못 참겠는지 친구라는 이름을 버리고 그가 한 걸음을 먼저 내디뎠다.

사람의 마음은 정말 간사했다. 현준의 고백 뒤에 그가 불도저처럼 마음을 밀고 들어와 자리를 차지했다.

아무래도 그를 좋아하는 모양이었다.

남자로서.

심장을 간질이면서 두근대게 하는 느낌. 심장에서 들리는 고동의 울림은 따스한 피가 도는 곳 어디라도 퍼져 간다. 얼굴이 저절로 붉어진다. 그와 단둘이 있는 것조차 떨린다. 그가 심장을 잡고 흔드는 것 같아 미칠 지경이었다. 이런 게 사랑이 아니라면 뭐란 말인가?

그의 마음을 받아 주고 싶은 맘이 굴뚝같았다. 그에게 사랑한다고 감정을 솔직히 털어놓고 싶지만 두려웠다. 그는 이제까지 친구와 아빠의 역할을 톡톡히 해 주었다. 한 가족처럼 자신을 든든하게 보살펴 주고, 지켜 주었다. 그래서 점점 욕심이 났다. 아빠의 정을 모르고 굶주려 있었기에, 그에게 더 많은 것을 요구하고 원할까 봐 무서웠다. 혹시 이런 자신이 지겹다고 도망가면 어쩌지? 또다시 사랑하는 사람을 잃어버리게 된다면 그 슬픔을 이겨 낼 자신이 없었다.

"어, 어쩌지?"

현준은 망설이는 그녀의 모습이 마음에 들지 않았다. 그녀에게 제일 우선순위가 되고 싶은데 또 밀리는 기분이 들었다. 현준은 결국 같이 있던 그녀의 친구들에게 깍듯이 인사를 한 후 그녀의 손목을 잡았다. 그때 누군가가 그녀의 다른 쪽 손목을 잡았다.

"린우가 싫은 모양인데 그쪽이 그냥 가시죠?"

"그런 그쪽은 누구시죠?"

"저는 같은 과 친구 우병준입니다."

우병준. 남자는 남자가 보내는 시선의 뜻을 알고 있다. 한 치의 물러남이 없는 두 사람의 눈빛이 허공에서 부딪쳤다. 우병준이라는 놈의 시선은 분명 린우를 향한 흑심을 가진 눈빛이었다. 속을 헤집는 불편한 기분, 불쾌하기 짝이 없었다. 남의 것을 탐하지 말라고 경고를 하듯 현준은 한 마디, 한 마디에 가시를 내세웠다.
"일단 린우 손목부터 놓으시죠."
"같이 놓는다면 놓죠."
"아무리 과 친구라 하지만 남녀가 유별한데, 린우 손목을 잡을 만큼 가까운 사이입니까?"

당당하고 자신 있게 들리는 현준의 목소리가 그녀의 심장에 꽉 파고들었다. 자꾸 특별한 존재라고 우기고 있는 이현준. 그게 아닐 수도 있다는 걸 보여 주고 싶어 린우는 두 남자의 손길을 동시에 뿌리치려고 잡힌 손목에 잔뜩 힘을 주었다. 하지만 쉽게 풀리지 않았다. 손등에 혈관이 튀어나올 만큼 두 남자가 힘을 주며 잡고 있어 손목이 아리고 아팠다.
"아프니까 둘 다 내 손목 풀어 줘."
"린우야."
"빨리. 병준아, 너도."
"그, 그래."

상대방 남자가 잡았던 린우의 손목을 풀자 현준도 마지못해 잡았던 그녀의 손목을 놓아주기는 했지만 왠지 섭섭했다. 아니, 섭섭한 게 아니었다. 아팠다. 이런 느낌을 뭐라고 표현해야 할지 모를 정도로 그녀의 무심한 행동이 칼이 되어 그의 심장에 꽂혀 들어왔다. 감히 안 지 한 달도 안 된 놈과 십삼 년 넘게 알고 지낸 자신을 동급으로 취급했다는 자체에 짜증이 일고 끓어오르는 부아를 참을 수 없었다.

하지만 화가 난 듯 노려보는 그녀의 시선에 현준은 마지못해 인사를 했다.

"저는 린우 소꿉친구 이현준입니다."

"소꿉친구라고 해서 린우를 마음대로 할 수 있는 건 아닙니다."

"마음대로?"

참으로 거슬리는 말이었다. 그를 보고 있는 현준의 시선에서 불꽃이 튕겨지는 듯했다. 우병준. 만만치 않은 놈이었다.

"초면이라 참지만 다음에는 참지 않습니다."

"참지 마세요, 이현준 씨."

"제가 참지 않으면 린우가 힘들어져요. 저는 린우가 싫어하는 건 하고 싶지 않습니다."

현준은 마음속에 넣어 두었던 감정을 시원하게 토해 냈다. 그러자 그가 더 이상 할 말이 없는지 고개를 숙였다.

덕분에 두 사람은 서로를 바라보고 있는 시선 속에 갇힌 사람처럼 아무 말도 없이 서 있었다.

어색하고 무거운 분위기에 긴장감까지 보태져 누군가가 말을 꺼내면 금방이라도 터질 것 같았다. 먼저 말을 토해 낸 건 현준이었다.

"백린우, 정말 안 갈 거야?"

"혀, 현준아."

"네가 결정해. 난 네가 하자는 대로 할 거야."

"갈게. 집에 같이 가자."

"좋아."

현준은 우병준의 차가운 시선을 뒤로하고 그녀의 손목을 잡은 채로 약학과 건물을 빠져나왔다. 그녀의 손목을 잡고는 있지만 가슴에 찬 얼음덩어리가 쏟아지는 기분이 들었다. 현준은 가던 걸음을 멈추고 그녀와 마주 섰다. 한 걸음 더 앞으로 나가기 위해 노력하고 있는 반면 그녀는 자꾸 한 걸음 뒤로 물러서려 했다. 마음에 들지 않았다.

"얘기 좀 해."

"일단 손목부터 놓아줘."

"친구들한테 가려고? 아니지. 남자와 여자 사이에 무슨 친구야?"

"현준아, 아프니까 손목부터 놓고 대화하자."

"좋아."

현준은 그녀의 손목을 놓았다. 어찌나 세게 움켜쥐었는지 그녀의 손목이 붉게 물들어 있었다.

"미안해. 많이 아팠니?"

"아팠어. 다신 이러지 마."

"다 너 때문이잖아. 너, 그놈이랑 말도 섞지 마. 참지 말라고? 정말 너만 아니었으면 주먹 나갔다."

"현준아, 그만해."

"너 혹시 그놈이랑 사귀니?"

"아니야. 같은 과 친구야."

"친구는 무슨 친구? 그놈은 너를……."

"너랑 나도 친구였어. 얼마 전까지. 하지만 지금은…….."

"지금은… 무슨 사인데?"

현준은 무언가 계속 대화가 어긋나고 있다는 것을 깨달았다. 그녀가 이렇게 행동을 하는 것엔 분명 무슨 이유가 있었다. 그의 눈빛이 점점 변해 갔다. 무섭게, 뜨겁게 달아올랐다. 그녀를 채근하듯이.

"빨리 얘기해 봐."

"모, 모르겠어. 무슨 사이인지."

"뭘 모르겠다는 거야? 혹시?"

현준의 목소리에는 설핏 물기가 젖어 있었다. 시간이 느려진 듯 천천히 손을 올려 그녀의 입가를 감싼 다음 내려다보았다. 당황했는지 동그란 큰 눈이 깜빡거렸다. 그런 그녀를 바라보는 그의 시선은 표현할 수 없을 만큼 다정한 눈빛이었다.

"너도 날 좋아하고 있는 거지? 내 마음과 똑같은 거지?"

"몰… 몰라."

더 이상 얘기하고 싶지 않다는 듯 린우는 몸을 틀었지만 솜털처럼 하얗던 볼에 화르륵 불이 붙은 듯 달아올랐다. 차갑게 생긴 거와 다르게 너무도 따스한 친구였다. 마음껏 곁을 내주며 다가오라는 그의 행동이 너무 예뻐 쪼르르 달려가고 싶은 걸 겨우 참았다.

쿵쿵. 미친 듯이 뛰는 심장 소리를 누군가에게 들킬까 봐 가슴을 두 손으로 가리고 싶을 정도였다.

현준의 두 눈동자가 거짓말 조금 보태 부푼 풍선만큼 커졌다. 예상하지 못했던 선물이었다. 언제부터인지는 모르겠지만 그녀 역시 자신을 보고 있었다. 마주 보고 있었다. 다만 눈을 맞추지 못했을 뿐이었다.

"백린우, 내 얼굴 똑바로 쳐다봐."

"싫어."

"마주 봐야 얘기를 하지."

린우는 고개를 들어 그를 바라보았다. 그의 시선에 온몸이 밧줄에 꽁꽁 묶여 있는 착각이 들 정도로 몸을 움직일 수 없었지만 가슴에 가득 찼던 공허에 따뜻함과 기쁨이 채워지고 있었다.

"오늘부터 우리 사귀는 거다."

"누구 마음대로."

"그만 튕겨라. 그리고 과 친구들에게 말해. 이현준이 남자친구라고. 알았어?"

"너도 너희 과 친구들에게도 말해. 백린우가 여자 친구라고."

"나는 이미 입학식 날부터 그렇게 떠들고 다녔다. 나를 보는 여자애들의 시선을 느꼈거든."

"어떤 시선?"

"한번 어떻게 해 봤으면 하는 시선이다, 왜?"

순간 어이없다는 듯 그녀가 자신을 응시하자 현준은 더는 참지 못하겠다는 듯 그녀의 몸을 잡아당겨 끌어안았다. 쏙 하고 감겨 들어오는 것이 어찌나 행복한지. 시간이 이대로 멈췄으면 싶었다.

"농담이야, 농담."

"농담이 아니라는 것쯤은 나도 알아. 너 잘난 거 알고 있어. 잘생겼고, 또……."

"내가 잘할게, 린우야. 난 너밖에 없어. 진짜야."

친구로 수십, 수백 번도 더 손을 잡았고, 서로의 몸을 끌어안았고, 어깨동무도 했지만 지금과는 판이하게 달랐다. 느낌부터가 달랐다. 몸과 몸이 닿은 부분이 뜨거웠고 마음과 마음이 이어져 동시에 뛰고 있는 듯한 착각이 일기도 했다. 린우는 잠시 동안 끊었던 숨을 내쉬었다. 그의 체취가 빠르게 몸속으로 스며들었다.

"후, 남들이 보잖아."

"보라 그래, 뭐. 좋아하는 연인끼리 포옹한다는데."

린우는 얼굴을 들 수가 없었다. 심장이 춤을 추듯 뛰어 댔다.

연인.

친구보다 훨씬 부드럽고 편안해서 좋다. 웃음이 절로 나올 만큼.

"그냥 손잡고 가자."

"좋아."

현준은 그녀를 놓아주고 그녀의 손가락 사이에 손가락을 끼웠다. 손가락끼리 맞물리자 맞닿은 손으로 온기가 몰려들었다.

여름 날씨보다 더 뜨거운 손. 그의 손은 마치 한여름의 태양 같았다.

"너 손이 너무 뜨거워."
"너라서 그런 거야. 너만 보고 있어도 불이 나거든."
"그런 것 같아. 손만 잡고 있어도 느껴지는걸?"
"그럼 키스나 한번 할까?"
"뭐?"
"지난번 거는 뽀뽀였다고."
"이현준."
"아, 알았어. 하지만 곧 키스하게 될 거야. 난 참을성이 없거든. 그리고 너 유병준한테 말해. 나랑 사귄다고. 아니다. 지금 가서 말해 버릴까?"
"됐어. 월요일 날 얼굴 보게 되면 말할게."
"약속해."
"알았다고."

현준은 싱글벙글 웃으며 잡았던 손을 더 세게 잡았다.

다시는 놓고 싶지 않았다.

막상 사귀기로 하고 나서 얼굴을 대면하고 나니 묘한 떨림이 돌았다. 온몸을 타고 오르는 긴장감에 반대편 손을 바지 위에 문질렀다. 손바닥에 식은땀이 가득 배어 있었다.

사랑하기 딱 좋은 날, 서로의 마음을 고백하기 정말 좋은 날, 그들은 서로에게 사랑의 화살을 쏘아 주었다.

친구가 아닌 연인이라는 이름으로…….

6. 사랑의 클라이맥스

6. 사랑의 클라이맥스

어떻게 집 근처까지 왔는지 모른다.

학교에서 전철을 타고 집까지 오는 데 한 시간가량 소요되었다. 현준은 그녀의 집 앞에 도착해서도 잡았던 손을 놓지 않았다.

"현준아, 우리 집 앞이야. 너희 집 앞이기도 하고."

"알아. 우리 요 앞 커피숍에서 커피 한잔할까?"

"됐어. 우리 엄마 보시겠다. 손 좀 놔줘."

"정말 헤어지기 싫다. 내일 주말이라 학교 간다는 핑계도 못 대고, 어쩌지?"

현준은 고개를 숙이고 그녀의 얼굴을 물끄러미 바라보다 좋은 생각이 났다는 듯 웃음을 지어 보였다.

"사실은 어제 내가 복권을 두 장 샀거든? 그중에서 복권이 당첨되면 너한테 선물할게."

"진짜지?"

"그래, 잠깐만 기다려 봐. 복권 당첨 여부를 확인해야 하니까."

현준은 주머니에서 뭔가를 꺼내어 등을 돌린 다음 복권을 긁는 척 시늉을 했다. 그녀에게 고백한 후 그녀와 사귀는 날만을 기다리며 준비해 온 작은 이벤트를 시작했다. 능청스럽게 그는 소리를 질렀다.

"와우!"

"왜 그래? 얼마짜린데?"

"엄청 큰 거 당첨됐어."

"진짜야? 어디, 어디. 보자고."

린우는 그의 손에 들려 있는 복권을 빼앗듯이 낚아채고는 소리 내어 읽었다.

"축, 당첨! 내일 10시에 당첨금을 수령하실 수 있습니다……? 이거 가짜 복권인데?"

"바보야, 이제 알았어?"

"그런데 내일 10시에 당첨금 수령이라니, 무슨 소리야?"

"내일 데이트하자고. 첫 데이트 말이야."

잠깐 사이 침묵이 감돌다 부드럽게 입술 곡선이 만들어지면서 그녀의 입술이 천천히 열렸다.

그녀는 혀를 내밀어서 입술 위에 얹었다. 들뜬 표정을 갈무리하지 못했다.

"다른 한 장은 무슨 내용인데?"
"네가 읽어 봐."
"좋아."
린우는 가짜 복권이라는 것을 알면서도 복권을 받아 읽었다.

사랑해. 너무 흔한 말이지만 영원히 너만 사랑할 거야.

"혀, 현준아."
"난 널 사랑해. 난 너랑 결혼하고 싶어."
"그건 아직."
"진심이라고. 너를 사랑하는 순간부터 생각한 거라고."
지금 함께하는 이 순간의 행복이 소중함을 알고, 지키기 위해 최선을 다할 생각이었다. 그녀의 곁에 영원히 머무를 수 있길 바랐다.
"우리 예쁜 사랑 하자, 도와줄 거지?"
린우는 고개를 끄덕거렸다. 그러자 그의 얼굴이 거의 코가 부딪칠 정도로 가까이 다가오더니 그녀의 입술에 가벼운 입맞춤을 하고 떠났다. 눈이 보이지 않을 만큼 눈웃음을 지으며.
"키스는 내일 해 줄게. 기대해."
그의 음성이 마치 노래를 속삭이듯 귀에 울려 퍼졌다.
이토록 달콤한 말만 골라 하는 그를 어찌 미워할 수 있을까.
그동안 그를 사랑하고 있었다는 것을 깨닫지 못했던 시간들이 아까울 뿐이었다.

  다음 날, 린우는 거울 앞에서 이리저리 몸을 틀었다. 벌써 다섯 번째. 입고 나갈 옷이 마음에 들지 않았다.
"왜 이리 옷들이 이상한 거야?"
  약속 시간은 다가오는데 마땅히 입고 나갈 옷이 없었다. 대학생이 된 것을 축하한다고 선물받은 옷이 옷장 안을 가득 채우고 있는데도 말이었다. 스커트를 입고 싶은데 추울 것 같고, 청바지를 입자니 매너가 아닌 것 같고. 린우는 어쩔 수 없이 처음 입었던 모직 바지와 터틀넥을 입고 두터운 붉은 재킷을 걸치고 약속 장소로 향했다.
  집에서 십 분 거리에 있는 지하철역 앞. 이미 그는 나와 있었다. 첫 데이트라 신경을 쓴 흔적이 보였다. 검은 터틀넥에 카디건을 입고 그 위에 검은 재킷을 걸쳐 입은 채 환하게 웃고 있었다. 린우는 빠른 걸음으로 그의 앞에 다가섰다.
"내가 늦었지?"
"아니야. 내가 좀 빨리 나온 거지. 오늘 예쁘다."
"그냥 평소대로 입은 건데, 뭘."
"어쨌든 내 눈에는 예뻐 보여. 그럼 함께 가실까요?"
"어디로 갈 건데?"
"네가 평소에 가고 싶다고 한 곳."
"그걸 기억한다고?"

"나는 너의 모든 걸 기억한다고."

린우는 뭔가 뜨거운 것이 가슴 속에서 올라와 눈을 내리깔았다. 동시에 그가 자신의 손을 잡자 심장이 내려앉았다.

연인이라는 이름으로 맞잡은 손. 참으로 따뜻했다.

이런 게 사랑의 시작일까?

한 걸음, 한 걸음 그와 함께 걸어가는 것이.

지하철을 타고 그와 함께 도착한 곳은 바다가 보이는 인천 월미도였다. 수도권에서 가깝기도 하고 놀이공원까지 있어 연인들이 데이트하기에 아주 적당한 장소였다. 삼월의 바닷바람은 생각보다 찼지만 그가 있어 추운지도 몰랐다.

"와우, 멋지다."

"너 정말 저걸 탈 수 있겠어?"

현준은 디스코 팡팡을 가리켰다. 린우는 용기를 내어 고개를 끄덕였다. 이곳에 오고 싶다고 한 것은 바로 이 디스코 팡팡 때문이었다. 젊은이들의 활력과 낭만이 숨 쉬는 빙글빙글 놀이기구. 워낙 유명한 것이라 디스코 팡팡을 타기 위한 손님들이 꽤 있었다. 기다리는 내내 손님들이 지르는 비명 소리와 함께 떨어져 바닥에 주저앉는 장면을 여러 번 목격하기도 했다. 은근히 겁이 났다.

"무서우면 눈 꼭 감고 나만 붙들고 있어."

"그러면 타깃이 되지 않을까? 연인 떨어뜨리기 명수라며?"

"내가 팔 힘으로 버텨 보지, 뭐. 너는 내 허리 꼭 붙들어."

"알았어."

디스코 팡팡을 타기 위해 착석을 하고 그의 옆에 딱 붙어 있었다. 아니나 다를까 놀이기구를 작동하며 멘트하시는 분이 연인들을 타깃으로 잡고 괴롭힌다고 큰소리를 쳤다.

디스코 팡팡을 탔던 친구가 이런 말을 했다. 스트레스도 풀어 주면서 서먹서먹했던 사람들의 관계를 융합시켜 주는 놀이기구라고.

윙윙 돌아간다.

아래위로, 오른쪽으로 돌렸다 왼쪽으로 돌렸다.

놀이기구는 작동하는 사람 마음이었다. 거기다 입에서 터져 나오는 멘트가 정말 짓궂었다. 거침없는 입담에 낯부끄러운 얘기까지.

몸이 덜컹덜컹, 좌우로, 위로 흔들리는 것이 100미터 달리기 할 때보다 이를 더 악물어야 했다. 린우는 그의 허리를 꽉 끌어안았고, 그는 떨어지지 않기 위해 있는 힘을 다해 봉에 매달렸다.

린우는 디스코 팡팡이 끝나자 그의 팔에 안기다시피 해서 내려왔다. 현준은 그녀와 함께 디스코 팡팡을 탄 것을 후회했다. 아무리 입버릇처럼 타고 싶다 했어도 그녀에게는 너무 힘든 놀이기구였다. 충격이 쉽게 가라앉지 않는 듯 그녀의 눈과 몸은 사정없이 흔들리고 있었다. 현준은 그녀의 등을 토닥토닥 두들겨 주었다.

"미안해. 괜히 탔다."

"아니야. 내가 타고 싶다고 했잖아. 재미있었는데 한 가지 나쁜 것은 어지럽다. 진짜로."

"다시는 이거 타자고 하지 마."

"응, 이렇게 무서운 줄 몰랐단 말이야."

"가뜩이나 어지러운데. 업어 줄까?"

"아니, 조금 쉬다 바다 보러 가자."

"그래, 여기 앉자."

바짝 긴장해서 그런지 온몸이 아프고 다리는 후들후들거려 린우는 의자에 주저앉았다. 그가 곁에서 알아서 척척 해 주고, 도와주니 불편함이 없었지만 한편으로는 미안한 마음도 들었다.

"마실 것 좀 사 올게. 여기서 기다려."

"고마워. 옆에 있어 줘서."

"백린우, 네가 아프면 나는 더 아파."

"알고 있어."

"갔다 올게."

따스한 코코아 두 잔을 사 온 현준은 한 잔을 그녀에게 내밀었다. 코코아를 호호 불며 마시는 것조차 예뻤다.

짧은 휴식 시간을 가진 뒤 현준은 그녀의 손에 깍지를 끼었다. 손가락 사이사이로 꽉 끌어안듯 맞춰진 손가락들. 서로의 마음을 충분히 전달할 수가 있었다.

"바다로 갈까?"

"응."

 삼월의 바다는 연인에게 아주 적합한 데이트 장소였다. 소금기가 가득한 바다 냄새도 좋았지만 추워서 그런지 사람이 없어 한산했다. 바닷바람이 재킷과 머리카락을 흩어 놓을 만큼 불어서 서로의 따스한 체온을 느끼기 위해선 최대한 몸을 부딪쳐야 했다. 진한 애정 행각을 해도 부담이 없어 보였다.

"추워?"

"조금."

 현준은 깍지를 풀고 입고 있던 재킷을 벗어 린우의 어깨 위로 덮어 준 뒤 한쪽 팔로 그녀를 품에 안다시피 했다.

 모래사장 위를 걸었다. 파도가 철썩이며 백사장까지 제법 깊숙이 밀려왔다. 현준은 바닷물이 린우의 신발을 젖지 않게 하기 위해 그녀와 자리를 바꿔 걸었다.

 햇살이 바다 위 수면을 비추듯 부서지면서 반짝거리자 마치 딴 세상에 온 것 같았다. 너무 넓어 끝이 보이지 않는 바다를 보고 있으니 사람이 없는 무인도에 온 것 같은 기분이 들었다.

"린우야, 우현이가 너를 좋아했어."

"어떻게 알았어?"

"서로에게 말했었으니까. 우현이에 대한 네 생각은 어때?"

"알잖아. 친구, 친구 그 이상의 감정은 없어."

 현준은 그녀의 어깨를 더욱 강하게 끌어당겼다. 믿는다는 의미와 함께 '너는 내 여자다.'라는 뜻이었다.

하얀 거품을 물며 조금씩 밀려왔다 쓸려 가는 파도. 그 파도가 신발을 적시자 린우는 폴짝 뛰었다. 파도를 놀이기구 삼으면서 둘은 함께 시간을 보냈다. 손을 잡고 밀려오는 작은 파도 위를 맴돌다가, 서로 마주 보며 웃다가 시선을 마주쳤다.

거울을 보듯 그들의 눈동자는 서로의 눈동자 속에 맺혀 있었다.

두 사람의 시선은 서로를 향한 채 대답하고 또 대답했다.

사랑하고 있다고…….

"너무 예쁘다, 린우야."

현준은 천천히 숨을 삼켰다. 현기증이 일었다. 머리가 핑 도는 것은 린우 때문이었다. 분명 꿈은 아니었다.

안아 주고 싶었다. 내 여자.

현준은 두 팔을 벌려 그녀를 꽉 끌어안았다. 그녀의 심장 뛰는 소리가 귀에 들릴 만큼.

린우는 그의 넓은 품에 얼굴을 묻었다.

친구인 줄만 알았던 그를 전혀 다른 의미인 남자로, 여자로 만나는 느낌, 처음엔 거북할 거라 생각했었다. 친구로서의 이현준과 남자 친구로서의 이현준은 어떻게 다를까? 궁금했었다. 하지만 그건 잘못된 생각이었다. 친구일 때도 좋았지만 남자 친구가 되니 더욱 좋아졌다. 친구와 남자 친구는 엄연히 달랐다. 친구보다 남자 친구 이현준은 더욱 따뜻하고 섬세했다.

이렇게 안길 수도 있고, 남자와 여자로서 가꿀 수 있는 최대한의 사랑도 만들어 낼 수 있었다.

그의 팔에 이렇게 갇히는 것 또한 온몸에 전율을 일으킨다. 친구일 때는 느끼지 못했던 야릇한 감정까지 샘솟게 만들었다. 그의 온몸이 느껴진다. 어깨, 배, 다리, 그리고······. 이러다가 질식사할 것 같았다.

"윽, 숨 막혀."

"더 숨이 막히게 해 줄까?"

그의 눈에 열기가 일렁이고 숨결이 뜨거워졌다. 그 숨결이 그녀의 얼굴 위로 쏟아져 내렸다.

그때 보았다.

아주 밝은 빛을. 그 빛 속에서 웃고 있는 건 남자, 남자의 얼굴이었다.

눈부시도록 환한, 가슴이 벅찰 만큼 눈이 부신 남자가 바로 이현준이었다.

린우는 눈을 감았다. 가슴이 뛰고 얼굴이 붉어져, 눈이 부셔 그를 똑바로 쳐다볼 수가 없었다. 짙은 눈매가 강인하면서도 정갈하다. 바로 이 눈빛 때문이었다. 이 눈빛에 심한 몸살을 앓고 있는 중이었다.

현준은 그녀를 잠시 품에서 놓아주는 척하며 그녀의 얼굴을 두 손으로 감쌌다.

사랑은 사람을 바보로 만든다는 것을.

이해하기로 했다.

사랑은 확인이 아니라 느낌이라는 것을.

그녀 또한 자신을 사랑하고 있다는 것을 확인하고 싶었다.

"린우야."

"어……."

"사랑해."

현준은 그녀의 뺨과, 턱, 눈꺼풀, 이마에 입술을 내렸다.

그의 입술은 온몸이 녹아내릴 만큼 달콤했다.

얼마 뒤 그의 입술이 그녀의 입술 위로 내려왔다. 조심스럽고, 조금은 서툰 입술이었지만 서로의 뜨거워진 체온을 합한 만큼 그의 입술은 무척이나 뜨거웠다.

석류가 갈라지듯 그녀의 붉은 입술이 벌어졌다. 입술보다는 붉지 않았지만 탐스러운 혀가 사랑스러웠다.

"읍……."

키스였다. 그녀의 여린 입술 사이로 그의 혀가 밀려 들어오면서 깊은 향기까지 같이 들어왔다. 최음제를 들이마신 것처럼 린우는 순간 호흡하는 법을 잊었고 숨을 멈췄다. 현준은 그녀가 숨을 참고 있다는 것을 깨닫자 잠시 입술을 떼었다.

"바보, 숨을 쉬어."

"어, 어떻게?"

"나도 잘 몰라. 나도 키스가 처음인데……."

다시 입술과 입술이 만났고 혀와 혀가 만났다. 수줍은 듯이 움직이던 그의 혀가 조심스럽게 그녀의 혀를 낚아챘다. 드디어 그의 단단한 혀와 그녀의 달콤한 혀가 만났다. 처음과 달리 호흡하는 방법을 알아낸 사람처럼 린우는 숨을 쉬었다.

그가 숨을 쉬면 같이 숨을 쉬고, 들이마시면, 같이 들이마셨다.

터져 버릴 것 같았다.

한입에 집어삼킬 듯이 들어온 입술과 그보다 더 온몸을 달아오르게 만들며 와 닿는 그의 숨결…….

서툴렀지만 키스가 깊어질수록, 길어질수록 서로의 얼굴이 붉게 물들었다. 차가운 바닷바람조차 뜨거운 입맞춤을 막지 못했다.

지금껏 참아 왔던 갈증을 한 번에 풀어 버리기라도 하듯.

그 사이로 바닷바람이 불어와 그녀의 긴 머리카락이 커튼처럼 두 사람의 뺨을 간질였다.

어느새 바닷가에 사람들의 인기척이 들려왔다. 하나 쉽게 입술을 뗄 수가 없었다. 마지못해 키스를 멈추었을 때는 부러운 시선들을 더 이상 무시할 수가 없었을 때였다.

누가 보아도 행복한 연인이었다. 그들이 뿜어내는 사랑스러움에 다른 사람들의 시선은 보이지 않았다. 서로를 향해 달콤한 꿀을 떨어뜨리고 있음에도 불구하고 아쉬워하는 커플이었다.

현준은 아쉬움에 젖은 그녀의 입술을 엄지손가락으로 매만져 준 다음 그녀의 손에 다시 깍지를 끼었다.

"배고프다. 우리 밥 먹으러 가자."

린우는 부끄러워 고개를 들 수가 없자 황급히 끄덕이며 빠르게 걸음을 내디뎠다. 그런 그녀의 마음을 알기에 현준은 그녀와 발걸음을 맞추어 걸어갔다.

"부끄러워하지 마. 우리는 나쁜 짓을 한 게 아니라고."

"알아."

"친구들에게 말해야지. 언제 말할까?"

"다 함께 만날 기회가 되면."

"좋아. 그때까지 참아야지."

현준은 친구들에게 자랑하고 싶었다. 더 이상 그녀에게로 가는 길을 헤매지 않아도 되었다. 이제는 마음껏 그녀의 손을 잡을 수도, 안을 수도, 키스까지도 할 수 있다는 게 너무 행복했다.

사랑은 서로의 날개를 펴 주어 마음껏 날아다닐 수 있도록 해 주는 마음이었다.

서로를 향한 사랑을 확인한 지금, 그들은 잊을 수 없는 추억 하나를 만들어서 나누어 갖게 되었다.

현준의 기분은 둥실 날아다녔다.

저 멀리, 저 높이 날아다니는 갈매기처럼……

현준은 우현과 만나기로 한 약속 장소에 먼저 도착을 했다. 적어도 그에게는 린우와 연인이 되었다는 것을 알려 줘야 했다.

"미안, 많이 기다렸냐?"

"그래."
"술 한잔할래? 아 참, 너 아직 열아홉이지?"
"또 내 속 긁는다."
"승자에게 패자가 할 수 있는 게 이것밖에 더 있냐?"
"우현아."

현준은 목이 타자 물 잔을 들어 한 번에 들이마셨다. 현준은 알고 있었다. 그가 한 사랑이 반쪽 사랑이었지만 그녀를 사랑하는 마음 하나는 누구에게도 뒤지지 않을 만큼 뜨거웠다는 것을, 그녀를 아꼈다는 것을. 사랑하는 여자를 빼앗겼으니 꽤나 속상할 텐데 흔들리는 눈동자를 뒤로하고 웃음을 짓고 있는 그가 제법 멋있는 척을 했다. 그 모습이 현준을 더 아프게 만들었다.

"어떻게 알았어?"
"린우한테 만나자 얘기했더니 우물쭈물하더라. 그래서 감으로 때려잡았다."
"우현아, 미안하다."
"미안하긴, 전혀 미안해하지 마. 내 몫까지 린우 많이 사랑해 줘."
"고맙다."
"빨리 미성년자 벗어라. 불편한 게 너무 많다."
"알았다."

커피숍을 나서며 현준은 그와 어깨동무를 했다. 짝사랑은 좋은 것보다 부정적인 것들을 먼저 생각하게 만든다고 했다. 하나 그는 상대방을 축복해 줄 수 있는 건강한 마음을 가진 멋진 친구였다.

그래서 골목대장이었을까?

"너에게 멋진 여자 친구가 생기길 기도해야겠다."

"그래 주면 좋고."

"당연하지. 곧 생길 거야."

"우리 린우도 부르자."

"그래. 아예 우리 친구들 모두 부를까?"

"좋지. 축하주 마시자."

현준이 그의 어깨를 툭툭 내리치자 그가 장난을 치듯 살짝 복부를 두들겼다.

이렇게 행복한 날도 별로 없었다.

연인과 친한 친구를 얻은 날.

꽃샘추위로 날씨는 추웠지만 마음은 정말 따뜻한 날이었다.

♦

사 년이라는 시간이 흘렀다. 그동안 좋은 시간만 있었던 것은 아니었다. 다투고, 울고, 헤어지고, 순탄하지 않았으면서도 이상하게도 관계는 점점 깊어지고 친밀해져 갔다. 아빠처럼, 엄마처럼, 친구처럼, 양쪽 부모님께도 교제 사실을 알리고 떳떳하게 사귀는 관계가 되면서 함께할 미래를 설계할 만큼 가까워졌다. 그러다 보니 아주 중요한 것을 결정할 시기가 찾아왔다. 그녀가 운 좋게도 졸업을 앞두고 우리나라 굴지의 큰 제약 회사에 취직을 하게 되자 현준도 미래를 위해 먼저 군대에 가기로 결심을 했다. 의대 본과 3학년을 앞둔 이월 겨울, 휴학계를 냈고 입대까지 얼마 남지 않았다.

주말을 맞아 하루 종일 함께 시간을 보냈지만 여전히 헤어지기 싫고 아쉬움이 가득했다.

"집 앞에 도착했어. 내리자."

"린우야, 잠깐만."

현준은 먼저 차에서 내리려고 하는 그녀의 손을 잡았다. 자꾸만 아쉬움만 남았다. 이렇게 눈앞에 있는데도, 손을 잡고 있는데도 보고 싶은데, 헤어지면 그 보고픔은 말로 표현할 수 없을 정도라는 걸.

"나 정말 군대 갔다 와도 돼?"

"잘 갔다 오라니깐."

"그 말밖에 할 말이 없냐?"

그의 목소리는 무척 섭섭하다는 투로 들렸다. 더군다나 자신을 똑바로 쳐다보는 그의 시선에 가시가 걸려 있는 것 같은 날카로움에 린우는 은근히 놀려 주고 싶었다.

"그럼 내가 어떻게 해야 하는데?"

그녀는 모르는 모양이었다. 그녀가 경계를 그어 버리듯 무

관심한 척 말할 때면 더욱 상대방의 본능을 자극한다는 것을.

더군다나 그녀는 흰자위가 투명하리만큼 맑은 시선으로 묵묵히 응시하자 더 조바심이 일었다. 울며 바짓가랑이를 붙잡고 매달리면서 군대를 가지 말라 애원하는 것까지는 바라지 않지만 이건 해도 너무 심했다.

아무 상관이 없는 남자가 군대를 가는 것처럼 태무심한 태도, 그게 화근이었다. 말로 표현할 수 없을 만큼 커다란 불안감, 처음으로 그녀와 떨어져 있어야 한다는 불안감이 신경을 긁어 대며 그를 날카롭게 만들었다.

"애인을 군대에 보내면서 그게 뭐냐?"

"군대 간다고 결정한 사람은 너야."

"레지던트 과정 끝나고 공중 보건의로 가는 것보다 낫다는 판단이 들어 어렵게 결정을 한 거라고."

"나도 네 결정이 옳다고 생각해."

"고무신 안 꺾어 신을 거지?"

"가죽 고무신 만들어 꺾어 신을 거다."

현준은 그녀의 말이 농담이라는 건 알지만 사실 두려웠다. 머릿속에서 결론이 나지 않은 전쟁을 벌이느라 온몸이 천근만근 무거웠다. 입대를 결정하고 난 뒤부터 생각하고 고민한 문제였다.

린우가 취직한 백제제약은 사망률 1위 암 치료를 위한 신약을 개발해 한창 몸값이 껑충 뛰어오른 회사였다. 신규 취업 경쟁률이 엄청 났던 걸로 안다. 그 높고 좁은 문을 열고 들어간 유능한 인재들이 모였으니 살아남으려면 열심히 일해야 했다.

현준 또한 본과 3학년이 되면 병원 실습과 학습을 병행해야 하기 때문에 그녀와 데이트할 시간이 부족할 터, 어차피 자주 못 만날 걸 각오해야 했다. 또 의대와 인턴 과정을 마치고 군대를 간다면 제대까지는 꽤 많은 시간을 필요로 했다. 결혼 적령기를 넘어가는 그녀를 다른 남자들이 호시탐탐 넘볼지도 모르니 그때는 꼭 옆에서 지켜야 한다는 생각이 들었다.

어차피 가야 할 군대, 빨리 갔다 오는 것이 서로를 위해서 나은 결정이라 믿었다.

하나 이 년 동안 그녀 곁에 있을 수 없다는 사실은 그를 너무 힘들게 했다. 그녀를 믿지만 남자들은 믿을 수 없는 동물이었다.

"백린우, 나 아예 결혼하고 군대 갈까?"

이제 막 사회 초년생이 된 스물네 살의 그녀가 결혼을 하기엔 너무 이른 나이라는 것을 알기에, 그녀에게 부담을 주는 것도, 그녀에게 힘든 짐을 떠안기는 것도 싫었다.

하지만 이별은 힘들었다.

그녀를 혼자 놔두고 군대에 간다는 것은 미친 짓이라는 걸 알면서도 어쩔 수 없는 선택 사항이었다. 이 년. 물론 휴가를 나오기는 하겠지만 지금처럼 그녀의 곁에 같이 있을 수 없었다. 그 사실 하나만으로도 현준은 마치 그녀와의 연결하고 있는 고리가 끊어진 것처럼 초조하고 불안했다.

"너무 빠른가?"

"당연하지."

"왜 당연한 거야? 너랑 내가 사랑하는데."

다그치듯 묻는 그의 시선을 마주하는 그녀의 눈빛이 조금은 당황스럽다는 듯이 내려앉아 무거워 보였다.

"너 이제 스물세 살이라는 거 알지? 나는 스물네 살이고."

"또 나이 타령이다. 두 달 빨리 태어났으면 스물네 살이라고."

"어쨌든."

"설마 아직까지 누나를 우려먹으려는 건 아니지?"

"이제는 그렇게 못 해. 알잖아?"

린우는 눈앞이 뿌옇게 흐려지자 손등으로 눈물을 닦았다. 얼마나 참고 또 참고 있었는지 모른다. 그와 함께했던 시간이 그녀의 전부가 되어 버렸고, 가장 행복했던 순간이었다. 늘 곁에 있을 거라 생각했던 그와 잠시 헤어져 있어야 한다는 건 정말 두려운 일이었다.

"나쁜 놈, 안 울려고 참는 중이었는데. 기어코 울리고 가냐?"

"이제야 기분 좋아진다. 네 눈물 보니."

"치사해."

"눈물이 곧 사랑이라는 거야. 네 마음 잘 알았어."

현준의 눈이 천천히 가늘어졌다.

똑똑.

그녀의 뺨 위로 맑은 눈물이 방울져 흘러내리고 있었다.

울음소리를 내지도 못하고 눈물을 흘리는 애처롭고 처량한 그녀의 얼굴에서 사랑의 아픈 그림자가 그려졌다. 그런데 심장은 전혀 다른 얘기를 했다. 그녀의 뺨을 타고 작은 이슬방울이 뜨르륵하니 떨어지는 것을 본 순간 덜컥 내려앉았다.
 예쁨 주의보 발령. 그녀의 눈물이 너무 예뻐 심장을 또 마비시켜 버렸다.
 쪼옥.
 현준은 혀를 내밀어 그녀의 눈물을 핥았다. 또 심장이 발작하듯 뛰면서 온몸이 뜨거워졌다. 발끝에서 시작된 오글거림이 종아리, 허벅지, 아랫배를 지나 가슴까지 정확히 말하자면 심장까지 오글거리게 만들었다. 자신도 모르게 호흡은 빨라졌고, 눈빛은 오로지 그녀만을 응시했다. 현준은 두 손을 뻗어 그녀의 어깨를 힘주어 잡았다. 그녀의 부드러운 목덜미의 맥박이 움직이는 게 느껴졌다. 손을 뻗어 그녀의 뺨을 톡 건드리고 도톰한 입술을 간질인 다음 목선을 따라 쓰다듬었다.
"현준아."
"키스하고 싶어."
"여긴 집 앞이야."
"걱정 마. 어두워서 차 안은 잘 보이지 않아."
 현준은 손가락 끝으로 그녀의 턱을 들어 올렸다. 그녀의 입술은 과즙이 흐르는 것처럼 붉고 달콤해 보였다. 현준은 살짝 벌어진 그녀의 입술 안으로 뜨거운 숨결을 불어넣었다. 겨우 입술 끝이 닿은 것뿐인데 흥분, 전율을 느꼈다.

"읍……."

부드럽게 날아든 그의 입술은 곧 소유욕 짙은 입술로 변해 버렸다. 이제는 익숙하다 못해 중독된 그녀의 입술. 하루라도 맛보지 못한다면 몸살이 날 테다. 단단한 그의 혀가 부드럽고 말캉한 그녀의 혀를 폭풍처럼 휩쓸었다.

셀 수 없을 만큼 그와 키스를 나누었는데도 그의 혀가 입 안으로 밀려 들어오면 그녀는 숨을 쉴 타이밍을 놓치곤 한다.

오늘도 마찬가지였다. 다른 게 있다면 어제의 키스보다도 더 짜릿하다는 것.

입술의 표피는 한 입 깨물면 달콤한 즙이 배어 나올 것 같다.

입 속에서 말캉거리는 혀도.

혈관을 뜨겁게 달구는 그녀의 타액까지도…….

"그, 그만. 숨차."

"하아, 하."

차 안으로 두 사람의 거친 호흡이 짙게 흐트러졌다. 키스를 하면 할수록 다른 것을 원하게 되고, 사랑하는 마음이 깊어지면 애틋함 또한 그렇게 깊어 간다. 이제는 키스만으로는 만족할 수 없는 지경에 이르렀다. 현준은 뭔가 부족한 것처럼 그녀의 목덜미에 입술을 묻고 말았다. 흔적이 남지 않게 하기 위해 최대한 약하게 핥았지만 손은 무례하게도 그녀의 가슴 위로 올라가 움켜쥐고 말았다. 린우는 너무 놀라 참지 못하고 그의 이름을 불렀다.
"혀, 현준아."
"미치겠다. 정말."

 현준은 가슴이 타들어 갔다. 손가락이 불을 피운 것처럼 뜨거웠다. 후회가 되었다. 괜히 군대에 간다고 한 것 같았다. 절망과 슬픔이 칼날처럼 자신을 내리쳤다. 도저히 억제할 수 없는 슬픔이 심장을 갈기갈기 찢었지만 표현할 수가 없었다. 사랑하는 만큼 이별의 아픔은 물밀듯 몰려왔다.

"가지 말까?"
"가지 마."
"정말?"
"가. 우리의 미래를 위해서."
"그래야겠지."

 위험스러울 정도로 부드럽게 속삭이는 그의 입가에 슬픔이 어려 있었다. 현준은 그녀를 끌어안고 그녀의 붉은 입술을 베어 물었다. 부드럽게 찾아든 그의 입술은 곧 격렬하게 움직였다. 그녀와 키스를 나누는 동안 불안했던 마음을 진정시키고 우울한 감정들을 날려 보내려 애를 썼다.

 그녀의 몸은 마치 그의 몸에 딱 들어맞는 것처럼 쏙 들어왔다.

"내 차 네가 타고 다닐래? 이 년 동안 참아야 하는 상으로 주는 거야."

"상?"

"나 보고 싶어도 참아야지. 보고 싶다 울어도 달려올 수 없으니까 네가 달려오라고."

"그래, 면회 갈게."

"나 이 년 동안 너만 생각하며 씩씩하게 군 복무 마칠게."

"너는 잘할 거야."

"바람피우면 죽는다. 나 탈영할 거야."

"우현이랑, 지훈이, 석기는 만날 거야. 소꿉친구잖아."

"좋아. 다만 나한테 얘기하고 만나. 특히 우현이는 조심하고."

"소꿉친구들도 안 된다니. 말도 안 돼."

"그놈들도 남자야. 남자는 아버지 빼고 다 안 돼."

잠시 두 사람의 시선이 서로를 탐색하듯 허공에서 얽혀들었다. 그녀는 꼭 불장난하다 들킨 아이처럼 얼굴을 붉힌 채 손을 내렸다.

"웃겨."

"빨리 대답해. 나 군대 안 가는 수도 있다."

"아, 알았어."

"예쁜 우리 린우."

현준은 그녀의 대답이 마음에 들었다는 듯 그녀를 품에 안았다. 그녀를 완전히 안고 싶은 맘은 그녀와 사귀기 시작한 첫날부터 품었던 것이었다. 그러나 현준은 참았다. 사 년이 된 지금까지도. 가장 큰 이유는 그녀의 가정사가 한몫을 하긴 했지만 그녀와 아름다운 사랑을 하고 싶고, 그녀를 지켜 주고 싶기도 했다.

"나 참 바보지?"

"왜?"

"사 년이 넘도록 여자 친구의 순결을 지켜 주는 남자는 나밖에 없을 거다. 후회가 돼. 지금 이 순간에는."

"날 너무 사랑해서 그런 거잖아. 너무 아껴서 그런 거잖아."

"그러니까. 이렇게 헤어지기 싫은데 이 년을 어떻게 떨어져 있지?"

"이 년 금방 가. 또 휴가 나올 거잖아."

"그래⋯⋯."

현준은 불안한 마음을 내려놓고 그녀의 사랑을 마음껏 들이마시고 가슴속에 가득 담았다. 그녀의 온기가 오랫동안 느껴지도록. 그녀의 향기가 잊히지 않도록⋯⋯.

그녀의 사랑스러움을 심장에 저장했다. 그녀와 함께 있는 것만으로도 세상이 가득 찬 느낌.

백린우는 고장 난 심장의 치료제였다.

7. 연인으로서 할 수 있는 그 무엇

7. 연인으로서 할 수 있는 그 무엇

 그가 없는 하루가 지나고 일주일, 열흘이 지났다. 처음엔 그에게서 해방된 자유를 누리고 싶어 그가 있어 할 수 없었던 일들을 하나씩 해 나갔다. 밀린 잠도 자고, 다정과 영화도 보고, 직원들과 퇴근 후 술자리도 가졌다.
 하지만 그런 자유의 기쁨도 잠시, 시간이 지날수록 걱정이 되고 보고 싶어졌다. 그가 옆에 없어도 린우는 창살 없는 감옥에 갇힌 듯 답답했다. 늘 옆에 있었던 그가 없다는 허전함이야말로 상상 이상이었다. 생각보다 그를 많이 사랑하고 있었던 모양이었다. 그가 그립고, 보고 싶고, 혹시 다치지 않았는지 하는 걱정에 밥도 잘 먹지 못했고 잠도 잘 오지 않았다. 잠자려고 침대에 누울 때마다 눈물을 흘렸다.

"보고 싶다. 보고 싶어."

이런 게 군인을 연인으로 둔 여자의 금단증상이었다.

어쨌든 일주일에 두 번 이상 그에게서 전화 연락이 왔고 바쁜 직장 생활을 하면서도 린우는 한 달에 한 번은 면회를 갔다.

그렇게 오 개월 가까이를 버텼다.

첫 번째 휴가를 나오던 날, 날씨가 무척 더웠다. 린우는 연차를 내고 그가 소속되어 있는 부대 근처까지 차를 몰고 갔다. 그리고 손을 흔들며 뛰어나오는 그를 만났다.

"현준아."

"린우야, 보고 싶었어. 그것도 아주 많이."

린우는 그의 품에 달려들었다. 그녀를 안은 현준은 다급하게 그녀의 어깨를 끌어안았다. 그녀의 목덜미에 얼굴을 묻고 그녀의 향기를 마음껏 들이마셨다.

"하아, 하. 너무 좋다."

"현준아, 일단 여기를 벗어나자."

"그래."

차 문을 열고 운전석에 올라탄 현준은 액셀러레이터를 힘껏 밟았다. 바닥에 울리는 타이어의 거센 마찰음이 들릴 정도로 거칠게 운전을 했다. 부대가 시선에서 사라지고 얼마 뒤, 제법 한적한 곳에 차를 세운 현준은 다급하게 그녀의 입술부터 찾았다.

"읍, 하아."

맞닿은 코에서 숨결들이 뜨겁게 쏟아졌다.

현준은 반기듯 맞이하는 그녀의 혀를 빨아들이며 춤을 추듯 그녀의 입 안을 훑었다. 달착지근한 꿀물이 입술과 혀에서 뚝뚝 떨어졌다. 그는 그녀의 입술을 더욱 크게 벌려 깊숙이 혀를 밀어 넣었다. 혀와 혀가 그녀의 입 안에서 뒤엉켜 불이 붙는 듯했다. 혓바닥에 불이라도 붙은 것처럼 밀어 넣고 옭아내며 뒤엉켰다. 미끄러질 듯 말려 들어가는 혀끝이 그녀의 혀를 계속 지분거렸다. 살랑, 살랑, 봄바람에 바람이 난 처녀처럼 정신을 차릴 수가 없었다.

그의 혀 놀림은 격렬하다 못해 그녀의 혀뿌리까지 뽑을 기세였다. 다급하고 오랜 갈증에 지친 그의 키스와 함께 그의 손이 그녀의 가슴 위를 애무하듯이 만지작거리더니 꽉 움켜쥐었다.

"윽, 하."

린우는 차 안이라는 불안감에 그의 손을 저지했지만 거기까지였다. 그의 손은 머뭇거림이 없었다. 가벼운 옷차림 때문인지 쉽게 그녀의 옷 속으로 침입을 마쳤다. 브래지어를 위로 올리며 젖가슴을 움켜잡는 그의 손길은 격렬하고 뜨거웠다. 그가 젖가슴을 만진 적은 몇 번 있었지만 이렇게까지 거친 적은 처음이었다.

"자, 잠깐만."

"린우야."

어쩔 수 없이 입술을 뗀 현준은 엉망이 된 호흡을 고르며 자신의 손길에 흐트러진 그녀의 옷을 정리해 주었다. 탐스럽고 뽀얀 젖가슴을 만졌다는 것만으로도, 그녀의 입술을 느낄 수 있다는 것만으로도 답답했던 목마름이 조금은 해갈되는 것처럼 마음이 편안해졌다.
"내가 너무 급했다."
"괜찮아. 이해해."
"사랑해, 린우야."
"집으로 가자. 아줌마가 기다리실 거야."

현준은 그녀의 말에 아무 대답을 하지 않고 그녀의 하얀 목덜미에 입술을 묻었다. 그리고 손가락으로 그녀의 긴 머리카락을 따라서 쓸어내렸다.

"부모님께는 내일 오후쯤 집에 갈 거라 했어."
"그래. 그럼 어디로 갈까? 고기 먹으러 갈까?"
"아니?"
"그럼 어디 가지? 커피부터 마시러 갈까?"
"싫어."

고개를 든 그의 눈에는 바닥이 어딘지 알 수 없는 늪과 같은 지독한 열망이 보였다. 수많은 빛이 어지럽게 얽혀 들었다. 독처럼 그녀가 토해 내는 숨결이, 흩날리는 향기가 그의 면역을 파괴하면서 심장 안으로 침투해 들어와 잠식을 했다.

"안고 싶어."

귓속을 파고드는 그의 말에 그녀는 숨을 멈추었다. 그리고 대답은커녕 휘둥그레진 눈동자조차 깜빡이지 못하고 몸이 굳고 말았다.

"내가 너무 급한 거야? 우리 사귄 지도 벌써 사 년 넘게 지났어."

"하, 하지만."

숨통이 꽉 막힌 것처럼, 놀라움에 그녀의 눈동자는 초점을 잃고 허공을 헤매고 다녔다. 그의 표정이 너무도 간절해 보였다.

심장이 멈췄다.

숨이 안 쉬어질 정도로.

더욱이 그에게 손목이 잡히자 짜릿한 전율이 파문처럼 번져나갔다. 길고 강인한 그의 손가락, 그 손가락들이 린우의 시선을 고정시켰다.

금기된 달콤함, 알고 싶은 짜릿함……

"왜, 안 돼?"

바람이 분다.

바람이 불고 있다. 십오 년 넘게 분 바람이 이제는 참지 못하고 더욱 세차게 불어온다. 우윳빛을 자랑하는 매끄러운 살결과 촉촉한 붉은 입술. 그녀의 머리카락 한 올 한 올, 그녀가 내쉬는 한숨까지도 모조리 마셔 소유하고 싶었다.

현준은 고개를 비스듬히 기울여 그녀를 뚫어져라 바라보았다.

도저히 해석할 수 없는 미소처럼 보였다.

분명히 불꽃같이 뜨거운 미소였다. 그런데 들려오는 목소리는 마치 사막처럼 건조하고 차갑기 그지없었다.

"왜, 싫어?"

그녀의 망설이는 눈빛에, 어색한 미소에 그는 초조한 표정을 지었다.

"린우야."

그의 눈빛은 당장이라도 터질 듯 뜨거웠다. 어두운 눈동자는 깊이를 헤아릴 수 없는 위험으로 가득 차 보였다. 뭔가 결심을 단단히 한 것처럼. 그녀가 특별한 존재이고 사랑하는 단 한 명의 여자라는 사실을 알리기 위해 좀 더 공격적으로 나가야 한다는 것을…….

린우는 더 이상 거절할 수 없음을 깨달았다. 사 년 넘게 기다려 준 남자라면, 아니 이현준이라면 모든 것을 주어도 아깝지가 않았다.

"아니야. 괜찮아."

그녀의 허락이 떨어지자마자 현준은 속도를 내기 시작했다. 이십 분을 달려 도착한 곳은 앞으로는 강물이 흐르고 뒤쪽으로는 푸르름을 자랑하는 산이 보이는 러브호텔이었다.

호텔 문이 열린 그 순간은 모든 것이 새롭게 시작되는 시간이었고 설렘과 흥분이 온몸을 전율하게 만든 역사적인 순간이었다.

사랑이 시작되었다. 그 사랑은 서로의 심장을 새까맣게 태웠다.

"하아, 하."

호텔 안으로 들어가자 현준은 그녀의 입술을 빼앗았다. 더 이상 기다릴 마음도, 여유도 남아 있지 않았다.

"아……."

그녀의 입술을 집어삼키던 현준은 그녀의 옷을 허겁지겁 벗긴 다음 단숨에 브래지어를 풀고 고개를 내렸다.

드러난 젖가슴은 너무 아름다웠다.

뜨거운 여름 햇살보다 더 자신을 뜨겁게 만드는 젖가슴이 드러났다. 잘록한 허리가 젖가슴을 받쳐 주어 더욱 아름다웠다. 현준은 코끝에 스미는 향기와 분홍빛 가슴을 보며 신음 소리를 흘렸다.

"하아, 예쁘다."

현준은 더 이상 말을 잇지 못했다. 말을 할 수가 없었다. 그녀의 가슴을 입에 삼켜야 했다.

아주 부드럽게, 살며시. 동시에 그녀의 탐스러운 엉덩이를 움켜잡았다.

"으으으."

온몸을 흔드는 그녀의 작은 몸부림일 뿐 거부가 아니었다. 그녀의 서툰 표현이었다. 현준은 용기를 내어 그녀의 치마를 벗겨 냈다.

어느새 손바닥 크기도 안 되는 얇은 속옷 한 장만을 입은 채 그녀가 앞에 서 있었다.

눈물이 날 만큼 눈이 부셨다.

"하아, 린우야."

"응?"

"사랑해."

그의 고백에 대답이라도 하듯 린우는 그의 목에 팔을 걸었다. 현준은 그녀가 전혀 무게가 나가지 않는 것처럼 그녀를 안아 올려 침대로 쓰러졌다. 첫날밤을 함께 보낼 침대로. 팔꿈치로 체중을 받치고 부드럽게 그녀의 눈으로 흘러내린 머리카락을 치운 다음 입술에 살며시 노크했다. 그녀의 살결, 체온, 그녀의 모든 것을 소유할 수 있게 되었다.

"너 내 거야."

"너도 내 거야."

"우리 서로 소유할까?"

"응."

현준은 달처럼 동그란 어깨와 앙증맞은 젖가슴을 입술과 손끝으로 느끼며 내려갔다. 점차 가늘어지는 허리선 아래 아찔한 그 무엇이 조금씩 그 모습을 드러냈다.

"린우야."

현준은 입술로 아찔한 속옷의 라인을 따라갔다. 생각 같아선 속옷을 벗기고 입 안에 삼키고 싶었지만 처음이었다.

그녀도, 자신도.

현준은 손가락으로 그녀의 속옷을 천천히 벗기며 호흡을 골랐다.

"혀, 현준아."

몸을 매만지는 것보다 더 부끄러운 것은 온몸을 더듬는 느낌. 마치 소중한 사람이라며 보호를 받는 느낌이었다.

젖가슴과 배, 그리고 다리 사이. 다리 사이의 그 무엇이 타들어 가는 아찔한 경험…….

"왜?"

"너무 뜨거워. 두려워."

"나도 두려워. 잘 못할까 봐……."

간신히 잡은 그녀의 시선을 틈 하나 없이 꽉 붙들어 맸다. 아기같이 하얗던 그녀의 뺨에 붉은빛이 돌자 현준은 손을 내밀어 문지르다 곧장 그녀의 입술을 한 입 베어 물었다.

"너 정말 뜨겁다."

"가져가. 빨리."

"그, 그래."

흐트러진 그녀의 머리카락은 시야를 어지럽히고, 반짝반짝 빛나고 있는 그녀의 은밀한 부위는 호흡을 조여 오고, 탄력 있는 동그란 엉덩이는 그의 욕망을 부채질했다.

현준은 옷을 아무렇게나 벗어 던졌다.

완벽하게 그녀를 갖고 싶었다.

그녀의 몸은 따스하고 촉촉했다. 갖고 싶었다. 짓이기고 싶을 만큼 그녀의 몸은 섹시했고 예뻤다. 길고 늘씬한 다리와 동그란 엉덩이, 맞춘 듯 손안에 쏙 들어오는 봉곳한 젖가슴…….
가슴은 굳이 내려다보지 않아도 곤두서 있음을 느낄 수 있을 정도로 팽팽했다.

부풀어 오른 젖가슴은 그의 손바닥에 이지러져 그 모양을 잃어버렸지만 곧 제자리로 돌아오면서 살짝 돋아 있는 꽃망울은 그의 입술 안으로 사라졌다.

현준은 빠르고 불규칙하게 뛰는 심장 위에 봉긋 솟은 붉은 꽃망울의 생명력을 느끼는 순간 입술을 뗴었다. 그녀가 몸을 심하게 떨고 있었다.

"떨지 마. 아직 시작도 안 했어. 이제 시작할 거야."

시작이라는 말에 린우는 침대 시트를 꽉 움켜쥐었다. 그녀의 몸 어디선가 분출하는 낯선 욕망이 고통스러웠다.

"아프다 들었어."

"알아."

"최대한 아프지 않게 해 보겠지만 어려울 거야. 처음이잖아."

그녀와는 모든 것이 처음이었다.

뽀뽀도, 키스도, 사랑도, 서로의 온몸을 소유하는 은밀한 이 행위도…….

한 번에 성공을 해야 했다. 그녀를 위해서.

그녀의 은밀한 부위를 보고 있던 현준은 큰 결심을 한 듯 그곳으로 향해 거침없이 첫 움직임을 시작했다.

이른바 돌진이었다.

"하악!"

그녀의 거친 숨소리가 터져 나오는 동시에 그의 호흡도 짙게 흐트러졌다.

"윽, 미안해."

미안하다는 말밖에 달리 할 말이 없었다. 처음이라는 것은 원래 고통스러운 것이니까.

서툰 첫 진입이었지만 성공적이었다. 그녀의 뜨거움이 온몸으로 고스란히 전해져 왔다.

아직 대낮이라 거침없이 쏟아지는 햇살 속에서도 그의 움직임은 빛을 발했다. 멈출 수가 없었다.

그녀는 뜨겁게 달뜬 피부 위로 빨갛게 부풀어 오르도록 입을 맞추는 그의 사랑을 온몸으로 받아 냈다. 그런데 정말 이상한 일이 일어났다. 자신도 모르게 그의 움직임에 리듬을 맞추기 시작하자 뜨거워지는 몸을 이겨 낼 수가 없었다. 참는다는 건 고3 때 했던 공부보다 더 어려웠다. 이 뜨거움을 밖으로 표현해야 할지, 무시해야 할지 갈피를 잡지 못했다.

"참지 마. 신음 소리."

"차, 창피해."

"난 네 신음 소리 듣고 싶어, 린우야."

달래듯 린우의 이름을 속삭이던 그는 손을 내밀어 그녀의 젖가슴을 꽉 움켜쥐었다.

처음이었지만 사랑을 하는 연인들은 알고 있다.

부족하다고, 더 내놓으라고 서로를 재촉했다.

방 안을 가득 채운 햇살이 서서히 물러갈 때쯤 현준은 힘겹게 몸을 일으켰다. 그녀는 아직 자신의 품 안에서 자고 있었다.

토닥토닥.

현준은 그녀의 등을 자장가인 양 리듬을 타며 부드럽게 두들겼다. 그녀의 심장 소리가 아름다운 선율처럼 들려왔다. 행복한 꿈을 꾼 것보다 더 짜릿한, 태어나길 정말 잘했다는 생각이 들 정도로 최고의 순간이었다.

"사랑해. 너무 사랑해서 눈물이 날 것 같아."

린우의 귓가에 살며시 속삭였다. 그 소리에 그녀가 눈을 살며시 떴다.

"혀, 현준아."

"잘 잤어?"

"응."

"저녁 먹어야지?"

"어."

온몸이 두들겨 맞은 것처럼 아프고 눈꺼풀이 천근만근 무거웠지만 따스하게 안아 주는 그가 있어 다행이었다. 그녀는 새끼 새가 둥지를 찾아오듯 그의 너른 품에 안겼.

심장이 그의 모든 것들과 연결이라도 된 듯 격렬히 뛰었다.

처음이었지만 육체적인 행위가 너무나 자연스러웠다. 눈으로 보고, 손과 입술로 만지고 몸으로 느끼고 확인하는데도 현실이 아닌 꿈처럼 느껴져 현준은 멈출 수가 없었다.

그녀를 너무나 사랑했다.

"밥 먹고 또 하자."

"밥 먹고 생각해 볼게."

"넌 아직 날 어린애로 보냐? 남자로서의 모든 것을 다 보여 준 것 같은데."

"그만해. 창피해 죽겠으니까."

린우는 수줍은 듯한 표정을 지으며 그의 가슴에 얼굴을 파묻었다. 현준은 팔을 뻗어 그녀의 허리를 끌어안았다.

지금 이 순간, 이 기쁨과 황홀감은 오로지 자신과 그녀만의 것이었다.

어느 누구와도 공유할 수 없는 비밀이었고 야릇한 경험이었다. 사랑이라는 감정이 이런 것이었다. 함께 있는 것만으로도 행복하고 좋은데 서로의 모든 것을 가질 수 있는 기회가 있다는 것은 더욱 소중한 추억이었다.

"이대로 멈추어 버렸으면 좋겠다. 시간이."

♦

그 뒤로 휴가 때마다 그녀와 사랑을 나누었다. 첫 경험과는 달리 남자와 여자의 사랑이 얼마나 뜨거운지, 어떤 사랑으로 승화시킬 수 있는지 알게 되었다.

마지막 휴가를 나온 그날도 현준은 린우와 사랑을 나누었다. 넝쿨에 휘감긴 듯 그녀를 향해 뻗어 가는 욕망에 온몸이 아플 정도였다. 그녀에 대한 소유욕이 점점 짙어져 갔다. 불가

마처럼 뜨거운 온몸을 식힐 수가 없었다.

호텔에 들어서자마자 현준은 린우의 손목을 위로 묶듯이 잡아 올렸다. 그녀의 온기에 뜨거워지고, 그녀의 사랑에 젖어 들었다. 휴가를 나와 그녀를 만나면 욕망은 더욱 불타오른다. 그녀를 갖고 싶었다. 처음 사랑을 나눈 그날보다 더 뜨겁고 열정적으로 그녀를 안고 싶었다.

"미치겠다. 너만 보면 이런 짓을 하고 싶어서. 미안해."
"괜찮아."
"사랑해."
"응."

린우는 그의 품에 안기면 마법처럼 용기가 생기며 용감해졌다. 그의 눈빛에, 몸을 훑는 야릇한 시선에, 가슴이 두근거렸다. 정말 심장이 멈춰 버릴 것 같았다. 그가 붉게 익은 탐스러운 열매를 맛보듯 입술 주위를 지분거리면 린우는 입술을 열어 그를 맞이했다. 달콤한 유혹에 물러나지 않고 당당히 받아들일 수 있는 여유가 조금 생겼다고나 할까? 그의 사랑과 자신의 사랑이 만나면 겁쟁이가 아닌 또 다른 생명체가 만들어지고 있었다.

그의 혀가 입 안을 헤집고 돌아다닐 때면 아무것도 생각나지 않았다.

"읍, 하."

혀와 혀가 얽히면서 흘러내리는 타액까지도 입 속으로 빨아들였다.

격렬하게 입술을 탐하던 그의 입술과 혀가 부드러워지는 동시에 공격은 무차별적으로 시작되었다. 그녀의 입 안을 마치 제집처럼 들락날락거린다. 서로의 타액을 나누며 은밀하게, 야릇하게, 물고 빨기를 여러 차례 반복했다.
"린우야."
"응?"
"나 너 없으면 못 살아. 죽는다고."
"나도 마찬가지야."
 그의 감미로운 말은 사랑한다는 고백보다 더 듣기 좋았다. 나비가 살짝 내려앉았다 날개를 퍼덕이며 날아간 느낌. 간지럽다.
"너무 좋다."
 현준은 입고 있던 그녀의 옷을 가차 없이 벗겨 버리고 말랑말랑한 그녀의 젖가슴을 움켜쥐었다. 거부할 수 없는 그녀의 모든 것.
 희고 고운 그녀의 속살에 경건한 마음으로 입맞춤을 시작하지만 곧 정신없이 붉은 흔적을 셀 수 없을 만큼 피우고 말았다.
 사랑스러운 여자. 내 생명보다 더 소중한 여자.
 현준은 그녀의 젖은 입술을 파고들어 혀의 부드러움에 취하며 손가락으로 붉게 열린 열매를 튕겼다.
"읍, 하."
"후우……."
 뜨거운 신음 소리가 호텔 방 안을 가득 채웠다.
 그녀의 혀도 그의 숨결을 찾아 따라다녔다. 그의 부드러운 손길에 녹아내렸다. 거부하고 싶지 않은 그와의 사랑. 사랑했기에 당연하듯 린우는 완벽한 모습으로 그에게 자신을 내주었다.

 끊어질 듯 새어 나오는 뜨거운 숨결을 느꼈다. 할짝할짝. 그의 입놀림 소리, 입술과 입술이 부딪쳐 나오는 소리가 평소보다 더 야했다.

 린우는 휘감은 열기에 손가락, 발가락이 저절로 오그라들었다. 뜨거운 불덩어리를 안고 있는 듯한 기분이 들었다.

 현준은 그런 그녀의 흥분된 모습을 보며 더욱 즐겼다. 자신에게 처음으로 열어 준 그녀. 그녀를 보고 있노라면 목구멍에 가시가 걸린 듯 침을 넘길 수 없을 만큼 목이 메어 왔다.

 "사랑해. 사랑한다고."

 삼키고 삼켜도, 마시고 마셔도 목이 말라 왔다. 삼켜 버릴 듯 치열하게 입술과 혀를 빨아들이면서 손으로는 그녀의 젖가슴을 동그라미 그리듯이 움켜잡았다.

 "으응……."

 사랑의 손길로 단단히 뭉쳐 버린 젖가슴은 곧장 그의 입 안으로 사라졌다. 욕심껏 빨고 혀끝으로 분홍빛 꽃망울을 굴려 댔다. 그녀의 신음이 오늘따라 더 자지러지듯 가빠지자 현준은 더욱 힘을 얻었다.

 그녀의 은밀한 곳에 날아든 그의 손가락은 작은 돌기를 찾아 문질렀다.

 "아, 응."

돌기를 문지르던 손가락으로 그녀의 안으로 들어가 움직였다.

살과 살 사이 땀이 배어 나와 미끈거렸지만 그녀의 안을 헤집고 다녔다. 여리고 부드러운 안쪽 살들을 닿을 듯 말 듯 자극시키면서 자신의 존재를 알렸다.

린우는 그의 어깨를 움켜쥐었다.

마치 빚어 놓은 듯한 넓은 가슴근육과 복근은 만지면 손을 떼지 못할 만큼 단단해 보였다. 손을 내려 그의 가슴근육을 손바닥으로 쓸어내렸다. 손가락 끝에 그의 작은 젖가슴이 걸리자 뱅글뱅글 원을 그리며 살살 어루만지다가 잡았다 놓기를 반복했다.

"리, 린우야."

그의 상체가 움찔거리며 연거푸 신음을 토해 냈다.

"하아, 아."

대담한 그녀의 손길에 열기는 현준의 온몸으로 전해졌다. 온몸의 피가 한곳으로 모인 듯 터질 듯 부풀어 올라 뜨거움과 아찔함 참을 수 없을 지경까지 오자 현준은 그녀의 몸 안으로 자신을 밀어 넣었다.

"윽, 하."

집어삼킬 듯이 부드럽고 뜨거운 그녀의 안으로 들어가자 현준은 그대로 토해 낼 것 같아 입술을 꽉 깨물었다.

점점 그와의 사랑이 익숙해져 가면서 쾌감 또한 늘어났다. 처음엔 그를 받아들이는 것조차 버거워 오르락내리락거리는 가슴이 안쓰러울 만큼 움직였다.
"너무 뜨거워······."
 그녀의 온몸이 덩달아 뜨거워졌다. 지금은 꽉 찬 느낌에 몸이 뒤틀리고 간지럽고 황홀해서 저절로 몸이 휘어졌다.
 그의 움직임은 격렬해지고 빨라졌다. 빠르고 거침없이 내달려도 그녀를 사랑하는 것을 표현하는 데는 부족했다. 부족한 무언가를 채우기 위해선 또 다른 선택이 필요했다. 그녀의 젖가슴을 깨물었다.
 그녀의 몸이 튕길 만큼 엉덩이를 끌어안고 몸을 움직였다.
 절정을 향해 달렸다.
 현준은 쾌락의 끝에 더 이상 버티지 못하고 린우의 안에 모조리 쏟아 놓고 그녀의 몸 위로 쓰러졌다.
"헉, 헉."
 그녀와의 사랑은 늘 짜릿하고 감미로웠다.
 현준은 몸에 감고 있던 피임 도구를 치우고 침대에 누워 그녀를 품 안으로 끌어당겼다. 끝이 났는데도 아직 남은 열기가 그녀의 몸에 남아 그녀를 뜨겁게 만들었다.
"우리 같이 씻을까?"
"아니. 자고 싶어."
"그래."
 얼마쯤 시간이 흘렀을까? 그녀는 자신을 흔들어 깨우는 그의 손길에 잘 떠지지 않는 눈을 뜨려고 애를 썼다.

"린우야, 그만 자고 일어나 봐."

"왜?"

"이것 좀 받아 줄래? 너무 무거워."

"뭔데?"

"너에 대한 나의 사랑의 무게지, 뭐."

시트를 몸을 감은 채 누워 있던 린우는 그의 목소리에 번쩍, 눈을 떴다. 눈앞에 반짝거리는 금반지가 보였다.

"백린우, 나랑 결혼하자."

갑자기 울컥, 가슴속에서 울음이 차올랐다. 심장이 뻐근해져 왔다. 뿌옇게 흐려지는 눈에 힘을 준 린우는 울지 않으려고 애를 썼다. 그를 사랑하면 할수록 늘어나는 건 그리움이고 행복감이었으며, 불안감이었다. 기쁘고 행복하지만 불안감도 점점 커져 갔다. 마음이라는 것이 갖고 있는 두 개의 얼굴, 마음속 모순이었다.

"현준아."

"제대하고 나면 난 더 바빠질 거고 너 혼자인 날이 점점 더 많아질 거야. 내 옆에 묶어 놔야 될 것 같아."

흐느낌을 참느라 어깨가 들썩였다. 현준은 그녀를 눈에 담고 바라보며 입술 끝을 부드럽게 끌어 올렸다.

그녀의 눈물은 그 어떤 것보다 찬란했으며, 아름다웠다.

"이런 게 어디 있어? 발가벗은 채로 프러포즈받는 여자가?"

"여기 있어. 가장 신성한 옷차림이잖아. 나체."

"그렇긴 하다."

"내 프러포즈 받아 줄래?"

린우는 대답 대신 손으로 그의 목을 끌어안으며 그의 어깨에 얼굴을 묻었다. 결혼하겠다는 승낙이었다.

"지금 내 소원이 뭔 줄 알아?"

"뭔데?"

"네 생리를 멈추게 하고 싶어. 아직도 고통스럽잖아. 어지럽잖아."

"혀, 현준아."

"네가 내 아이의 엄마가 되었으면 좋겠어. 싫어?"

"나중에 네 소원 들어줄게."

"꼭이다."

"응."

현준은 그녀의 입술을 다시 찾아 들었다. 혀를 넣어 마음껏 타액을 들이마셨다.

"으음."

다시 시작되었다.

두 개의 몸이 다시 하나가 되기 위해 있는 힘껏 서로를 끌어안았다. 살랑살랑 불던 바람이 온몸을 흔들어 버릴 정도로 세차게 불어왔다.

사랑의 바람이 멈추지 않고 불었다.

온몸에 사랑이 흘러넘쳐 그 자리에 흥분이 꿰차고 들어오면서 주체할 수 없는 욕망이 따라 들어왔다. 호흡 안에 그 느낌

그대로 묻어날 만큼 거친 숨결이 호텔 방 안을 떠돌아다녔다.

"하아."

그녀로 인해 현준은 키스의 달인이 되었다. 그녀의 혀를 찾아 단단히 옭아 쥐고 빨아 당기는 것쯤은 아무것도 아니었다. 어떻게 하면 그녀가 더욱 좋아하는지, 그녀가 숨을 쉬며 키스를 즐길 수 있는지 알게 되었다.

야금야금 과즙을 빨아 마시듯 그녀의 입 안을 핥아서 타액을 마셨다.

이제는 언제쯤 그녀 안으로 들어가야 하는 줄도 알았다. 달콤함과 짜릿함을 맛본 심장과 입술은 더 큰 전율을 찾아 밑으로 이동을 했다.

"하아."

"윽."

그의 몸짓은 더욱더 격렬했다.

지금은 아니지만 언젠가는 내 아이들의 엄마가 되어 줄 그녀. 사랑했다, 정말로 사랑했다. 열망에 짙게 흐려진 그의 두 눈은 그녀를 또렷이 응시했다.

서로를 품은 얼굴의 표정은 시시각각 변해 가지만 지금처럼 붉은 적은 없었다.

백린우만이 줄 수 있고, 이현준만이 가질 수 있고, 둘만이 서로를 가질 수 있었다.

그녀의 몸 안에 있는 순간은 상상도 할 수 없을 만큼 뜨거웠다. 중독이었다.

 마지막 불꽃을 피우는 연인들처럼 사랑을 나누지 않으면 안 될 것 같은 절실함으로 그는 그녀를 가지고 또 가졌다. 그녀가 정신을 까무룩 놓을 것처럼 눈을 감고 뜨지 못할 때까지.

 그가 곤히 잔다.

 프러포즈 후 열정적인 사랑을 한 번 더 치른 그는 만족한 듯 잠에 빠졌다. 시트로 몸을 돌돌 만 린우는 일어나 창가로 걸어갔다. 아직 흐트러진 호흡을 정리하는 중이었다. 그와의 사랑이 잠시 휴식기를 맞자 그녀의 시선은 마치 바람 한 점 없는 호숫가에 홀로 서 있는 듯이 흐릿해졌다.

 "하아, 비가 내리네."

 린우는 아직까지도 뜨거운 몸을 식히려고 창문을 열고 손을 내밀어 가을비의 차가운 감촉을 느꼈다.

 마치 어두운 밤하늘이 울고 있는 듯한 비. 빗물. 눈에서 내리는 것은 눈물이라 말하듯이.

 오늘이 지나면 또 그와 헤어져 있어야 했다. 물론 몇 달 뒤면 제대를 하겠지만 그때까지 그가 보고 싶어도 참아야 했다.

 그를 사랑했다.

 누군가를 이렇게 사랑할 수 있을까 하는 생각이 들 만큼.

 이렇게 빠져들 수 있을까 싶을 만큼.

 그와의 사랑은 늘 만족스러웠다.

린우는 자신의 손에 끼워진 금반지를 보며 차마 떨구지 못한 눈물을 밖으로 털어 냈다. 뺨에서, 턱으로, 그리고 반지 위로.

톡 하고 떨어졌다.

현준과는 남자와 여자로서 할 수 있는 최후의 선을 넘었을 만큼 사랑하고 있다지만 그와의 미래는 아직 보일 듯 말 듯, 알 듯 모를 듯 불분명했다.

무엇이 자신에게 이런 불안감을 주고 있는지 알고 있는 린우는 착잡하기만 했다. 하나 아직은 그에게 아무 말도 꺼낼 수가 없었다.

"제대하면 현준이와 결혼해야겠어. 나도 불안하거든?"

그녀의 말 속에 우울한 빛이 감돌았다. 그가 잠에서 깨어나면 또다시 뜨거운 사랑을 나누자고 먼저 조를 것이다.

그래야 불안한 마음도 깨끗이 사라질 것 같았다.

"현준아."

린우는 그의 곁으로 가 그의 품으로 안겨 들었다. 따뜻하다. 언제부터인가 이 품이 너무 그리웠다.

린우는 마음속에 담아도, 담아도 부족하고 입술로 뱉고 또 내뱉어도 한없이 부족한 말, 사랑한다는 말을 그의 입술 위로 쏟아부었다.

"사랑해."

울고 싶은 마음을 숨기듯, 린우의 붉은 입술이 유독 빛이 났다.

사랑을 잃어버리고 싶지 않은 사랑의 흔적 남기기였다.

8. 현재, 지금도 ing……

8. 현재, 지금도 ing……

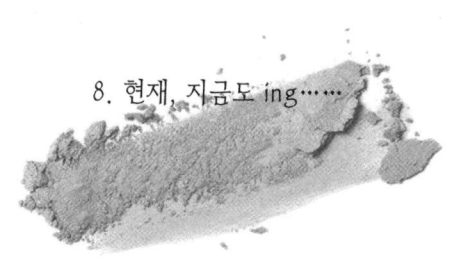

콜록콜록.

얼마나 오래 숨을 참고 얼마나 숨을 길게 내쉬었는지 호흡과 함께 마른기침이 터져 나왔다.

사랑의 힘은 군인이라는 것을 잊게 했다. 마지막 휴가까지 그녀와 함께 보낸 현준은 얼마 남지 않은 군 생활에 최선을 다했다.

그녀가 보내 준 사랑한다는 수많은 메시지와 그녀와 달콤했던 그 시간들을 기억하며.

그것이 그에게 있어 치료제였다. 힘든 군 생활을 버틸 수 있는 특효약이었다.

하나 믿을 수 없는 일이 일어나고 말았다. 제대를 하고 집에 오니 그녀가 어디론가 사라져 버렸다.

그녀와 관련된 모든 것들이 이슬처럼 증발해 버렸다.

꿈이 아니고서는 일어날 수 없는 일이 현실에서 실제로 일어나 버렸다.

그녀의 흔적을 찾지 못했기에 공부에 미쳤고, 일에 미쳤다.

그녀가 같은 서울 하늘 아래 없을지도 모른다는 것을 인정해 버리는 순간 무너져 버릴 것 같았다.

항상 옆에 있을 것 같은 그녀가 거짓말처럼 사라진 순간의 그 상실감과 허무함은 뭐라고 표현할 수가 없었다.

"하하하."

예전 기억을 떠올리자 가슴이 터져 나갈 것 같았고 현준은 허리를 굽히며 격한 호흡을 내쉬었다. 그동안 눌러 담았던 인내와 감정이 폭발 일보 직전이었다.

뒤로 한 걸음, 한 걸음 물러서는 것조차 힘들었다. 마법의 공간에서 빠져나온 듯 이제야 온몸이 욱신거리기 시작했다.

마지막 휴가 때 그녀를 본 게 끝이었다.

매달 나오는 군 월급을 모아 그녀에게 프러포즈하기 위해 금반지를 샀고 프러포즈를 하던 그날을 잊을 수가 없었다. 아직까지도 눈에 선했다.

자신을 향해 보여 주었던 그 맑은 눈물을······.

그녀가 떠나고 난 뒤 미친 듯이 찾아 헤매었다. 그녀의 아버지 회사를 찾아갔지만 만나지는 못했고 비서의 입에서 청천벽력 같은 소리를 들었다. 그녀가 한국에 없다는 사실을 알게 되었다.

처음엔 믿을 수 없어 또다시 그녀의 아버지가 있는 회사를 찾아갔고, 린우를 찾아내라 소리를 질러 댔다. 결국 현준은 낯선 남자들에게 질질 끌려서 회사 밖으로 쫓겨나야 했다.

심장에 커다란 구멍이 뚫렸다.

백린우가 아니면 메우지 못할 만큼 커다란 구멍이.

살기 위해선 구멍 난 심장을 채워야 했다. 사랑 대신 채워 넣을 수 있는 건 술을 마시는 것밖에 없었다. 친구들과 만나 술을 마셔도 생각나는 건 오로지 백린우뿐이었다.

'린우 찾아내! 우리 린우…….'
'후… 정신 차려라, 이현준. 그만 좀 해.'
'린우가 없다고…….'

백린우를 찾아 달라 소리를 지르다 친구들에게 정신 차리라는 뜻으로 얻어맞기도 여러 번, 친구들은 다시는 술 못 마시게 한다며 으름장을 놓기도 했다. 시간이 흐를수록 슬픔은 더욱 짙어져만 갔다. 잠도 오지 않았다. 잠을 잘 수가 없어 병원에서 수면제를 처방받아 복용했으나 오히려 정신은 더 또렷해졌다. 아들이 밥도 먹지 않고 폐인처럼 방에 갇혀 지내는 걸 보다 못한 부모님이 강제로 병원에 입원을 시켰다. 열흘간 병원에 입원을 해서 치료를 받고 나서야 현준은 그녀가 옆에 없다는 것을 인정해야 했다.

그날 이후 누군가를 만난다는 것, 누군가를 사랑해야 한다는 것을 감히 엄두도 내지 못했다.

그로부터 칠 년.

그녀를 다시 만났다. 우연히.

하지만 결코 듣고 싶지 않았던 말을 듣고 말았다. 체한 듯 가슴이 답답하고 한숨만 나왔다.

"후우……."

하얗게 타들어 가는 시야엔 더 이상 아무것도 보이지 않았다.

진공상태에 빠진 것처럼 머릿속은 텅 비었고 숯덩이처럼 새까맣게 속이 타들어 간다.

사랑하면 할수록 더 외롭고, 점점 빠져들면 두려워지는 것이 사랑이라는 걸 배운 칠 년 전보다 지금 더 정신을 차릴 수가 없었다.

굽혔던 허리를 펴고 현준은 어렵게 한 걸음씩 내디뎠다.

그녀가 있는 약국으로부터 점점 멀어져 간다.

약국 문이 마치 넘지 말아야 할 금지 구역의 선인 듯 그녀가 있는 약국 안으로 다시 들어갈 수 없었다.

"읍, 하."

무슨 정신으로 사무실까지 왔는지 알 수 없었다.

현준은 사무실에 도착하자마자 소파에 털썩 주저앉았다. 온몸은 식은땀으로 젖어 있었고 마치 저혈당에 빠진 사람처럼 기진맥진, 손가락 하나 까딱할 힘조차 남아 있지 않았다.

살기 위해서 숨을 내쉬었다.

이제는 살아야 하는 이유가 생겼다.

백린우를 만났으니까. 백린우가 같은 하늘 아래 존재한다는 것만으로도 살고 싶었다.

비록 그녀가 다른 남자의 아내가 되었다 할지라도. 엄마가 되었다 해도. 그녀가 제 삶의 이유라는 것만은 포기하지 못하겠다.

한숨, 또 한숨. 사무실 창밖으로 보이는 검은 어둠이 꼭 자신의 마음 색깔을 대변하는 것 같았다.

"후, 후."

현준은 멍하니 사무실을 둘러보다 벌떡 일어서 우리에 갇힌 맹수처럼 이리저리 돌아다녔다.

제대하고 몇 달 동안은 그녀를 잊지 못해 폐인처럼 살았고, 복학해서 이 년간 미친 듯이 공부를 해서 의대를 겨우 마쳤다. 또 일 년은 의사가 되어야 한다는 강박증에 사로잡혀 인턴 생활을 마쳤다. 그러고 나니 더 이상 의사를 할 이유가 딱히 떠오르지 않았다. 아버지의 위암 진단도 한몫을 했다. 아버지의 정을 느끼지는 못했지만 아버지의 자리를 지켜 준 것만으로도 감사한 현준이었다.

과연 의사가 되는 게 꿈이 맞기는 했나? 누구를 위해 의사가 되려 했었나? 누구를 지키려고 의사를 한다고 했을까?

그제야 곁에 백린우가 없다는 것을 더욱 실감했다.

하고 싶지 않았다. 할 이유가 없어졌다. 어리석게도.

어쩔 수 없이 현준은 아버지가 경영하던 기업체에 들어와 일을 배우기 시작했고 돌아가신 아버지를 대신해 대표직을 맡게 되었다. 작년부터는 대학을 졸업한 여동생도 회사에 입사를 해 회사 일을 도와 한결 수월해진 터였다.

사 년 동안 자신과 함께해 온 이곳, 사무실. 그녀만큼이나 자신을 지켜 준 곳이기도 했다. 일을 해야 했기에 집처럼 쉴 수 있게 만들었고, 집에 가지 못하는 날에는 이곳에서 잠을 자기도 했다.

사무실은 원목으로 만든 책꽂이가 한 면을 다 차지할 정도로 중후한 느낌이 들었으나 반대쪽 면에는 시원스럽게 확 트인 공간을 만들어서 사무용 테이블과 회의용 테이블까지 갖추고 있어 사무실로 아주 적합해 보였다. 거기다 고급스러운 가죽으로 만든 소파가 있어 접객을 위한 공간으로도 충분히 활용할 수 있어 보였다.

현준에게 있어 집은 편안한 안식처가 되지 못했다. 그녀와 함께한 그곳은 그의 마음을 아프게 하는 곳이었으며, 어머니와의 매끄럽지 못한 관계도 한몫을 했다. 빨리 결혼하라며 독촉을 하는 바람에 잘나가는 검사, 변호사들과 강제로 선을 봐서 몇 명 만났었다. 하지만 다시 만나고 싶지 않았다. 만날 이유가 없었다. 그래서 독립을 했더니 어머니는 그곳까지 찾아와 잔소리를 하셨다.

어머니는 변한 것이 없으셨다. 어릴 적 이사에 방해가 된다고 어린 아들을 차 안에서 못 나오게 하실 정도니 말을 해서 뭣하리. 이게 다 아버지께서 변호사인 어머니를 여자가 아닌 이 시대의 잔다르크처럼 치켜세워 주신 탓이 아닐까? 하는 생각도 들었다. 어머니는 로펌 회사의 대표로서 법조계에 큰 영향을 끼치고 계셨다.

살면서 이렇게 충격적인 날이 또 있을까? 이런 날은 술이 필요했다. 그것도 정신을 완전히 잃을 만큼.

"하아."

현준은 슬라이딩 도어를 밀었다. 그러자 까만 대리석 카운터와 천장에 매달린 잔들이 인상적인 미니 홈 바가 나타났다. 홈 바의 한쪽 면은 유리블록으로 되어 있었는데 잠시 쉴 수 있도록 침대까지 겸비해 놓았다.

"젠장."

현준은 술병을 꺼내 입 안에 그대로 부었다. 패닉, 공황 상태였다.

빙글빙글 어지러운 생각들이 머릿속을 더욱 괴롭혔다. 도대체 무슨 일이 일어난 건지. 아직도 꿈속을 헤매는 듯 어지러운 느낌만 가득했다. 과거의 어느 시점을 헤매고 있었다. 그녀가 사라져 버린 그 시점으로. 그 당시 그녀의 달콤함에 취해 앞뒤 분간 못 하는 꿀단지 속의 벌과 똑같은 신세였다.

머리가 하얗게 굳어 갔다.

"백린우. 린우가 애 엄마라고? 그렇다면 결혼은 했다는 거지?"

갑자기 눈가로 불끈 피가 몰리는 기분이 들었다. 가뜩이나 쌓여 가는 것은 일의 고단함과 스트레스뿐이었는데 이제 하나 더 늘었다.

최고의 난이도 코스, 백린우의 등장으로.

손을 뻗으면 잡힐 것 같은 그녀, 그가 손을 뻗었지만 역시 또 그녀는 신기루처럼 사라졌다. 절망 위에 절망이 쌓여 희망이 무너져 버렸다. 이제는 아무것도 기대할 수가 없었다. 언젠가는 만날 수 있겠지 했던 그 막연한 기대감도 가질 수 없게 되었다. 뭔가 깊이 생각하는 듯 현준의 얼굴이 어두워졌다. 현준은 우현에게 휴대폰을 걸었다.

"우현아."

-어, 너 웬일이냐?

"나, 린우… 만났다."

휴대폰 너머 우현의 목소리가 들리지 않는다. 놀랐을 테다. 칠 년이라는 긴 시간을 건너뛴 채 다시 모습을 드러냈으니 믿기지 않을 것이다.

-어디서? 아니, 그동안 어디 있었대? 어떻게 살았대?

참으로 궁금한 게 많은 모양이었다. 현준의 궁금증은 오로지 딱 하나밖에 없었다.

"결혼했대. 애가 둘이나 있대."

-정말? 진짜야?

"그래. 내 두 귀로 똑똑히 들었어."

-너 지금 어디야?

"사무실."

-기다려. 금방 갈 테니.

휴대폰을 끊고 난 현준은 핏발이 선 눈과 두들겨 맞은 듯한 온몸을 쉬게 하기 위해 침대에 누웠다. 쉬고 싶다. 정말로. 아니, 한 시간 전으로 다시 돌아갔으면 좋겠다. 그녀를 만나기 전으로.

한 여자로 인해 이렇게 다시 흔들릴 수 있을까?

정말 이 세상에는 백린우라는 여자밖에 없는 것처럼 느껴졌다. 억울하게도.

눈을 감은 채로 얼마나 지났을까? 사무실로 달려온 친구는 우현뿐만이 아니었다. 다정도 함께였다. 그들은 일 년 전 7인방 중에 결혼을 한 1호 부부였다. 우현이 린우를 깨끗이 포기하면서 싹트게 된 다정과의 사랑. 이루어질 수 없는 사랑을 포기하고 다른 사랑을 찾은 우현을 보고 있으면 부러워 미칠 지경이었다.

"야, 이현준. 정말이야? 린우를 만났다는 게."

"맞아."

"지금 어디 있는데?"

"회사 근처 장미약국."

다정은 그의 말이 끝나자마자 사무실을 뛰쳐나갔다. 우현은 부리나케 달려 나가는 그녀의 모습을 보며 슬픈 미소를 지어 보였다.

"저러다 엎어지겠다. 너 따라가 봐야 하는 거 아니야?"

"놔둬라. 이현준, 너 괜찮냐?"

"내가 괜찮은 것 같아 보이냐?"

우현은 그동안 그가 어떻게 살았는지를 알고 있기에 더 이상 말을 할 수가 없었다. 사랑은 행복한 거고 사랑했던 그 순간만큼은 꽃길이었을 테다. 하지만 어쩔 수 없이 이별을 한다면 사랑하는 사람을 위해 이별 준비를 할 시간을 주었어야 했다. 하나 백린우는 그에게 사랑만 던져 주고 책임은 저버렸다. 첫사랑이었던 백린우가 밉다. 정말 미웠다. 백린우가 이현준을 선택했을 때도 미웠지만 이 정도까지는 아니었다. 이현준이 백린우를 얼마나 사랑하고 있는지를 알고 있었기에. 그의 무한한 사랑을 따라갈 수 없었다. 어느 누구도.

"후."

한 남자를 무기력하게 만드는 여자. 한 남자의 일생을 완전히 송두리째 바뀌게 한 여자는 벌을 받아 마땅했다.

"이현준, 술이나 마시자. 달리 할 게 없네."

"좋아. 코가 삐뚤어지도록 마셔 보자고. 그런데 우현아?"

"왜?"

"그래도 백린우가 좋다. 그녀를 사랑해. 이런 날 너는 어떻게 생각해?"

"미친 거지. 미친 거야."

"그래, 난 미친 거야."

현준은 미쳤으니까 마음 아파하는 거라고 읊조리며 우현이 따라 주는 술을 마셨다.

한 잔, 두 잔 비워 가는 술잔들. 어느 순간부터는 아예 병에 담긴 술을 그대로 배 속으로 옮겨 부었다.

얼마나 마셔야 미친 정신이 되돌아올까?

절대로 그런 일은 일어나지 않을 것 같다.

보고 싶으면 볼 수 있는 거리에 그녀가 있는데 어떻게 잊어버릴 수 있을까?

또다시 심장을 쥐어짜는 아픔이 찾아왔다.

이 갈증과 고통을 채워 줄 수 있는 여자는 이제 다른 남자의 아내가 되어 버렸다. 그걸 알면서도 그녀에게 입을 맞추고 싶은 이 욕망을 가라앉힐 수가 없었다. 완전 제대로 미친 거였다.

"지금 무슨 일이 일어난 거지?"

린우는 꿈일까 봐 자신의 뺨을 꼬집었다.

"아야."

꿈이 아니었다.

생각지도 못했던, 상상 속에서나 존재했던 그와의 만남. 지독히도 힘들었던 시간이 지나자 그녀의 몸 안에 있던 기운들이 썰물처럼 밀려 나갔다.

잠시 예전 기억을 떠올렸지만 함께했던 추억의 그림자가 너무나 짙게 깔려 있어 빠져나올 수가 없었다.

칠 년이 지난 지금에도.

"후우, 하. 이현준을 만난 거지, 지금?"

이상했다.

이현준과 같은 공간에 있다는 것조차도 믿을 수가 없는데 그와 같이 있다는 것만으로 무거운 짐을 잠시 바닥에 내려놓은 개운한 기분이 들었다. 칠 년 동안 도망자처럼 쫓기듯 살았다. 늘 마음 한구석이 불편하고, 불안하고, 그를 떠올리면서 눈물을 짓기도 했다.

린우는 약장 속 첫 번째 서랍에서 작은 보석함을 꺼냈다. 보석함을 열자 금반지가 보였다. 그가 프러포즈하면서 손가락에 끼워 준 반지. 그를 떠나면서도 반지를 버릴 수가 없었다.

"윽, 흐윽……."

가슴이 들썩거렸다.

온몸에 핏기가 가시며 부들부들 떨리고 숨을 쉴 수가 없어 결국 주저앉고 말았다.

따뜻한 기억의 한 자락에는 늘 이현준이 있었다. 그녀에게는 무척 짧게만 느껴졌던 행복한 시절이었다.

"현준아, 미안해. 정말 미안해."

봇물 터지듯이 터진 슬픔은 참을 수 없을 만큼 모든 것을 토해 내려고 툭 하고 터져 나왔다.

그녀의 울음소리가 약국 안을 가득 메웠다.

◆

그와의 사랑이 평탄하지 않을 거라는 예상은 했었지만 이 정도일 줄은 몰랐다.

그가 첫 휴가를 지내고 군으로 다시 돌아간 그 주 토요일 오후, 퇴근을 하고 집으로 오던 길에 린우는 골목 입구에서 현준의 어머니를 만났다.

"안녕하세요?"

"이제 오니?"

"네. 건강하신 거죠?"

진영은 첫 휴가를 나온 아들놈의 입에서 린우랑 결혼을 하고 싶다는 얘기를 들었다.

린우랑 아들이 사귀고 있다는 것은 알고 있었지만 결혼까지 생각하고 있는 줄 몰랐다. 린우는 사회생활을 하고 있지만 아들은 아직 갈 길이 멀었다. 의대도 이 년 남았고, 인턴에, 레지던트, 전문의도 따야 하고. 원래 진영은 아들이 아버지의 뒤를 이어 사업가가 되길 바랐다. 하나 워낙 의대에 가겠다고 고집을 피우는 바람에 아들의 선택을 존중해 주었다. 그 선택의 중심에 백린우가 있다는 것쯤은 알고 있었다.

아들의 소꿉친구인 린우가 워낙 공부를 잘해서 의사나 검사가 될 줄 알았다. 기대에는 못 미치지만 약사, 나쁜 편은 아니었다. 하지만 린우가 미혼모의 딸인 데다 몸이 약하다는 사실은 며느릿감으로는 많이 부족한 결격사유였다.

"그런 넌, 건강하니?"

"네. 걱정해 주시는 덕분에요."

"요즘에도 생리 때만 되면 픽픽 쓰러지니?"

"아, 아니요. 조금 어지럽기만 합니다."

"그렇구나."

진영의 표정은 그다지 밝지 못했다. 시간이 지날수록 그녀가 며느리가 될 확률이 점점 높아진다는 것을 알게 되자 자꾸 심술이 났다. 아들은 그녀보다 더 좋은 조건의 여자를 만날 수 있는 자격이 충분했다.

"현준이한테 연락 오니?"

"네, 가끔요."

"현준이가 너랑 결혼하고 싶다고 하더라고. 혹시 지난번 휴가 왔을 때 현준이가 그런 얘기 비추디?"

린우는 고개를 가로저었다. 하지만 그런 뜻을 내비치는 이유는 알 것 같았다. 사귄 지는 사 년이 넘었지만 처음으로 관계를 맺었다. 그리고 서로를 너무 사랑하고 있다 보니 완전히 소유하고 싶은 맘도 알고 있었다. 린우는 대답을 할 수가 없었다.

"왜 말을 안 하니?"

진영은 직감적으로 알았다. 아들이 린우와 미래까지 생각하고 있다는 것을. 아들이 그녀를 생각하는 마음이 어느 정도인지 알기에 밀어붙이면 이길 수 없을지도 몰랐다. 그러기에 먼저 린우의 마음을 알아볼 필요가 있었다.

"난 결혼하기에 아직 너희들이 어리다고 생각해. 너는 어떻게 생각하니?"

"네, 저도 아줌마랑 같은 생각입니다."

"그래. 너만이라도 제정신이라 다행이구나."

"죄송합니다, 아줌마."

"그래, 나중에 얼굴 붉히는 일은 없었으면 좋겠구나."

자존심이라는 바보.

사랑은 마음만 갖고는 이룰 수가 없다는 것을 깨닫는 중이었다. 린우는 아직 결혼까지는 생각해 보지 않았지만 그의 어머님께 자신의 마음을 알릴 필요는 있다는 생각이 들었다.

"아줌마, 저 현준이 사랑해요. 현준이랑 예쁘게 잘 사귈게요."

"알았다. 오늘은 거기까지만 얘기하자. 머리가 복잡하구나."

"네, 아줌마."

린우는 이때까지는 그리 심각하게 생각하질 않았다. 평소에는 별다른 말씀이 없던 아줌마는 그가 휴가를 나온다는 소리를 들으면 찾아와 당부를 하고 가셨다. 그리고 내미는 건 피임 도구였다.

"즐기기만 해라."

참으로 슬픈 일이었다.

아줌마의 잔소리도, 자신을 마음에 들어 하지 않는다는 것도, 거기다 밖으로 꺼내고 싶지 않은 가족사까지 들먹이셨다. 너덜너덜해진 인연의 끝을 완전히 놓아 버렸는데도 아직 그 후유증은 너무나 크다.

"참, 너희 아버지 회사가 시끄럽다는 것은 알고 있니?"

"모릅니다."

"하긴 네가 알 필요가 없지. 국회의원 출마를 하실 모양이더구나. 그 얘기인즉슨 네가 있다는 것이 걸림돌이라는 거야."

"걸림돌…이라뇨?"

만약 선택이라는 걸 할 수 있으면 얼마나 좋을까?

미혼모의 딸이 아닌 아버지 진짜 부인의 막내딸로 태어나 사랑을 듬뿍 받고 주위의 부러움과 시샘을 받는 백린우였다면 아줌마가 좋아하셨겠지.

"하아."

그에게 프러포즈를 받은 날.

린우는 처음으로 피임 도구를 쓰지 않고 그와 사랑을 나누었다. 물론 임신 가능성이 희박했던 날이기에 그와의 사랑은 핑크빛 행복이었다.

한 달 뒤, 회사에서 눈앞이 캄캄해지는 현기증이 일어나며 정신을 잃은 린우는 조퇴를 한 뒤에 바로 병원을 찾았고 임신이라는 사실을 알게 되었다. 임신했다는 것을 알았을 때 떠올린 사람은 현준이가 아니었다. 바로 엄마의 얼굴이었다. 가슴이 먹먹해졌다.

"흑, 어떡…하지?"

심장이 제 역할을 하지 못하는 것처럼 심장이 굳어지면서 호흡이 제대로 쉬어지질 않았고, 숨이 막혀 죽을 것만 같았다.

그렇게 정신없이 병원을 나오다 때마침 법적인 문제로 인해 병원을 찾은 현준의 어머니와 정면으로 마주치게 되었다.

얼굴은 파리하다 못해 죽은 시체처럼 하얗고 창백했으니 그걸 본 그의 어머니의 마음이 이해가 되기도 했다. 마음에 드는 며느리로 맞이하고 싶은 맘은 다 똑같을 것이다.

"네 얼굴이 왜 이래? 평소보다 더 아파 보이는구나."

"몸이 조금… 안 좋습니다."

"저런, 저런, 병원에서 뭐라고 하디?"

린우의 가슴이 철렁 내려앉았다. 물었으니 답은 해야겠는데 뭐라 해야 할지 잠시 망설였다. 마른침을 삼키면서 눈치를 보다 가라앉은 목소리로 말을 이어 나갔다.

"아줌마, 잠시 시간 좀 내 주실 수 있나요?"

"할 얘기가 있는 것 같구나."

"네, 아줌마."

린우는 병원 로비에 있는 커피숍 안으로 들어가 테이블 옆에 섰다. 뒤따라 들어온 그녀가 자리에 앉을 때까지 린우는 예의를 지켰다.

"뭘 드실래요?"

"아이스 아메리카노 한 잔 부탁해."

린우는 커피 대신 키위 주스와 아이스 아메리카노를 주문한 후 그녀의 맞은편에 앉았다. 자신을 보고 있는 그녀의 시선에서 불꽃이 튕겨지는 듯했다.

"할 얘기가 뭐니? 혹시 너 임신했니?"

　린우는 대답을 할 수가 없었다. 대신 흐느낌과 같은 중얼거림을 토해 냈다.

"내가 조심하라 그리 당부를 했는데 결국 일을 저질렀네."

　축하한다는 말은 기대도 하지 않았다. 일을 저질렀다는 표현은 역겨울 만큼 린우의 심장을 들썩거리게 만들었다.

"죄송합니다."

"일 저질러 놓고 죄송하다면 다야? 어쩐지 얼굴색이 시체 같더라니."

　서슬 같은 눈빛과 비꼬는 듯한 그녀의 말투는 린우의 목덜미를 휘감듯 섬뜩한 기분마저 들었다.

"지워야지."

"네?"

"너 어차피 임신 지속 못 해."

"무슨 말씀을 그렇게 하세요?"

"너 생리 때도 쓰러지잖아. 임신하면 빈혈이 없던 여자도 빈혈이 생기는 판에 네가 출산을 할 수 있겠어? 피가 철철 나올 텐데. 그 엄청난 출혈을 견뎌 낼 수 있겠니? 지금 꼬락서니 보니 너 딱 시체야. 시체."

린우는 아랫입술을 지그시 깨물며 참으려 했다. 살갗을 도려내듯, 날카롭게 깨진 유리 조각으로 심장을 찌르는 아줌마의 말씀에도 린우는 참고 또 참았다.

"할 수 있어요. 견뎌 낼 수 있어요."

"넌 못 해. 못 한다고. 네 생명을 담보로 애기를 지킨다고? 지나가던 개가 다 웃겠다."

"아줌마, 지켜봐 주세요. 할 수 있다고요."

"그리고 난 내 손주가 네 몸에서 태어나는 거 싫다. 미혼모 엄마를 둔 주제에 또 미혼모가 되고 싶은 건 아니겠지?"

"그 말 취소하세요. 미혼모는 자신의 행동에 책임을 진 엄마예요. 엄마!"

"그렇게 떠든다고 누가 알아주니? 세상에 병신 같은 미혼모들이 얼마나 많은 줄 아니? 능력도 안 되면서 아이를 키운다고 까부는 꼴이라니. 제발 꿈 깨라. 꿈 깨."

차가운 말을 내뱉은 현준의 어머니는 테이블 위에 하얀 봉투를 내밀었다.

"이게 뭐죠?"

"보면 모르니? 내가 너 때문에 항상 가방에 준비하고 다녔던 거야. 모자라면 말해. 얼마든지 줄 수 있으니까."

"아줌마!"

"너랑 노닥거릴 시간 없다. 너희 엄마랑 빨리 병원에 가서 처리해라."

텔레비전에서 보던 하얀 봉투.

몸 전체로 퍼져 나가는 기분 나쁜 한기에 진저리가 쳐졌다.

눈물샘이 고장이 났나 보다. 걷잡을 수 없이 흘러내렸다. 두 뺨을 적신 눈물이 심장까지 흠뻑 적셨다. 린우는 자리에서 벌떡 일어났다.

"아줌마, 이거 갖고 가세요. 돈이라면 많아요. 모르셨어요? 저 낳아 준 아버지, 가진 건 돈밖에 없는 사람이에요."

"나는 할 말 끝났다. 나중에 딴소리 말고 확실히 처리해. 현준이한테는 얘기 꺼내지 말고."

"아뇨, 얘기할 거예요. 현준이가 아빤데 알아야 하는 거 당연하잖아요."

"그러면 내가 가만있을 것 같니? 네 아버지, 국회의원 출마 못 하게 하는 방법… 아주 쉽지."

린우는 오싹 소름이 끼쳐 올 만큼 온몸이 부들부들 떨려 왔다. 그의 어머니가 내뱉은 한마디 한마디가 가시가 되어 깊은 상처를 만들었다. 다시는 입에 담고 싶지도, 생각조차도 하기 싫은 말들을 스스럼없이 내뱉는 그의 어머니. 그녀의 말이 하나도 틀리지 않다는 게 더없이 분하고 원망스러웠다.

상처 난 심장으로 스산하게 바람이 불었다.

그날, 그녀가 깨달은 것 하나.

아버지에게 버림받은 것처럼 핏줄이 그리 중요한 존재가 아니라는 걸 다시 깨달았다.

핏줄을 지키려는 자신에게 들이민 경고 카드. 바로 아버지의 불륜 스캔들을 터뜨린다는 것이었다.

"하아."

굳게 다잡았던 마음이 속절없이 또 흔들렸다. 모든 일들이 꽈배기를 틀어 놓은 듯 배배 꼬이고 일그러져 버렸다.

다시 곧게 펼 수 없을 만큼.

제일 크고 어려운 문제가 남아 있었다. 린우는 엄마에게 이 사실을 알려야 한다는 생각만으로도 눈앞이 흐려졌다. 쏟아지는 눈물로 앞이 보이지 않았다. 한바탕 눈물을 쏟아 낸 뒤 어떻게 해야 할지, 어떤 선택을 해야 할지 심란한 마음으로 집으로 돌아온 린우는 집 안 청소를 하고 계시는 엄마 앞에 무릎을 꿇었다. 부끄러워서, 미안해서 차마 엄마의 얼굴을 볼 수가 없었다.

"엄마."

"우리 딸 요즘 무슨 문제 있어? 현준이랑 싸웠어?"

"아니. 군대에 있는 걔랑 어떻게 싸워?"

"곧 제대할 때 됐지?"

린우는 고개를 끄덕였다. 하지만 온몸은 한겨울 칼바람을 맞은 것처럼 부들부들 쉼 없이 떨려 왔다.

"린우야, 너 어디 아프니?"

"엄마, 나 이, 임신했어."

기어들어 가는 목소리로 중얼거리는 딸의 말을 들은 행서는 무언가로 머리를 맞은 것처럼 아찔한 통증에 잠시 손으로 바닥을 짚으며 다시 물었다.

"뭐라고?"

"나, 임신했다고. 엄마, 너무 미안해."

행서는 억장이 무너지는 듯한 한숨을 내쉬었다. 가뜩이나 아픈 상처를 누군가 들춰내어 들쑤시는 것처럼 고통스러워 말간 눈물이 눈가에 고여 왔다.

"하아… 현준이는 알아?"

"얘기 안 했어. 아줌마한테만 얘기했어."

"했어? 언제?"

"병원에서 나오다가 만났어. 또 쓰러졌냐고 물으시는데… 어쩔 수 없었어."

"그랬더니?"

"나한테… 돈 봉투를 주시더라고."

행서는 당황스러운 속내를 감추기라도 하려는 듯 눈을 내리깔았다. 심장이 쥐어짜듯 분노를 토해 냈다. 온몸이 분화 직전의 화산처럼 부글부글 끓었다.

"그 여자 제정신이야? 내가 가만 안 둘 거야. 뭐, 돈 봉투라고? 돈?"

행서는 너무 분해 거실 안을 왔다 갔다 정신없이 돌아다녔다. 울화가 치밀어 올라 참고 있던 눈물까지 흘러내렸다.

"어, 어떻게 그런 말을 할 수 있어? 어떻게 내 딸에게?"

아무리 생각을 하고 또 해도 화가 나 견딜 수가 없었다. 자기 자식 귀하면 남의 자식도 귀한 법이었다.

분하고 원통하지만 행서는 차마 그 분노를 터트릴 수 없었다. 지금 제일 중요한 것은 딸이 사랑하는 남자와 행복하게 사는 것이었다. 만약 그 집에서 미혼모인 자신과 부모 자식 간의 인연을 끊는 조건으로라도 딸을 받아 준다면… 행서는 그렇게라도 할 생각이었다.

"…엄마가 아줌마 만나 볼까?"

"아줌마는 엄마 싫어해."

"그럼 현준이한테라도 얘기해야지. 아빠잖아."

"엄마, 현준이가 알게 되면 말이지. 아빠가, 아빠가…….."

"아빠, 뭐? 설마… 아빠랑 우리 관계 가지고 협박하든?"

"어. 국회의원 출마 못 하게 할 거라고……. 흑. 미안해, 엄마."

행서는 딸의 어깨를 감싸 안았다. 서로의 아픈 마음은 눈물이 되어 흘렀다.

딸은 엄마를 닮는다는데.

쏟아져 내리는 눈물을 가누지 못했다. 이 모든 게 다 못난 자신의 탓이었다. 사랑하는 사람과 함께하고 싶었고, 배 속의 생명을 지키고 싶었을 뿐인데, 그 잘못된 선택으로 인해 인생이 이렇게 꼬일 수가 있는지. 하늘이 원망스러웠다.

"미안하다, 린우야."

"엄마."

"결정은 네가 하는 거야. 엄마는 옆에서 지켜봐 줄게."
"응."
"엄마의 전철은 밟지 말았으면 한다. 엄마 마음 알지?"

 엄마와 함께 산부인과에 갔던 날, 린우는 몇 배의 눈물을 흘려야 했다. 입술을 깨물어도 울음소리가 흘러나왔다.

 두 개의 심장 소리를 들었다. 심장 소리가 살려 달라 노래를 부르는 것 같았다.

 배 속에 생명이 한 명이 아닌 두 명이라는 것을 알고 린우는 병원을 도망치듯 빠져나왔다. 결국 엄마랑 머리를 맞대고 상의를 했다.

 이사를 한 다음 현준이 제대할 때까지 임신 사실을 숨기고 기다리기로 했다. 하나 뜻하지 못한 일이 터지고 말았다.

 아버지의 운전기사 아저씨가 하얀 봉투를 내밀고 가셨다. 봉투 안에 들어 있는 두 장의 비행기 티켓. 한국을 떠나라는 의미였다.

 화근의 불씨는 미리 끄겠다는 아버지의 마음이었다.

 사랑.

 사랑이라는 단어가 이리도 아프고 고통스럽게 하는 단어였는지 처음 알았다.

 가슴이 쓰리고, 사랑의 끝은 결코 행복하지 않았다.

 가슴이 괴로워서 아프고, 외로워서 아프고, 기뻐서 아파. 눈물을 흘려 넣은 듯 쓸쓸한 느낌.

아프고 뜨거운 뭔가가 가슴에서 서서히 온몸으로 퍼져 가는 느낌, 통증이 퍼져 가는 느낌이 힘겹다.

한 번 숨을 들이쉬고 흐느끼고…….

두 번 숨을 들이쉬고 흐느끼고…….

현실을 받아들이려 노력을 했다.

모든 것을 정리하고 떠나는 날, 눈이 내렸다.

한국을 떠나는 것을 하늘도 슬퍼했는지 비행기가 뜨지 못했다. 하얗게 눈 덮인 세상은 죽을 만큼 아픈 상처를 아무 일 없다는 듯 깨끗하게 덮어 버렸다.

야속하게도.

눈이 그친 다음 날, 린우는 엄마와 함께 한국을 떠났다.

배 속의 쌍둥이들도.

쌍둥이들을 지키기 위해 적당히 운동하고, 철분이 들어 있는 음식을 위주로 먹고, 철분제를 복용하며, 산부인과 검진을 정기적으로 받았다.

임신 기간 내내 아이들이 잘못될까 봐 숨이 막힐 정도로 불안했었다.

오로지 출산을 할 때까지 쌍둥이들을 위해 살았다.

그리고…….

몇 번이고 그를 찾아가 미안하다고, 용서해 달라고, 사랑한다고 하고 싶었다.

하나 린우는 흔들렸던 마음을 다잡고 다시 마음속의 담을 힘겹게 하나, 하나 올리기 시작했다.

정말 현준의 어머니 말대로 죽을 고비를 여러 번 넘겼다.

임신으로 오는 빈혈은 생리로 인한 빈혈과 차원이 달랐다. 임신 동안 그나마 생리를 하지 않기에 버틸 수가 있었다.

쌍둥이라서 두 배를 먹고 두 배를 잤다. 빈혈에 좋다는 건 약을 비롯해 과일까지.

돌아가신 엄마가 도와주시지 않았더라면 오늘의 단우, 단비는 이 세상에 태어나지 못했을 수도 있었다.

"엄마."

엄마가 되어 보니 엄마가 어떤 것인지를 알게 되었다. 엄마에게 그동안 제대로 하지 못했던 딸 노릇을 하고 싶었지만 엄마가 폐암으로 시한부 인생을 선고받게 되었다. 린우는 대한민국을 그리워하며 마지막을 고국의 땅에서 보내고 싶다는 엄마의 소원을 들어주기 위해 아이들을 데리고 대한민국으로 들어왔다.

칠 년 가까이 얼마나 그리워했던 대한민국이었는지. 대한민국 드라마를 보고, 대한민국 음악 프로그램을 보면서 문득문득 목이 울컥해지곤 했었다.

미국에서 태어났지만 아이들은 대한민국 사람이었다.

미혼모라 손가락질하던 곳이지만 그래도 사랑하는 아이들의 아빠가 살고 있는 나라, 대한민국 땅을 밟는 순간, 대한민국 국민이라는 것을 실감했다.

내 나라의 하늘을 보며, 내 나라의 공기를 마음껏 마시니 너무나 감격스러웠다.

이 좋은 대한민국을 떠나야 했던 이유는 다 사랑 때문이었다. 물론 사랑하는 시간은 힘들지 않았지만 사랑 후에 오는 여러 가지 상황들 때문에 떠나야 했었다.

이제는 건강하고 강한 여자로 다시 태어날 수 있기를 바랐다.

지금 이 순간이 지나면 좀 더 현명하고 성숙한 여인으로 변화할 수 있기를…….

하지만 그에게 사랑하는 여자가 있다는 사실을 알게 된 이 순간 아무것도, 아무 생각도 할 수가 없었다.

다시 한국을 떠나야 하는 걸까?

더 이상 버틸 힘이 없다는 듯 눈을 감자 눈꺼풀 사이로 후드득 빗줄기 같은 눈물이 두 뺨을 타고 흘러내렸다.

9. 현실은 암흑

9. 현실은 암흑

우현과 술을 마신 뒤 집으로 돌아온 현준은 뜬눈으로 밤을 지새웠다. 잠을 잘 수가 없었다. 눈을 감으면 점점 더 또렷해지는 그녀의 모습.

도저히 이성적인 판단이 서질 않는다. 분명 어딘가가 망가져 버린 게 틀림없었다.

다른 남자의 아내가 되었고 아이가 둘이나 있다는데 왜 포기가 안 되는 걸까?

남편이 어떤 자식인지, 아이들이 누굴 닮았는지 확인을 해야 했다.

"후, 아."

그녀를 만나러 약국에 갈 수 있을 때까지 아직 다섯 시간 정도 남았다. 그 시간까지 젖 먹던 힘을 짜내서라도 참을 수 있어야 했다. 과연 다섯 시간을 감당할 수 있을까?

칠 년을 기다렸는데 고작 다섯 시간을 못 기다린다니 참으로 아이러니한 일이었다. 아무래도 그녀가 또 말도 없이 연기처럼 사라져 버릴까 봐 걱정이 되어서 그런 게 아닐까? 초조해 미칠 지경이었고 이미 심장은 아예 녹아 버린 상태였다.

"정말 미치겠다. 미치겠어."

현준은 습관처럼 책상 서랍에서 사진첩을 꺼내들었다.

그녀와의 추억이 담긴 미니 사진관. 아버지의 사진보다도, 엄마보다도 더 많이 등장하는 그녀와 친구들.

그 속에 그녀가 방긋 웃고 있었다.

초등학교 입학식부터 중, 고등학교 입학식, 졸업식, 대학교 입학식. 그러고 보니 그녀와는 십사 년 동창생이었다.

"린우야, 백린우."

미친 사람처럼 빈 방에서 그녀의 이름도 불러 보고, 사진도 뚫어져라 쳐다보고, 하지만 허선한 마음을 달랠 수가 없었다.

역시 그리움과 사랑은 지칠 때까지 열심히 해도 피곤하지 않았다.

아무리 불러도 대답이 없지만 그걸 포기할 수 없었고 계속 그리워했었다. 노력한 만큼의 대가일까? 결국 그녀를 만났지만, 만났지만…….

현준은 샤워를 마치고 회사로 출근을 하는 길에 약국 앞에서 차를 잠시 멈췄다. 약국 문은 굳게 닫혀 있었다.

잠시 머리를 의자 등받이에 기대고 약국에서 시선을 떼지 못했다.

그의 얼굴에는 먹구름이 잔뜩 끼어 있었지만 날씨는 미치도록 좋았다. 미칠 만큼 더웠던 여름이 지나가면서 태양 빛을 조금 식게 만들었고 살랑살랑 부는 가을바람이 피부에 착 감길 만큼 상쾌한 날이었다.

아무리 머리와 입으로 그녀가 나쁘다고, 밉다고 생각하며 욕을 내뱉어도 소용이 없었다. 같은 하늘 아래, 그녀가 어디에 있다는 것을 알고 있는 이상 그의 머릿속은 잔뜩 구겨진 종이가 들어 있는 것처럼 혼란스러웠고, 심장은 제멋대로 뛰었다.

딴 남자의 아내가 된 여자고, 아이들의 엄마가 되었다고 아무리 주입을 시켜도 막무가내였다. 그녀가 떠난 후 마음이 빙하처럼 얼어붙었다고 생각했었는데 아니었나 보다.

현준은 출근 시간이 촉박해지자 시동을 걸었다. 약국을 하루 만에 정리하고 어디론가 사라져 버린다는 것은 불가능한 일이기에 출근을 해서 급한 일을 처리한 다음 이곳으로 오기로 결정을 했다.

일에 집중할 수가 없었다.

끓어오르는 분노를 주체하지 못하고 그녀를 만나러 약국까지 단번에 뛰었다.

지난날, 이 세상에서 제일 사랑하고, 내 여자가 되기를 간절히 원했던 그때를 생각하며 약국 앞에 섰다.

손님이 있었다. 손님이 약국 문을 열고 나오는 동시에 현준은 약국 안으로 들어갔다.

"백린우."

린우는 천천히 시선을 들었다. 익숙했던 그의 두 눈동자에 넘실거리는 증오가 있었다. 싸늘한 시선이 파고들었다. 린우는 아무렇지 않은 척 나직하게 되물었다.

"여기 왜 또… 왔어?"

"내가 안 올 줄 알았니?"

린우는 고개를 가로저었다. 또다시 찾아올 거라는 것을 알고 있었기에 어떻게 행동해야 할지 머릿속으로 또 생각하고 생각했지만 역시 그를 대하는 건 어려운 일이었다.

그가 한 발짝 걸어왔다. 피할 이유가 없었는데 그녀는 한 발짝 물러섰다. 그가 두 발짝 걸어왔다. 그녀는 그가 걸어온 거리만큼 두 발짝 물러섰다.

"후."

오랜만에 느껴 본 그의 뜨거운 시선.

그의 시선에 온몸 구석구석 작은 세포까지 깨어나, 지금까지도 숨이 벅차올랐다.

꿈이 아니었다.

자고 일어나면 물거품처럼 사라져 버리는 꿈이 아니었다.

하지만 마치 벗어날 수 없는 덫에 걸려 버린 것처럼 그녀는 답답함에 제대로 된 호흡조차 어려웠다.

"바보 같지만 묻고 싶어, 다시."

"물어봐."

"정말 왜 날 떠났니? 내가 이해할 수 있게 말을 해 봐."

현준은 불안하게 흔들리는 그녀의 눈동자를 놓치지 않았다. 속이기 위해 억지로 표정을 만들어 낸다 해도 이미 갈기갈기 찢기고 갈라진 심장은 속일 수가 없었다.

"정말 알고 싶어?"

"그래."

"두려웠어, 너와의 사랑이. 무서웠어, 네가."

"내가 무서웠다고? 너에 대한 내 사랑이 두려웠다고? 그게 이유가 된다고 생각해?"

"돼."

"안 돼. 그건 절대로 이유가 될 수 없어."

이를 악물고 눈 밑의 살까지 떨며 어금니 사이로 내뱉는 그의 말 한마디, 한마디가 악에 받쳐 있었다. 이미 예상한 답이었으니 참을 수 있었다. 하나 참을 수 없이 더 화가 나는 건 이미 오래전 서로 사랑했다는 것을 다 잊어버리기라도 한 것처럼, 그녀의 눈빛에는 예전과 같은 뜨거움이 담겨 있지 않았다. 오히려 차갑게 느껴졌다. 차가워 그대로 얼어 버릴 것 같았다.

"엄마."

때마침 약국 안 휴게 공간에서 아이들이 뛰쳐나왔다. 린우의 아들과 딸이었다. 그 순간 현준은 움직임과 호흡을 멈췄다. 눈동자는 초점을 찾지 못해 심하게 흔들렸고, 또한 그녀가 미워서, 너무 미워서 목은 불덩이를 삼킨 것처럼 아팠다.
"아저씨, 우리 엄마한테 왜 소리 질러요?"
"단우야, 단비야."
그녀가 내뱉은 아이들의 이름이 그의 귀에 쏙 들려와 계속 메아리처럼 울렸다.
무겁게 바닥까지 가라앉은 침묵은 또 다른 불협화음을 만들었다. 아마도 그녀가 머리를 쓴 모양이었다. 아이들을 직접 보게 되면 다시는 찾아오지 않을 거라는 야비한 생각을…….
"아저씨, 가요."
"아저씨한테는 약 안 팔아요."
맹랑한 녀석들이었다. 처음 보는 어른한테 무안 주는 것까지 어쩜 제 엄마를 이리 똑 닮았을까? 그럼에도 불구하고 아이들에게 시선을 떼지 못했다.
뽀얀 피부에 커다랗고 동그란 눈, 새빨간 입술, 아들은 제 아빠를 닮았을 테고, 딸은 누구를 닮았는지 모를 정도로 그녀와 생김새, 분위기가 달랐다. 분명 낯이 익었다. 누굴 닮았지? 아무래도 아빠 쪽인 것 같았다. 왜 엄마를 닮지 않은 걸까?
"요 앞 초록나무 커피숍에 가 있어. 아이들 유치원 보내 놓고 갈게."

현준은 고개를 끄덕거리며 아이들을 향해 다시 한 번 시선을 돌렸다. 그리고 아이들의 눈높이에 맞춰 고개를 숙였다.

"단우랑 단비, 아저씨가 다음번에는 맛난 거 사 줄게."

"엄마가 그랬어요. 낯선 사람이 맛있는 거 사 준다고 해도 따라가면 안 된다고요."

"낯선 사람? 엄마 친구인데?"

"네, 단우는 아저씨 처음 본 거잖아요."

"네 말이 맞네."

현준은 손을 들어 단우의 머리를 쓰다듬었다.

"똑똑하다. 네 엄마가 잘 키웠구나."

"내 머리 만지지 마요, 아저씨."

"그래."

현준은 약국을 나와 그녀가 말한 초록나무 커피숍의 문을 열고 들어갔다. 현준은 뭘 시켜야 하나 고민을 하다 아메리카노 한 잔을 주문한 후 밖의 풍경이 잘 보이는 창가 쪽에 자리를 잡고 앉았다. 예전에 커피숍을 가면 그녀가 항상 주문을 해 주었다. 그녀가 주문해 주는 대로 현준은 별 불만 없이 마시곤 했었다.

"여기 아메리카노 나왔습니다."

"네, 고맙습니다."

따뜻한 아메리카노의 향기가 불안했던 마음을 조금은 식혀 주는 것 같아 현준은 잔을 들고 한 모금 마셨다. 아메리카노로 노곤함과 불안감을 조금이나마 희석시키고 있는 사이 그녀가 눈앞에 나타났다.

"빨리 왔네. 앉아."

린우는 아무 말도 없이 의자를 뒤로 밀고 그의 맞은편에 앉았다.

"여기 카페모카 한 잔과 얼음물이요."

휘핑크림이 세팅된 카페모카 한 잔을 직원이 가져오자 린우는 커피를 한 모금 마셨다. 부드러운 크림과 함께 커피의 향이 입 안 가득 퍼졌다.

"너무 달겠다."

"너는 초콜릿을 입에 달고 살았잖아."

"하긴……."

무거운 침묵이 흘렀다. 무슨 말부터 해야 할지 모른 린우는 떨리는 손으로 얼음이 담긴 물 잔을 집어 들었다. 가슴에 묵직한 돌이 몇 층으로 올려져 있는지 모를 정도로 고통이 일었다.

하지만 그에게 약한 모습을 보이고 싶지 않았다. 그의 오해를 풀어 주고 싶지 않았다.

이미 그에게 약혼녀가 있다는 사실은 모든 것을 포기하게 만들었다.

린우는 싸늘하게 식어 버린 그의 눈동자를 피하지 않고 정면으로 부딪쳤다.

"요즘도 잘 쓰러지니?"

"아니. 다 나았으니 신경 쓰지 마."

"하긴 임신과 출산을 한 몸이니 나아졌겠지. 직업이 약사니까 어련히 잘 챙겼겠어."

"비꼬지 마."

린우는 자신의 심장을 날카롭게 후벼 파는 그의 말에 가슴 한편이 욱신거렸다. 역시 이 남자에 대해선 면역력이 없는 게 맞았다. 그의 행동 하나하나, 숨소리까지 신경이 쓰였다. 그렇다고 달라지는 건 없었다. 죽을 만큼 고통스런 아픔은 한 번으로 족했다. 아니 그 아픔을 영원히 그가 모르길 바랐다.

"다시는 찾아오지 마."

"왜? 내가 왜 그렇게 해야 하지?"

"현준아."

"머리가 아프면 두통약을 사러 갈 것이고, 또 소화제도 필요하고, 또……."

"예전에 우리가 연인 사이였다 해도 그건 다 과거의 일이야. 난 애들 엄마라고."

"알아. 하지만……."

"다시는 찾아오지 말았으면 좋겠어. 불편해."

"남편이 싫어하겠다. 그 생각을 못 했어. 내가."

"네 약혼녀도 마찬가지잖아. 그녀에게 미안한 마음 들지 않게 잘해 줘."

짙은 눈썹 아래 또렷하고 선명했던 그의 눈동자가 심하게 흔들렸고 입술 사이로 짧은 실소가 흘러나왔다.

"훗, 내 걱정은 하지 말고 너나 잘해."

"그렇구나. 내가 너무 앞서갔다."

"백린우, 정말 날 왜 떠났니?"

"말했잖아. 너의 사랑이 두려웠다고. 너 나한테 집착한 거 기억 안 나?"

"내가, 내 사랑이 너에게 집착이었어?"

"그, 그래. 그리고 너, 약혼녀가 있다면서 미안하지도 않니?"

린우는 벌떡 일어나 그와 보이지 않는 벽을 만들었다. 다시 넘어오지 못하도록 아주 차갑게, 지나치지 않은 냉정함과 단호함으로 그를 대했다.

"네가 생각이 있는 친구라면 다시는 찾아오지 않을 거라고 믿을게."

"친구? 지금 친구라고 했어?"

"그래, 친구. 너랑 난 친구로 계속 남아 있어야 했었어. 그렇다면 좋은 친구 관계가 유지되었을지도 몰라."

"하, 하. 친구라……."

현준은 슬픔에, 좌절감에 흠뻑 젖은 눈동자로 그녀를 쳐다보았다. 서로의 몸을 소유하고, 그녀의 은밀한 곳의 비밀을 기억하는 남자가 친구라니. 절대로 친구 관계가 될 수 없었다. 끝난 인연이니 남보다 더 나쁜 관계가 되어 버렸다.

"알았다. 다시는 약국으로 가지 않을게."

"다른 친구들에게도 부탁할게. 이미 다정이는 만났으니까 어쩔 수 없고."

"그것까지는 책임을 못 지겠는데? 그들과 나는 분명히 다른 입장이야. 알잖아?"

현준은 더 이상 물러서고 싶지는 않았다. 그녀와 다시 예전의 관계로 돌아가지 못한다 해도. 그녀를 다시 사랑할 수 없다 해도.

"그럼 나는 또 떠날 수밖에 없어."

"떠나는 게 네 특기구나? 칠 년 전 나를 떠난 순간부터 너는 죄인이야. 알아?"

"난 떳떳해."

"원래 죄를 지은 사람들은 자신이 무고하다고 주장하지."

린우는 입술을 깨물었다. 아릿하게 퍼져 오는 고통에 숨을 멈춰야 했다. 백짓장처럼 창백하게 바랜 얼굴.

이현준이 부담스러운 존재라는 것, 만나고 싶지 않은 사람이라는 것을 인정하기에 참아 보려고 노력할 것이다. 그러나 나머지 친구들은 달랐다.

"칠 년이야. 나는 칠 년 동안 친구들을 만나지 않고도 잘 살았어."

"백린우, 너 정말 나쁜 여자구나?"

"나쁜 여자라는 거 이제 알았니? 넌 여전히 바보구나."

지독히도 덤덤한 그녀의 음성에 아물지 않은 상처가 다시 터져 버렸다. 사랑을 함에 있어 더 많이 사랑을 하는 사람이 약자라고 하지만 그렇다고 아프게 할 권리는 없었다. 칠 년을 어떻게 버텼는데, 차라리 죽는 게 낫다는 생각을 할 만큼 고통스러웠는데. 그녀만을 생각하며 지내 온 칠 년이라는 시간이 순간 아깝다는 생각이 들 만큼 그녀는 그의 가슴을 무겁게 짓눌러 왔다. 현준은 그대로 손이 그녀의 뺨으로 날아갈 것 같아 두 주먹을 불끈 쥐었다.

"차라리 바보가 낫다. 너같이 양심 없는 여자보다."
"나도 힘들었다고. 너만 힘들었다고 하지 마."
"힘들었다면 날 다시 찾아왔어야 하는 거 아니었어?"
"그럴 수 없었어. 그럴 수 있었다면 떠나지도 않았을 거야. 그러니 나 좀 내버려 둬."
"내가 너한테 불륜을 저지르자고 하는 거야?"
"난 우리 애들 아빠 사랑해. 그러니 다시 찾아오지 마."

린우는 벌떡 일어나 커피숍을 빠른 걸음으로 나갔다. 현준은 그녀가 나가는 걸 멍하니 지켜보았다. 도망치듯 뛰어나가는 그녀를 잡을 수 없을 만큼 혼이 나간 멘탈 붕괴 상태였다.

"사랑? 내 앞에서 애들 아빠를 사랑한다고? 어떻게 그런 말을 할 수 있는 거지?"

독설도 이런 독설이, 이렇게 잔인한 말이 이 세상에 또 있을까?

지독한 가시 독에 찔린 듯 심장은 피를 뿜어내듯 울어 대다 곧 굳어 버렸다. 다른 남자를 사랑한다는 그 말을 듣고 있었던 순간에도 그녀에 대한 감정이 쉽게 사라지지 않는 것이 잔인하게 느껴졌다.

"도대체, 왜!"

유리창을 통해 그녀의 뒷모습을 바라보았다. 어찌나 씩씩하게 걸어가는지 그의 감정을 더욱 격하게 만들었다.

얼마나 아프고 더 아파야 그녀를 잊을 수 있는 것일까?

그녀의 모습이 눈에서 보이지 않자 현준은 남은 아메리카노를 마저 마셨다. 마치 사약을 마시는 것처럼 쓰디쓴 맛이 목을 지나 종착역이 아닌 다른 곳으로 퍼져 나갔다.

얼어붙어 버린 심장으로.

그리고 또 다른 균열을 만들었다.

이제까지는 기다림이라는 막연한 깃발을 들고 있었건만, 그것마저 쑥 뽑아 버렸다.

백린우가.

참으로 못된 여자였다.

육 개월 빠르다고 누나라 부를 때부터 알아봤어야 했는데.

독한 말을 내뱉고 도망쳐 버린 그녀 때문에 마음을 추스르지 못하고 있는 자신이 참혹하다는 생각까지 들었다.

"허무한 사랑이야. 참으로."

현준은 얼마나 핏대가 섰는지 쑤셔 오는 눈을 두 손으로 누르다가 주먹을 꽉 쥐고 어깨를 쭉 편 뒤 몸을 돌려 커피숍을 나왔다.

절망의 암흑 속에서 허우적대는 자신과 달리 눈이 부시도록 맑은 하늘을 보니 그저 어이없는 헛웃음만 나왔다.
이제는 모든 것이 끝났다.
끝나 버렸다.

아이들을 재우고 침실로 돌아온 린우는 배 위에 전기 찜질 팩을 올려놓았다.
배가 아팠다.
진통제 두 알을 먹었지만 생리통은 줄어들지 않았고 어지러운 것이 누워 있고만 싶어진다.
"생리통 참 힘들지."
생리통을 겪을 때마다 생각나는 추억이 있다. 이따금 학교에서 쓰러지면 늘 현준이 업고 양호실로 데려가 주곤 했다. 그러니 현준은 생리 주기까지 알고 있는 친구였다. 부부 사이라면 모를까? 여자도 아닌 남자 사람 친구에게 비밀을 들킨 거나 똑같았다. 부끄러워 얼굴을 들지 못하면 그는 모른 척, 아무렇지도 않은 척하며 위로의 말을 건네곤 했다. 그 대신 여섯 살 차이 나는 현준의 동생 현정이 처음 겪는 생리통에 눈물을 보이며 울고 있을 때 다독여 준 것은 린우였다.
여자마다 생리통은 차이가 컸다. 그 뒤, 현정은 생리할 때마다 찾아와 자신의 방 침대에서 뜨거운 찜질을 하면서 쉬어 가곤 했었다.

"현정아, 너 고모 된 거 알아?"

아이들이 잘 자고 있나 확인하기 위해 일어나던 린우는 한 손으로 벽을 짚었다.

"아."

어지러웠다.

점점 빈혈은 심해져 요즘은 일주일에 한 번씩 철분 주사를 맞고 온다.

"아무래도 수술을 할까 봐."

작년, 린우는 병원에서 자궁내막증 진단을 받았다. 사이즈가 그리 크지 않아 지켜보다 종양이 커지면 복강경으로 자궁을 적출하자고 했다. 그리고 저번 달, 검진 후 의사 선생님께서 수술을 하자고 말씀하셨다. 지금 몸 상태로 봐선 자궁 적출이 최선의 방법인 듯했다.

일단 자궁을 적출하면 생리는 안 할지 몰라도 다시는 임신을 할 수가 없었다.

임신. 그 힘들고 어려운 과정을 다시 할 수 있을까? 쌍둥이들을 임신했을 당시 의사 선생님께서 말씀하셨다.

마지막 임신이면 좋겠다고.

임신을 유지하기 위해 힘들었던 그때가 생각나자 린우는 주저앉았다. 후회했었다. 아버지 때문에, 그의 어머니 때문에 어쩔 수 없이 한국을 떠났지만 배가 불러 올수록 린우는 그가 보고 싶어 견딜 수 없었다.

거의 매일을 울다시피 했다. 다행히 삼십오 주까지 임신을 유지하여 제왕절개로 낳았지만 몸과 마음은 아직 옛 기억에 머물렀는지 힘들고 아팠다.

칠 년이 지난 지금까지도 아파하는 그의 모습을 보기가 너무 힘들다.

오해를 풀어 주고 싶은데, 아직도 사랑한다고 말해 주고 싶은데. 칠 년이라는 시간은 생각보다 높은 벽이었다.

만약 모든 진실이 밝혀진다면······.

그가 약혼녀와 헤어질 수 있을까? 그의 약혼녀가 되었다는 것은 그의 어머니가 정해 준 짝일 수도 있었다.

"아줌마, 정말 아줌마가 너무 미워요."

잠이 오지 않자 린우는 일어나서 주방으로 가 머그잔에 설탕 커피를 담고 거실 창가에 섰다.

아마도 그가 준 초콜릿의 달콤한 정을 잊지 못해서일까? 남들은 블랙커피를 마신다지만 그녀는 설탕이 든 커피를 좋아했다.

그 정을 다시 느껴 보고 싶었다.

이 답답한 마음을 시원하게 날려 줄 가을바람에 날려서 다시는 오지 못하도록······.

지난 밤, 현준은 벌을 서듯 이를 악물고 차가운 물을 맞으며 한 시간가량 서 있었다. 그리고 침대에 편하게 누워 잠을 청할 수 없어 소파에서 잠을 청했다. 하나 새우잠을 잔 터라 몸은 몸살이라도 올 것처럼 피곤했다. 모든 것이 다 귀찮아 아무것도 하기 싫은 무기력 상태가 되어 버렸다.

거기다 사무실로 오니 다시 그녀가 머릿속으로 등장했다. 현준은 회전의자에 기대고 앉아 손가락으로 책상 위를 두들겼다. 결재해야 할 문서들을 쌓아 둔 채 멍하니 앉아 손가락들만 까닥거렸다.

분명히 결혼을 했다고 들었고 애들도 만났는데 왜 머릿속은 말끔하게 정리되지 않는 느낌이 드는지 이유를 알 수가 없었다.

"괜히 약혼녀가 있다고 거짓말을 했나? 아니, 잘한 거야. 아주 잘했다고."

그녀의 아이들을 보는 순간 머릿속은 공황 상태가 되어 버렸다. 그녀가 다른 남자의 아이를 정말 낳았구나. 더 이상 돌이킬 수가 없구나.

현준은 의자를 뒤로 밀고 일어나 창가로 걸어갔다. 빙글빙글 도는 머릿속을 원망이라도 하듯 유리창에 이마를 몇 번 내리찍었다. 차가운 유리에 이마가 닿으니 그나마 머릿속이 시원해지는 것 같다.

"일을 하자. 이제 여자 때문에 휘청거리는 이현준이 아니잖아."

마음가짐을 다잡으며 책상으로 돌아온 현준은 의자에 앉아 목 근육을 풀고 일을 시작했다. 기획안과 결재 서류들을 꼼꼼히 살핀 후 수정 사항까지 체크한 뒤 컴퓨터에 USB를 꽂았다. 이미 출시된 타 회사 패널의 장단점을 정리해 만든 완성 파일과 자회사의 패널을 비교한 파일, 점차 발전되는 액정 사업, 텔레비전, 휴대폰뿐만이 아니라 냉장고 등 그 쓰임새는 무궁무진했다. 그러나 작은 차이로 인한 가격은 격차가 꽤 큰 편이었다. 그 틈새를 공략해야 했다.

 현준은 일을 마친 후 사무실을 나와 건너편에 있는 여동생 사무실로 향했다. 두 번 노크를 하고 문을 열었지만 그녀는 사람이 온지도 모른 채 일에 열중하고 있었다. 기특한 녀석이었다. 현정이가 남동생이었으면 어땠을까? 그럼 어깨를 내리누르는 짐을 던져 줄 수도 있을 거라는 생각이 들었다.

 아버지가 물려준 이 회사를 동생에게 넘기고 하고 싶은 일을 하면서 살고 싶은 생각도 가끔 해 본 적이 있었다. 그러나 그건 어디까지나 생각뿐이었다.

 현준은 책상 앞으로 다가가 노크하듯 책상을 두들겼다.

"현정아."

"어, 오빠. 아니, 사장님."

"단둘이 있을 때 오빠라 불러."

"알았어. 그런데 내 방에는 웬일이야?"

 현준은 그녀에게 USB를 건넸다. 하지만 그녀의 시선은 여전히 컴퓨터 화면을 보고 있었다.

"이거 주려고."

"아, 고마워."

"현정아, 오빠랑 얘기 좀 할까?"

"무슨 얘기?"

"너, 백린우 알지?"

현정은 하던 일을 멈추고 시선을 그에게 돌렸다. 그녀의 눈동자는 심하게 떨고 있었다. 칠 년 동안, 부르는 것이 금기시되어 왔던 이름, 백린우. 그 이름이 오빠 입에서 먼저 나올 줄은 상상도 못 했었다.

"리, 린우 언니 말이야?"

"만났다. 며칠 전에."

"오빠."

"결혼했더라. 아이가 둘이나 있대."

현정은 놀라움에 등을 의자에 묻고 눈을 감았다. 이틀 전부터 잠을 잘 이루지 못한 탓에 눈이 뻑뻑한 탓도 있었지만 오빠의 흔들리는 눈동자를 보고 싶지 않아서였다. 보지 않아도 느껴지는 오빠의 아픔과 슬픔이 온몸으로 전해져 왔다. 현정은 천천히 눈을 다시 떴다.

"언니, 결혼했구나."

"나보다 한 살 많잖아. 육 개월 빠른 거지만."

"내가 보러 가도 돼?"

"천천히. 아직은 아니야."

"오, 오빠."

"내 마음의 정리가 다 되면, 정말 친구처럼 깨끗한 마음으로 돌아간다면 그때 만나."

"아, 알았어."

친구. 아무리 친구라 정의를 내려도 린우 언니와는 쉽지 않을 것이다. 아직도 오빠의 말 속에 미련이, 여전히 잊을 수 없다는 감정이 숨어 있었다.

"오빠, 엄마가 오신대."

"재판에서 이기셨나 보네. 여기로 오시는 것 보니까."

"피하지 말고 만나. 엄마 성격 알잖아."

"알았다. 걱정 마. 사무실로 가서 일할게."

현준은 여동생의 사무실을 나와 다시 자신의 사무실로 돌아가 앉았다. 엄마의 방문이라. 결코 반갑지만은 않았다.

어릴 때부터 어머니는 다른 부모님들보다 간섭이 심하셨다. 그렇다고 무한한 사랑을 주신 것도 아니었다. 솔직히 말하면 어머니의 사랑이 뭔지 잘 몰랐다. 그저 욕구 충족이랄까?

잘난 자신의 아들이기에 아들도 잘나야 했고, 특히 린우가 아들보다 공부를 잘하는 걸 너무 싫어하셨다.

린우가 사라지고 난 뒤, 방황을 하던 자신에게 단 한 마디도 싫은 소리를 하지 않으셨다. 아들을 믿는다는 의미일 수도 있겠지만 귀찮은 혹이 떨어져 준 대가라 생각하면 손해 보는 장사가 아니라는 생각을 하셨을 것 같다.

"후우."

분명 귀찮고 듣기 싫은 말씀을 하러 오실 게 분명했다. 작년부터 어머니의 결혼 재촉이 더 심해지셨다. 그때마다 선을 보는 척 시늉은 했지만 아직까지는 다른 여자를 만나 결혼을 하고 싶은 마음이 없었다.

얼마 뒤, 현준은 어머니가 찾아오셨다는 비서의 말에 하던 일을 멈추고 사무실 문을 향해 시선을 돌렸다.

문이 열리는 소리와 함께 어머니의 모습이 보였다.

이렇게 얼굴을 보기가 어려운 부모 자식도 있을까? 한 달 만에 아들을 만나러 온 진영은 자신의 사무실에 온 것처럼 당당하게 소파에 앉았다.

"여기 왜 오셨어요?"

"너 결혼 안 할 거니?"

"그 말씀 하시러 온 거라면 가세요. 바쁘니까."

"좋은 여자가 있어. 선 한번 봐라."

현준은 허탈하게 한숨을 내쉬며 거친 손길로 넥타이를 풀어 젖혔다. 보지 않아도 여자의 얼굴이 그려진다. 키는 168센티 정도의 빼빼 마른 여자, 얼굴에 살이 없어 광대뼈가 조금 튀어나와 보이며 붉은 립스틱을 바르고 의사라면서 병원에서도 검은 힐을 신고 다니는 개념이 없는 여자. 물론 틀릴 수도 있겠지만 어머니가 고르는 여자는 대부분 그런 여자들이었다. 엄마와 분위기가 비슷한.

"후, 어떤 여자가 좋은 여자인데요? 이번에는 병원장 딸인

가요?"

"어떻게 알았어? 세한병원 이사장 딸이야. 법적인 문제가 생겨 우리 로펌에……."

"저 린우 만났어요. 백린우."

"뭐라고?"

진영의 얼굴이 거칠어진 목소리만큼 일그러졌다. 진영은 자신도 모르게 두 손으로 얼굴을 가린 뒤 얕은 신음 소리를 토해 냈다.

"후. 어, 언제 만났니?"

"며칠 됐어요."

"어디서?"

"사무실에서 오 분 남짓 거리에 있는 장미약국에서요."

진영은 기가 막힌지 이번에는 미간을 손가락으로 꾹꾹 눌렀다. 온몸의 피가 얼어붙는 느낌이었다. 이제 아들이 어떤 말을 할지, 어떤 반응을 보일지 궁금해 신경이 날카롭게 섰다.

"그래서 마음이 흔들렸니? 난 분명히 말했다. 그 애가 싫다고."

"걱정 마요. 이미 결혼을 했더라고요. 애도 둘이나 있고."

"애가 둘이나 있다고?"

"아들과 딸이요. 직접 봤어요."

아들이 의사를 때려치우고 남편의 회사로 들어가겠다는 선언을 했을 때도 이렇게 놀라지 않았었다. 혹시 잘못 들은 건 아닌지, 귀가 잘못된 건 아닌가 싶었다. 진영은 두 손을 움켜쥐고 비명이 터져 나올 것 같은 입을 막았다.
"읍, 하."
 진영은 벌떡 일어났다. 다리가 후들거리고 보이지 않는 검은 손이 목을 죄어 오는 느낌이 들어 있을 수가 없었다.
"나 그만 가마."
"선은 안 보니까 강요하지 마세요. 그리고 저 여행 갈 거예요."
"후, 알았다. 일 봐."
 현준은 평소와 달리 더 이상 채근하지 않고 빠른 걸음으로 사무실을 나가는 어머니의 모습에 고개를 내저었다. 뭔가 해결해야 하는 일이 생긴 것처럼 어머니의 행동은 급해 보이기까지 하셨다.
"린우를 만나러 가시는 건가? 설마?"
 어머니가 린우를 탐탁지 않게 생각하고 계신 건 안다. 하지만 다른 남자의 아내가 되었고 아이들의 엄마가 된 그녀에게 신경을 쓸 만큼 그의 어머니는 한가하신 분이 아니셨다. 물론 심기는 불편하시겠지만 말이다. 현준은 환기를 시키기 위해서 창문을 연 다음 두 팔을 위로 하고 기지개를 켰다.
"아, 쉬고 싶다."
 열어 놓았던 창문 안으로 가을바람이 들어와 결재 판 안의 서류 한 장이 공중으로 떠오르다 사무실 바닥에 떨어졌다.
 어머니가 오신 뒤라 그런지 일의 능률도 떨어지고 서류를 줍는 것조차 귀찮아져 저 멀리 창문 너머를 응시했다.

가을이 이미 그 모습을 잊어버리려 하나둘씩 옷을 벗기 시작했다. 시간이 어떻게 흘러가는지도 모를 만큼 바빴던 시간.
이제는 잊어야 했다, 완벽하게. 유부녀가 된 그녀를 놓지 못한다면 마음속의 사랑도 불륜으로 치부되는 세상이었다. 혼란스러운 머리와 마음의 정리를 하기 위해서 혼자 여행을 떠나기로 했다. 바다가 보고 싶었다. 남해 쪽의 섬들을 둘러보며 새로운 시작을 하기 위한 준비를 해야 했다.

진영은 약국 앞에 차를 세웠지만 쉽게 결정을 하지 못했다. 피가 말라 왔다. 마음 같아선 바로 약국 안으로 뛰어 들어가 확인을 하고 싶었다.
맞다면, 자신이 생각하고 있는 것이 맞는다면.
하지만…….
확인할 자신이 없다. 두려웠다.
머릿속이 터질 것처럼 아파 왔다. 마치 백지장이 된 것처럼 새하얗다가도 실타래가 엉킨 것처럼 복잡해지기도 했다.
아들이 만약 진실을 알게 된다면.
그것보다 더한 진실은 아들의 핏줄이 맞는다면, 천륜을 버린 할머니가 되는 것이었다.
진영은 초조하게 아랫입술을 잘근잘근 깨물었다.
하지만 그녀에게 잘못했다고 용서해 달라고 하고 싶지는 않았다. 그때로 다시 돌아간다 해도 똑같은 선택을 했을 테니까.

아무래도 아들의 결혼을 빨리 서둘러야 했다.

결혼을 하고 나서 아이들을 데려오기 위해서 법적인 싸움을 펼친다면 이길 승산이 있었다.

홍진영 로펌 대표가 아닌가.

린우를 보지 않고도 아들을 완전히 포기시킬 묘안이 떠올랐다.

"그래, 그 방법이 좋겠어."

진영은 다시 시동을 켜고 차를 출발시켰다.

손안에 들어온 건 어느 하나도 포기하고 싶지 않았다.

♦

불면증의 시작은 언제부터였을까? 쌍둥이를 키워야 했기 때문에 밤잠을 설치는 것이 당연했지만 사실은 그 전부터였던 것 같다.

이현준과 사귀기 시작했을 때부터.

친구였을 때의 만남과 연인으로 그를 만나는 것은 천지 차이였다. 만나면 마음은 하늘 위를 떠다니는 구름 위를 걷는 것처럼 흥분이 되었고, 헤어지면 보고 싶은 설렘에 잠을 못 이룬 적이 많았다.

오늘도 마찬가지였다. 이현준을 만난 뒤로 머리가 빙글빙글 도는 것 같다. 차라리 몸을 쭉 펴고 편한 상태로 잠이나 잤으면 좋겠는데 잠은 오지 않고 심란한 생각으로 머리만 더 복잡해졌다.

어제도 잠을 이루지 못한 린우는 잠시 엎드렸다. 약국 문이 열리는 소리가 들리자 손님이라 생각하고 일어나 반갑게 인사를 했다.

"어서 오세요."

약국으로 들어온 손님은 이십 대 후반쯤으로 보이는 젊은 여자였다. 강렬한 와인색 정장을 입었는데 새하얀 얼굴과 너무도 잘 어울렸고, 딱 보기에도 귀티가 절절 흐르는 여자였다.

"머리가 아파서 그러는데 두통약 좀 주세요."

"네."

린우는 몸을 숙여 진통제를 찾아 그녀에게 내밀었다.

"1회 복용량은 두 알이고 가격은 삼천 원입니다."

"약사님 이름이 백린우 씨 맞아요?"

"네. 제가 백린우인데 왜 그러시죠?"

"저는 세한병원 이사장 딸 강소민이라고 합니다. 혹시 홍진영 변호사님 아세요?"

린우는 그 이름을 듣는 순간 온몸에 소름이 쫙 돋아 오는 걸 느꼈다. 거기다 아름답다. 예쁘다 할 수 있는 얼굴을 가진 그녀가 자신을 경계하는 듯 차가운 미소를 짓는 모습을 보며 어떤 상황인지 파악이 되었다. 이 여자의 뒤에 숨어서 그의 어머니가 던진 야비한 수법, 죽은 듯이 조용히 지내라는 기선 제압이라 할 수 있었다.

"네. 아, 아는데요."

"때마침 이곳을 지나다 머리가 아프다 하니까 홍진영 변호사님이 여길 가 보라고 했어요. 딸같이 생각하는 약사가 운영하는 약국이라면서요."

"아, 네. 찾아 주셔서 감사합니다."

"별말씀을요."

린우는 어이가 없고 당황스러워 두 손으로 가운을 움켜쥐었다. 역시 홍진영 변호사님이셨다. 이런 환영인사까지 하시는 걸 보면 아직 백린우가 이현준에게 영향을 끼치는 사람이라는 걸 알고 계신 모양이었다. 린우는 그녀와 더 이상의 대화는 무의미하다는 생각이 들자 그녀에게 나가길 바란다는 뜻을 전했다.

"손님, 계산하셔야죠."

"아, 얼마라고 하셨죠?"

"삼천 원입니다."

그녀는 백에서 삼천 원을 꺼내 약값을 지불하고 약국을 나갔다. 그녀의 뒷모습을 보는 린우의 얼굴에 수심이 가득 찼다.

칠 년 동안 잊고 싶었지만 잊히지 않았던 그의 어머니.

직접 만나 뵙지는 않았지만 그 위력은 엄청났다. 세한병원 이사장 딸을 여기에 보내면서 한번에 두 마리의 토끼를 잡으셨다. 첫 번째는 아들에게 엄청난 백그라운드를 가진 약혼녀가 있다는 사실을 알렸고, 두 번째는 절대로 내 아들과 결혼할 수 없다고 경고를 날린 셈이었다.

그의 어머니는 역시 무시할 수 없는 존재였다. 직접 찾아오실 거라고 예상했었는데 이런 식으로 공격해 올 줄은 상상도 못 한 일이었다. 머리가 쪼개지듯 아파 와 소민에게 팔았던 진통제를 꺼내 두 알을 집어삼켰다. 아무래도 약국 문을 닫고 집에서 쉬어야겠다는 생각을 하며 출입문을 향해 한 걸음 내디딜 때였다. 문이 열리는 소리가 들렸다.

"백린우, 너 정말 백린우 맞구나?"

찾아온 손님들은 한 번 만난 적이 있는 다정과 우현, 보라였다. 방금 전, 누가 약국을 찾아왔다는 걸 잊어버릴 만큼 반가운 손님들이었다.

"어서 와."

"백린우."

다정과 보라는 뛰어가 그녀를 품에 안았다. 린우는 잠시 그녀들의 품에서 예전의 따스함을 느꼈다. 목구멍까지 뜨거운 덩어리가 올라와 눈물이 맺혔지만 린우는 간신히 참았다.

"보, 보라야, 다정아……."

"넌 나쁜 계집애야."

"…알아."

오래된 친구, 소꿉친구였지만 현준보다 조금 덜 친한 여자 친구들이었다. 하나 그녀들 또한 자신을 미혼모의 딸이라고 놀리지 않았던 고마운 친구들이었다. 울면 같이 슬퍼해 주고, 웃으면 더 큰 목소리로 웃어 주었던 친구들. 왕따를 시키지 않고 7인방의 한 구성원으로 남게 해 준 것 또한 지금 생각하니 감사한 일이었다.

"나 숨 막혀. 그만 놔 줄래?"

"그래."

보라는 팔을 풀고 낯설게 느껴지는 친구의 얼굴을 뚫어져라 쳐다보았다.

"넌 달라진 게 하나도 없다."

"그래? 너희들도 마찬가지야."

"정말? 말만이라도 고맙다. 우리 벌써 서른둘이야."

"결혼은 했어?"

"다정이랑 우현이 부부됐어."

린우는 다정을 향해 시선을 돌렸다. 지난번 찾아왔을 때 손님들이 많아 얼굴만 보고 헤어졌기 때문에 얘기를 자세히 듣지 못했었다. 다음 만남을 기약한 터였다.

"정말이야, 우현아?"

"그래."

우현은 약국으로 들어선 순간부터 그녀에게 시선을 떼지 못했다. 하나도 변한 게 없어 보였다. 하얗고 핏기 없이 창백한 얼굴까지. 예전 그 모습 그대로 그녀가 다시 나타났다. 얼마나 보고 싶었는지 모른다.

"오랜만이다, 백린우."

"그래, 우현아. 결혼 축하한다."

"그래, 너도 축하한다. 애가 둘이라며?"

"그렇게 됐다."

"애들 아빠는 뭐 하는 사람이냐? 혹시 미국 사람?"

"어……. 아, 아직 미국에서 할 일이 있다고 해서. 내년에 한국으로 올 거야."

"그래. 그럼 애들은 몇 살이냐?"

"응? 애들?"

린우는 뜨끔거리는 심장을 애써 눌러 담았다. 친구들에게 아이들의 나이를 얘기해 줄 수가 없었다. 나이를 말해 준다는 것은 아이들의 아빠가 누군지를 가르쳐 주는 것과 똑같았다.

"애들 많이 컸지. 그, 그런데 다정이는 임신 계획 없어?"

"왜 갑자기 얘기가 다른 데로 새는 거야? 혹시 말 못하는 비밀이 있는 거 아니야?"

"아, 아니야. 그런 거."

"그럼 왜 말을 못 해?"

린우는 친구들의 의심 가득 찬 시선이 자신에게 쏠리자 곤혹스러워 입을 조가비처럼 다물었다. 때마침 문을 열고 들어오는 아이들의 목소리가 들려왔다.

"엄마!"

"어. 단비, 단우야."

린우는 자신을 향해 뛰어오는 아이들을 품 안에 안았다. 태연한 척하려 했지만 온몸의 떨림은 쉬이 가시지 않았다.

단우는 엄마 품을 벗어나 배고프다는 듯 배를 움켜쥐었다.
"왜, 어디 아파?"
"엄마, 나 배고파. 빵 먹고 싶어."
"그래, 엄마가 간식 줄 테니 잠깐만 기다려. 아, 내 정신 좀 봐. 너희들도 손님인데 대접하는 걸 깜빡했다."

린우는 서둘러 약국 안 휴게실로 들어갔다. 아이들과 약국 안에 남게 된 친구들은 아이들을 따스한 시선으로 내려다보았다. 참으로 예뻤고 귀여웠다. 다정과 우현은 아이들을 부러운 시선으로 바라보았고 보라는 아이들 앞에 앉아 눈높이를 맞추며 말을 걸었다.

"너희들이 단비, 단우구나?"
"아줌마는 누구세요?"
"나? 엄마 친구. 귀엽게 생겼다."

보라는 단우의 볼을 살짝 어루만졌다.

"만지지 마세요. 이 볼은 엄마만 만질 수 있어요."
"그렇구나. 미안해. 그런데 너 올해 몇 살이야?"
"일곱 살인데요?"

듣고 있던 보라가 고개를 갸우뚱거렸다.

"일곱 살? 나이가 많네? 배 속에 있는 거까지 합하면 남편을 스물다섯쯤 만……."

보라의 말이 끊어짐과 동시에 약국 안이 갑자기 무거운 공기로 가득 찼다. 동시에 먹을거리를 챙겨서 나오던 린우의 얼굴이 백짓장처럼 창백하게 변했다. 그녀는 결국 들고 있던 쟁반을 떨어뜨렸다.

쨍그랑.

유리잔들이 깨지는 소리와 함께 우현은 자리에서 벌떡 일어났다. 그녀를 보는 우현의 눈동자가 어둠 속을 헤매듯 짙게 가라앉았다. 믿을 수가 없는 사실을 깨닫는 순간 터져 오르는 분노와 슬픔에 숨이 막힐 것만 같았다. 우현은 넋을 잃고 서 있는 그녀의 팔을 움켜쥐고 낮게 읊조렸다.

"백린우, 너."

린우는 목이 메는 것을 억누르고 참았더니 목이 아파 왔다. 하지만 눈동자는 숨길 수가 없었다. 감정이 폭발하듯 눈물이 바로 터져 나왔다.

"우, 우현아."

"넌 정말 미련 곰탱이야, 백린우."

"혼자서 똑똑한 척 다 해 놓고. 린우, 넌 바보야. 바보."

친구들이 한마디씩 던졌다. 너무 놀라 할 말을 잃었던 보라는 린우의 등을 밉다는 듯 여러 번 두들겼다. 그걸 본 단우는 울먹이며 보라에게 대들었다.

"우리 엄마 왜 때려요?"

"때리는 게 아니라 너무 미워서 그래."

"우리 엄마가 왜 미운데요?"

보라는 단우에게 아무 말도 해 줄 수가 없어 린우를 끌어안왔다. 흐느끼는 그녀의 울음소리가 들려왔다. 칠 년 동안 그녀가 어떤 인생을 살았을지는 말을 하지 않아도 알기에 더욱 속이 상했다. 약국 안은 순식간에 부둥켜안은 여자들 때문에 울음바다가 되고 말았다.

"어떻게 그걸 숨기니? 어떻게?"

"미안해, 보라야."

깊숙이 꽁꽁 숨겨 놓았던 상처, 결국 풀리고 말았다. 린우는 그동안 참은 것이 너무 못났고 억울하단 생각이 들어 더욱 감정이 폭발할 듯 북받쳐 올랐다.

우현의 눈동자 또한 심하게 흔들리더니 충혈되고 말았다. 우현은 묻고 싶었다. 현준이 아빠라면서 또 숨겨야 하는 이유가 무엇인지 궁금했다.

"왜 현준이한테 거짓말했어?"

"약혼녀가 있잖아. 세한병원 이사장 따님과 곧 결혼할 거잖아."

"무슨 소리야? 세한병원 이사장 따님? 난 처음 들어 본다고."

"이상하다. 방금 전에 여기 왔다 갔는데."

"현준이 이제까지 혼자였다고. 그 바보 머저리 병신 같은 새끼. 단 한 번도 널 잊은 적이 없다고."

"뭐?"

린우는 입술이 말라 왔고 손끝도 떨려 왔다. 가슴이 저릴 만큼 아파 왔다. 똑똑한 척은 혼자 다 하면서 세상에서 가장 멍청한 바보는 백린우가 아니라 이현준이었다.
 참을 수 없을 만큼 아픈 가슴을 찌르는 고통이었다.
"아파, 너무 아파."
 얼음덩어리가 산산조각이 나 발밑에 뿌려져 서 있는 것조차 고통스러웠다. 린우는 머리가 핑핑 도는 어지럼증이 일자 의자에 앉았다. 미쳐 버릴 것 같은 슬픔에 정신을 놓지 않으려고 무던히도 애를 썼다.

10. 오해

10. 오해

 우현은 현준에게 진실을 알려 줘야 한다는 생각에 그의 회사 앞까지 왔지만 차마 들어갈 수가 없었다.
 친구들과 상의를 한 결과 현준에게 얘기를 해야 한다고 결론을 내렸지만 한편으로는 린우에게 오해를 풀 기회를 줘야 하는 게 아닌가 하는 생각도 들었다. 그러나 지금까지 그녀의 행동으로 봐선 절대로 현준에게 얘기를 할 것 같지 않았다.
 "후, 어렵다. 어려워."
 칠 년 동안 지속된 현준의 오해를 풀어 주는 게 맞았다. 현준은 린우가 자신을 버리고 떠났다고 생각하고 있었다. 너무 많이 아프고 너무 많이 힘들었던 친구가 이제는 사랑하는 사람과 함께 행복해졌으면 했다. 그게 정답이었다.

"총대를 메야겠다. 현준이를 위해서라도. 아니 린우를 위해서……."

우현은 그의 사무실 문 앞에 섰다. 비서가 손님이 왔다는 것을 알리는 그 순간까지도 고민을 했지만 답은 하나라고 중얼거렸다.

"우현아, 어쩐 일이냐. 바쁜 네가."

"어디 가려고?"

"어. 마음 정리하기 위해 여행 좀 다녀오려고."

우현은 사무실 구석에 놓여 있는 여행 가방을 보는 순간 얼마나 그가 그녀를 잊기 위한 전쟁을 치르고 있는지 다시 느꼈다. 친구의 고통을 환희로 바꿔 주고 싶었다. 하지만 생각보다 말이 쉽게 나오질 못했다. 우현의 입술은 바짝바짝 타들어 가는 듯했다.

"너 혹시 세한병원 이사장 딸과 결혼할 거야?"

"그 무슨 소리야? 세한병원 이사장 딸이 누군데?"

"아무래도 너희 어머니가 또 미리 손을 쓰신 것 같다."

현준은 가뜩이나 차갑게 얼어붙은 심장이 더 두꺼워지며 냉동되어 가는 느낌이 들었다.

"어이가 없다. 정말로. 그걸 어떻게 알았는데?"

"린우 만나고 오는 길이다. 약국으로 찾아왔나 보더라고."

"누가? 어머니가?"

"아니, 세한병원 딸이라는 여자가."

"혹시 린우한테 나쁜 짓 하지는 않았겠지?"

"그런 건 아닌 것 같더라."

"우현아, 신경 쓰지 마라. 난 결혼할 생각 전혀 없으니까. 그리고 린우랑 종종 만나서 맛있는 것도 사 주고 해라. 몰골이 영 엉망이다."

"네가 사 주면 되잖아."

"나야, 뭐……."

현준은 다시 한 번 그녀를 떠올리다 한숨을 내쉬었다. 머릿속에 가득 차 있는 생각을 털어 내듯 옷자락을 탁탁 털어 냈다. 그녀를 잊기에는 칠 년이라는 시간도 부족했다. 그 시간 동안 그녀를 잊으려고, 머릿속에서 지우려고 무던히도 노력을 했지만 물거품이 되자 현준은 또 한 번의 고통스런 시간을 가져야 했다.

이번에는 완벽하게 잊어버려야 했다. 눈곱만치의 미련 따위 남기지 말고 박박 긁어서 완전히 지워 버려야 했다.

"나 여행 가야 해. 돌아와서 내가 술 한잔 살게."

"현준아."

"왜?"

"네가 아빠란다. 아빠."

"아빠?"

현준은 순간 아빠라는 의미가 정확히 무엇을 뜻하는 것인지 이해하지 못했다. 얼마나 떨었는지, 놀랐는지 고스란히 그 떨림이 충격으로 온몸으로 전해져 내려왔다. 입을 다물지 못했고 순간 벙어리가 된 것처럼 말을 할 수가 없었다.

"무, 무슨 소리야?"

"쌍둥이들이 네 아들과 딸이라고."

툭. 순간 결재를 하기 위해 들었던 만년필을 책상 위에 떨어뜨리고 말았다. 만년필이 떼구르르 굴러 사무실 바닥까지 떨어졌다. 커다란 망치로 한 대 얻어맞은 것 같은 엄청난 두통이 일었고 가슴에는 뜨거운 열기가 활활 타오르기 시작하면서 동시에 참을 수 없는 아픔이 온몸을 지나갔다.

"장우현."

"빨리 린우한테 가 봐."

"그, 그래."

우현에게 상상도 못 한 비밀을 듣게 된 현준은 정신없이 사무실을 뛰쳐나와 약국으로 뛰고 또 뛰었다.

얼마나 힘들고 얼마나 아팠을까? 빈혈이 심한 몸으로 임신과 출산을 견뎌 내다니. 생각만으로도 온몸이 떨렸고, 심장이 울었고, 눈은 피 눈물을 흘렸다.

"이 세상에서 제일 멍청한 놈은 나였어. 나."

그런 줄도 모르고 약혼녀가 있다고 말도 안 되는 거짓말을 했다.

고생했다고 안아 주어야 할까? 고맙다고 인사를 해야 할까? 그렇다면 남편은 없는 건가? 결혼은 정말 안 한 건가? 내 아이들을 임신하고도 다른 남자와 결혼을 했다면 어떡해야 하지?

약국으로 뛰어가는 그 짧은 시간동안 얼마나 많은 생각을 했는지 모른다.

"헉, 헉."

하지만 약국 앞에 도착해서 유리문 안을 들여다보던 현준은 이곳까지 오면서 했던 생각들을 한순간에 잊어버렸다.

백린우, 그녀를 본 순간 눈물이 한꺼번에 쏟아졌다. 불쌍한 여자. 불행한 여자 같으니라고. 그 고통을 혼자 짊어지고 여기까지 오기가 얼마나 힘들었을까? 현준은 등을 돌려 걷잡을 수 없을 만큼 흘러내리는 눈물을 닦지 못하고 손으로 가슴을 내리치며 그렇게 한참을 서 있었다. 잔뜩 내려앉은 어깨가 너무 애처롭게 느껴질 만큼 쓸쓸해 보였다.

그사이 여러 명의 손님이 약국을 왔다 갔다 하면서 약국 문이 열렸다 닫혔다. 시간이 지날수록 또 다른 의문이 들었다. 왜 진실을 말하지 않았을까? 왜 엄청난 오해를 받으면서도 떠나야만 했을까? 지금 생각해 보니 그녀가 말한 대답이 허술하기가 짝이 없었는데 왜 더 따지지 못했을까?

당황스러웠다.

분명 다른 이유가 있었을 테다. 그것을 알 수 없기에 혼란스럽고 답답했다.

현준은 눈물을 손등으로 닦고 아무 일도 없었다는 듯 약국 문을 열었다.

"어서 오……."

린우는 그의 얼굴을 마주한 순간 그가 여기에 온 이유를 알았다. 그와 다시 만나는 그 순간보다 더 아프고 고통스러울 시간, 바로 지금이었다. 다리가 후들거려 힘겹게 버티고 서기 위해 소파의 등받이를 두 손으로 꽉 움켜쥐었다.

"아."

삐딱하게 비틀린 입술만이 현재 그의 기분을 짐작하게 했다. 그의 변화에 분명 낯설음을 느꼈지만 그녀는 그림자처럼 조용히 서 있었다. 점점 창백해지는 그의 안색에 비하면 아무것도 아니었다.

현준은 아무 말도, 어떤 행동도 할 수가 없었다. 마치 돌부처가 된 것처럼. 아무것도 묻지 말고, 따지지 말고 그녀를 안아 줘야 했지만 마음과 달리 차가운 말이 흘러나왔다. 바보 같은 저 여자를 어떻게 해야 할까? 임신을 했으면서도 아빠인 자신에게 얘기하지 않았던 이유는 자신을 못 믿었던 것인가? 갑자기 화가 치밀어 올랐다.

"말해 봐."

무슨 말을 할 수 있겠는가. 린우는 그를 볼 수가 없어 고개를 숙였다.

계속해서 바라보면 눈이 뻑뻑해지면서 눈물이 나올 테다. 눈물이 흘러내리면 햇살에 눈이 부셔 눈물이 나왔다고 변명이라도 해 볼 텐데. 어쩔 수 없이 그녀는 눈을 감으며 주저앉았다. 입 밖으로 쉽게 나오지 못하는 말들이 입 안에서 맴돌다 사라졌다.

"일어서, 백린우."

린우는 엉거주춤 다시 일어났다.

"설명해 봐."

갑자기 그의 눈동자가 공허해지며 그 무엇도 담지 않은 것처럼 보였다. 거기다 나직한 말투, 감정이 전혀 실리지 않고 평범하게 들리는 목소리에서 그녀는 그가 많은 것들을 가슴속 깊이 누르고 또 누른 것이 아닐까 하는 생각이 들었다.

"우현이가 이상한 말을 하고 갔어. 그 말이 무엇인지 듣고 싶지 않니?"

"현준아."

"오해를 풀어 달라고!"

"무슨 오해? 그런 너도 나를 오해하게 만들었잖아."

"그건 네가……. 그 여자는 나랑 전혀 상관없는 여자야. 그 여자 얘기는 나중에 하고. 빨리 말해 봐. 내가 너를 증오하게 만들었잖아. 나를 고통의 수렁으로 빠뜨려 죽게 만들었잖아. 그러니 오해를 풀 수 있도록 제대로 설명을 해 봐. 내 아이들을 임신해 놓고 도망가야 했던 이유를 말해 보라고!"

현준의 눈에 불꽃이 일었다. 기쁘기도 하지만 이렇게 허망한 자신의 마음을 그녀가 알까? 현준은 힘겹게 침을 삼킬 뿐 대답을 쉽게 하지 못하는 그녀의 어깨를 그러쥐었다. 심하게 떨리는 그녀의 어깨. 현준은 서로의 코끝이 닿을 것처럼 그녀를 가까이 끌어당겨 세웠다.

"내가 너에게 믿음을 주지 못했니?"

"아니야."

"혹시 내 아이들이 아닌 것 아니야?"

그의 말에 린우는 잠시 머뭇거렸다. 그에게 네가 아빠라고 말을 해 주려니 너무 미안했고, 가슴이 조여들 만큼 죄스러워 선뜩 말을 할 수가 없었다.

"내가 어떤 말을… 해 주길 바래?"

"진실을… 말해 달라고, 진실 말이야."

"이미 알고 왔잖아. 네가 알고 있는 게… 진실이야."

"내가… 아빠야? 정말 아빠 맞아?"

아빠.

이렇게 그녀를 괴롭히려고 여기까지 단숨에 뛰어온 게 아니었는데. 고맙다고, 미안하다고 말하며 안아 주려고 했었는데. 이현준 정말 못난 놈이었다. 마치 누군가가 유리 조각으로 심장을 갈기갈기 찢어 놓는 것 같았다.

"아파. 너무 아프다고. 하아."

현준은 덤덤한 시선으로 그녀의 얼굴을 보다 허탈하게 웃었다. 그녀의 어깨를 움켜 쥔 손등에 드세 보이는 혈관 하나가 톡 하니 도드라져 있었다.

"내가 아빠라니, 진짜 아빠라니."

이미 우현에게 들어 알고 있었음에도 불구하고 직접 그녀에게서 듣고 나니 현준의 몸이 사시나무 떨듯이 흔들거렸다. 운명이라는 놈이 장난질을 치지 않았다면 이런 일이 일어날 수 없었다. 현준은 눈에 그렁그렁 맺혀 있던 눈물이 떨어지려 하자 그녀를 잡고 있던 손을 놓고 몇 걸음 뒤로 물러섰다.
"그런데? 왜 나를 떠난 거지?"
"아버지 때문이었어."
"너희 아버지?"
"아버지가 정치를 하시겠다고 엄마와 나를 한국이 아닌 다른 곳으로 보내셨어. 우리에게 떠나라고 협박을 했어."
"미쳤구나. 그 사람 정말 네 친아버지 맞니?"

현준은 버럭 화를 내고 싶은 것을 참았다. 이기적인 욕심 때문에 한 번 버린 자식을 두 번이나 버린 그 사람은 정치를 할 자격도 없고 아버지라는 이름을 갖기에는 아주 부족한 사람이었다. 그럼 사람은 아버지라는 자격을 박탈시켜야 했다.
"그런 사람한테 아버지라 부르지도 마."
"그래도 아버지야. 날 낳아 주신 아버지."

착잡하다. 마치 한바탕 소나기가 쏟아지고 난 후 진흙탕이 된 바닥에 남겨진 발자국처럼 엉망이 되어 버린 것 같았다. 현준은 입 안을 가르고 터져 나올 것 같은 분노를 죽을힘을 다해 참았다.

그녀가 사라지고 난 뒤 그녀의 아버지 회사로 찾아갔을 때 그 사람은 만나 주지 않았다. 비서를 시켜 한국에 없다는 말만 전했고 다시 찾아 갔을 땐 사람들을 시켜 쫓아냈다. 그런 사람이 그녀의 아버지라는 게 참으로 가슴 아팠다.

"그렇더라도 나한테 얘기를 했어야 했어. 나랑 같이 떠날 수도 있었잖아."

"미안해. 너한테 같이 가자 할 수가 없었어."

"왜? 왜 못 했는데?"

따지듯 폭발한 그의 음성에 실린 아픔과 원망을 알고 있기에 린우는 목이 메어 왔다. 만약 그가 진짜 떠나야만 했던 이유를 알게 된다면 얼마나 괴로워하고 고통스러워할까 생각하니 입이 떨어지지 않았다.

그를 불행하게 만들고, 자신과 돌아가신 엄마와 아이들을 고통의 나락에 빠뜨린 범인은 바로 그의 어머니였다. 아이들에게 아빠의 정을 느끼지 못하게 만들었고, 그에게는 아이들의 탄생하는 순간과 커 가는 과정들을 보지 못하게 한 나쁜 사람이었다.

가족 파괴자. 생각만 해도 치가 떨려 왔다.

그녀에게 있어 그의 어머니는 장벽처럼 높고 단단한 벽과 같았다.

지독하게도 생생하게 떠오르는 환멸감과 모욕감은 아이러니하게도 칠 년이라는 시간을 버티게 해 주는 힘이었다.

당신 생각이 잘못되었다고, 틀렸다고 말해 주고 싶었다.

쌍둥이들을 출산하기까지 그 어려운 과정을 이겨 냈고, 떳떳한 엄마가 되었다고 자랑하며 그의 어머니의 콧대를 눌러 주고 싶었다.

변호사이신 그의 어머니가 보여 준 만행, 미혼모 딸이라서 멸시하고 무시당한 것도 모자라 인연을 끊고 산 아버지까지 들먹이며 협박을 한 걸 안다면.

부모 자식 간의 인연을 끊으려 할지도 몰랐다.

"나는, 나는 다른 사람을 아프게 하고 싶지 않았어."

"다른 사람이라면 혹시… 나야?"

"현준아."

"그래, 오늘은 더 이상 묻지 않을게. …아줌마는 잘 계셔?"

"하늘나라에 가신 지 사 개월 조금 넘었어."

"후우."

현준의 입에서 꽤 무거운 한숨이 터져 나왔다. 그녀가 편히 쉴 수 있고 기댈 수 있는 울타리가 되고 싶었던 자신이었다. 그러나 그녀가 자신을 점점 더 못난 남자로 만들고 있었다.

"화가 더 나. 왜 난 네가 힘든 일을 겪을 때 옆에 없어야만 했지? 왜?"

"우리 엄마 널 많이 보고 싶어 하셨어."

"젠장."

"나 미혼모가 되기 싫었어, 알잖아."

"그래서 내 아이들을 임신하고 다른 남자랑 결혼을 한 거야? 왜?"

린우는 이를 악물고 짙고 깊은 호흡을 토해 냈다. 그를 바라보는 그녀의 시선에는 어지러운 감정이 뒤섞여 있었다. 칠 년 동안 단 한 번도 잊어 본 적이 없었던 그였다.

"후. 나 결혼 안 했어, 현준아."

순간 현준은 잘못 들은 줄 알고 다시 물었다.

"지금 뭐라고 했어?"

"나 미혼모야. 미혼모……"

가슴을 꿰뚫어 버리는 저릿한 통증에 현준은 미간을 좁혔다. 심장이 울렁거리면서 불덩이를 삼킨 것처럼 입 안이 후끈거렸다.

"거짓말……"

"진짜야. 결혼하고픈 남자가 없었어."

"도대체 난 칠 년 동안 무엇을 하고 있었던 거야?"

그의 온몸이 벅찬 감정에 주체할 수 없을 만큼 떨려 왔다. 그녀의 말 속에 담긴 진심에, 기쁨을 느껴야 했지만 반대로 그는 헤어날 수 없는 지독한 슬픔을 느꼈다.

세상에 이런 일이 일어날 수 있을까? 지난 칠 년이 허공에서 흩어져 버린 것 같아 허무 그 자체였다. 너무 큰 오해 때문에 그 시간들을 잡으려 하지도 못했었다.

현준은 눈물을 참으려고 애를 썼지만 야속하게도 뺨 위로 흘러내렸다. 목구멍까지 차올라 온 울음이 자신도 모르게 입술을 비집고 흘러나왔다.

"그럼… 지금 혼자란 말이지?"

"혼자는 아니지. 아이들이 옆에 있으니까."

"그럼, 난?"

"무슨 뜻이야?"

"또 모른 척, 아니 도망가려고 하는 거야?"

누군가 그랬다. 사랑은 해 뜨기 전의 안개와 같다고. 햇빛이 비추자마자 소멸하는 안개처럼 잡을 수 없는 마음속의 형체라고. 사랑한다고 했으면서도 안개처럼 사라져 버린 그녀.

다시는 눈앞에서 사라져 버리게 할 수는 없었다.

잡아야 했다.

현준은 손을 들어 그녀의 턱을 들어 올렸다. 턱을 그러쥔 손에 힘이 들어가면서 충동을 억제하기 힘들어지자 잠시 손을 내렸다. 하지만 곧 손으로 그녀의 목덜미를 쓰다듬고 뒤통수로 돌아가 그녀의 머리를 바짝 당기고 그녀의 입술을 빼앗았다. 그녀를 만난 순간부터 참고 또 참았던 행동이었다. 터져버릴 것같이 차오르는 감정을 억누르는 건 쉽지 않았다.

"읍……."

그녀의 입을 강제로 벌려 혀를 밀어 넣고 그녀의 혀와 타액을 맛보았다. 칠 년 동안의 아픔과 원망, 그리움을 그녀와의 키스로 풀어 보겠다는 마음으로.

백린우, 그녀가 지금 품 안에 있었다.

그녀의 입술을 맛보는 순간 칠 년 세월의 시간이 한꺼번에 몸을 뚫고 지나가는 그런 느낌이었다.

린우는 상상도 못 한 행동을 그가 해 오자 그의 어깨를 두 손으로 밀었으나 역부족이었다.

느껴지는 건 뒤통수를 꽉 잡은 커다란 그의 손과 열린 입술을 통해 들어오는 그의 뜨거운 숨결이었다. 마치 그와 처음으로 입을 맞추는 것처럼 그녀의 입술은 부들부들 떨렸다.
　자연스럽게 입술 안으로 파고드는 그의 혀를 피해 이리저리 도망을 다니다 본의 아니게 그의 혀를 물고 말았다. 현준은 아릿한 고통에 입술을 떼고 어두운 시선으로 그녀를 바라보았다.
"왜 날 거부해?"
"너무… 너무 급작스러워서 그런 거야."
"칠 년을… 너만 생각했어. 잊을 수도, 잊히지도 않았어."
"조금만 나에게 시간을 줘."
"무슨 시간? 난 이대로 널 다시 잃고 싶지 않다고!"
　털썩, 무릎을 꿇으면서 내뱉는 그의 울먹이는 목소리가 낮게 깔리듯 울러 퍼졌다. 심장이 아프다고 비명을 질러 대는 통에 현준은 가슴을 퍽퍽 내리쳤다. 핏물 같은 눈물이 뚝뚝 흘러내릴 것같이 심장이 터져 버렸다.
"린우야, 나 혼자 있는 거 싫어."
"나 이제 다시 도망 안 가. 아니, 못 가. 변명 같지만 임신 사실을 알고 무척 혼란스러운 와중에 아버지 때문에 한국을 떠나야 했어. 그리고 내 몸이 약한 탓에 곧장 입원해야 했고… 아이들을 지키려면 절대 안정해야 한다는 말에 너한테 연락할 기회를 놓쳐 버렸어. 네 목소리 들으면… 흔들릴까 봐, 아이들 지킬 수 없을까 봐……. 전부, 전부 다 내 잘못이야."

"아니야. 넌 잘못 없어. 네 옆을 지켜 주지 못한 내 탓이야. 내 탓."

현준은 지나간 시간을 되돌릴 수는 없지만 그녀가 짊어지고 있던 아픔을 털어 주고, 보듬어 주고 싶었다.

"빈혈 때문에 입원을 한 거지? 그 몸으로 어떻게 견뎌 낸 거야?"

"엄마의 힘으로 버틴 거지, 뭐."

"칠 년 동안 어떻게 지냈어? 아픈 곳은 없고? 이제 빈혈은 정말 괜찮은 거야?"

잘 지냈느냐는 말 한마디, 아픈 곳은 없냐는 그 말 한마디를 그에게 들을 수 있기를 간절하게 바랐던 적이 있었다. 그렇게 듣고 싶었던 말들을 칠 년이나 지난 후에 들으니 마음이 울컥거렸.

그녀의 두 눈에 눈물이 가득했다. 그의 따뜻한 목소리가 귓가로 스며들자 이제까지 아이들을 키우면서 느꼈던 행복과 슬픔, 고통이 고스란히 물밀듯 올라왔다.

"울지 마. 나는 더 울고 싶어지니까."

"안 울 거야. 이제는……."

"단우, 단비는 언제 와?"

"종일반이야. 6시 지나서."

"퇴근하고 올게. 아니, 내가 유치원으로 데리러 갈까?"

"애들이 놀랄 수도 있어. 그러니 시간을 조금만 더 줘."

"무슨 시간? 아빠가 이렇게 멀쩡히 살아 있는데?"

"일곱 살이라 대화가 가능해. 상처 안 받게 먼저 설명하면서 얘기를 해 주고 싶어."

"알았어. 기다릴게. 대신 너무 오래 기다리게 하지 마."

현준은 그녀의 어깨를 끌어당겨 품에 안았다. 그녀의 거친 반항에도 꿈쩍도 하지 않은 채 그녀의 몸을 품에서 놓지 않았다. 그녀를 더욱 세게 끌어안았다. 마치 자신의 몸의 일부인 듯 그녀를 안고 있으니 마음이 편해졌다.

"현준아, 그만 놔줘."

"싫어. 내가 널 어떻게 믿어?"

"정말 도망 안 갈 거야. 이번에는 믿어 줘."

"백린우, 너 다시는 도망 못 가. 내 눈 앞에서 또다시 사라지면 용서하지 않을 거야."

"혀, 현준아."

"넌 내 거야. 여섯 살 때부터 내 여자였어. 사랑한다. 사랑해."

백린우, 탐하고 싶은 꿀이었다.

마시고 싶었던 감로수였다.

그녀가 사라졌다는 걸, 그녀가 한국을 떠났다는 것을 알게 된 그날, 아픈 아이처럼 소리를 내어 울었다.

분명 기다려 준다고 약속을 했었다.

그랬는데. 믿었던 사람에 대한 배신의 아픔은… 극복하기 어려운 숙제였다. 그러나 이제 보니 모든 원인은 따로 있었다는 걸 안 이상 현준은 다시 그녀를 사랑하는 걸 시작하기로 했다.

"사진 줘. 아이들 사진."

"알았어. 줄게."

"많이. 아니 네가 가진 거 전부 줘. 태어났을 때 사진부터."

아빠로서 아무것도 모르기에 이제부터 하나씩 알아 가고, 배워 가기로 했다. 그리고 단 한 번도 흔들리지 않았던 그녀에 대한 사랑의 마음을 재가동하기로…….

아이들이 유치원에서 돌아오는 시간에 맞춰 약국 안으로 들어가자 단우와 단비가 조용히 소파에 앉아 있었다. 아이들을 보는 순간 '내가 아빠야.'라고 말하고 싶었지만 놀랄 아이들을 위해 참아야 했다. 현준은 자신을 보고 있는 두 꼬맹이들과 눈높이를 맞추기 위해 손에 들고 있던 선물을 바닥에 내려놓고 쭈그려 앉아 손을 뻗었다. 아이들의 손을 잡아 보고 싶었지만 아이들은 눈만 말똥말똥 뜨고 있었다. 눈치를 살피고 있는 중이었다.

"네가 단우구나."

"우리 엄마 울린 나쁜 아저씨, 여기는 어쩐 일이세요?"

"나 나쁜 아저씨 아니야. 그때는 엄마랑 의견이 달라서 그랬던 거야."

"우리 선생님이 그랬어요. 남자는 여자를 보호해 주고 예뻐해 줘야 한다고요."

일곱 살 아들, 단우의 모습은 낯선 침입자를 경계하며 엄마를 지켜야 한다는 듯 결의에 찬 모습이었다. 더욱이 단우의 입에서 나오는 말 중 틀린 말이 하나도 없었다. 나쁜 아저씨가 아니라 나쁜, 못난 아빠였고, 남자였다. 그것을 표현할 수 있는 시간을 송두리째 빼앗겨 할 수 없었다는 것도 다 핑계였다.
"아저씨도 엄마 예뻐해."
"진짜요?"
"그래, 그것도 많이. 단우도 많이 좋아하고, 단비도 좋아해. 선물도 사 왔는데?"
"정말요? 정말 우리 주시는 거예요?"
"그래. 아저씨 선물이야."
선물을 받아 든 아이들의 얼굴이 점점 밝아지면서 분위기가 화기애애하게 바뀌는 찰나 조제실에서 그녀가 나왔다.
"왔어?"
"어."
"단우, 단비, 아저씨한테 인사했니?"
그녀가 선물을 들고 있는 아이들에게 타이르듯 말을 하자 곧 아이들은 손을 배 위에 올리고 인사를 했다.
"인사 다시 할게요. 안녕하세요, 아저씨."
"단우, 단비, 아저씨가 한 번만 안아 보면 안 될까?"
"엄마, 어떡해요?"
린우는 아들 단우의 질문에 눈에 맺힌 눈물을 손등으로 닦으며 고개를 끄덕였다. 현준은 두 팔을 벌렸고 아이들은 마지못해 품으로 들어왔다.
사랑하는 연인과 사랑을 나누는 시간 다음으로 제일 행복한 순간이었다. 아이들을 품에 안은 것만으로도 텅 빈 마음이 가득 차 넘쳐흘렀다.

"아, 따가워. 아저씨 수염 따가워."

단비는 끙끙거리며 품을 빠져나가려고 애를 썼다. 현준은 팔을 풀고 멋쩍은 웃음을 보였다.

"아저씨가 내일은 아주 깨끗하게 면도를 하고 올게."

"내일 또 올 거예요?"

"매일 올 거야. 내일 아침에 아저씨가 유치원에 데려다줄까?"

"아니에요. 폐 끼치는 것 같아 싫어요."

눈이라 할 수 없을 정도로 무게감 없이 떠다니는 눈발처럼 현준은 아직 아이들에게 아무런 존재가 되지 못한 자신이 원망스럽고 슬펐다. 떨리는 입술 사이로 흘러내리는 한숨은 앞이 보이지 않는 뿌연 안개처럼 약국 안을 맴돌다 차가운 공기로 흩어졌다.

"후, 가야지. 너도 그렇고 아이들도 피곤하겠다."

"오늘 일찍 문 닫아야겠어."

"오늘부터 내가 셔터 맨 해야지."

"셔터 맨?"

"그래. 확실하게 문지기 역할 해 줄게."

약국 문을 닫고 제대로 잠갔는지 확인을 하는 그의 뒷모습을 보면서 린우는 옅은 미소를 띠웠다. 이런 게 든든함일까?

"집까지 데려다줄게."

"다음에. 오늘은 아이들한테 얘기해야 해서."
"그럴래?"
"어."
"오늘만 기다리면 내일부터는……."

현준은 말을 끊고 아이들을 향해 시선을 내렸다. 내일부터는 당당하게 아빠라고 말할 수 있었으면 좋겠다. 그 마음을 알아 달라 현준은 시선 끝에 그녀의 모습을 담았다. 조용히 서 있는 그녀의 눈동자가 흔들리는 것인지, 자신의 눈동자가 떨리는 것인지 알 수는 없지만 울컥 무언가가 밖으로 튀어나올 것만 같았다. 헤어지고 싶지 않은 아쉬움과 애잔함이었다.

"그럼 가. 운전 조심하고."

현준은 그녀와 아이들이 차에 올라타는 것을 도와주고 차문을 닫았다. 뒷좌석에 조용히 앉아 있는 아이들을 향해 손을 흔들었다.

"너희들 내일 또 만나자."

단우는 뭐가 불만인지 입술을 내밀며 앉아 있고 단비는 차창에 매달려 예쁘게 인사를 했다. 눈매까지 반달처럼 휘어진 채.

"안녕히 가세요."

"잘 자."

현준은 자신을 향해 빨리 가라 손짓하는 그녀를 보며 웃음을 지어 보였다.

그녀의 차가 떠났다.

하지만 현준은 아주 오랫동안 그 자리를 떠나지 못했다.

아직까지 아이들을 안았던 가슴이 뜨겁게 몸을 달구고 있는 것 같았다. 수백 개의 파편으로 조각나 아픔으로 가득 찼던 가슴이, 그 아픔의 조각들이 다시 모여 하나의 모양을 이루기 시작했다.

하트. 사랑과 행복이 충만한 가슴······.

활활 타올라 식히지 못할 만큼 뜨거워졌다.

집으로 돌아온 린우는 아이들을 깨끗이 씻기고 로션을 아이들의 온몸에 차례로 발라 주었다. 그런 다음 아이들을 향해 따스한 웃음을 지었다.

"단우, 단비, 엄마 좀 안아 줄래?"

린우는 아이들을 향해 두 팔을 벌렸다. 쪼르르 달려와 품에 안기는 아이들을 꼭 껴안은 그녀의 모습에는 사랑이 가득했다. 아이들에게 아빠의 존재를 알려야 했다. 린우는 조심스럽게 품에서 아이들을 떼어 놓았다.

"아빠 보고 싶지?"

"응. 아빠 찾았어?"

"어. 아빠 찾았는데······."

그 말이 떨어지자마자 아이들은 좋아라 콩콩콩 뛰기 시작했다. 가뜩이나 층간 소음 때문에 아랫집에 미안해하던 차였다.

"단우야, 단비야, 아래층에서 올라오면 어떡해. 우리 조용히 하자."

조용히 거실에 앉기는 했지만 아이들은 궁금증에 그녀의 두 팔을 잡아당겼다. 단비는 빨리 말해 달라 조르듯 연신 엄마를 불러 댔다.

"엄마, 엄마."

"왜?"

"그런데 아빠 어디 계세요?"

"이미 너희들 아빠 만났는데?"

"언제요? 어디에서요?"

"약국에서."

"아, 그 아저씨?"

"응. 그 아저씨가 단우, 단비 아빠란다."

단우는 화가 나서 벌떡 일어났다. 아빠가 있다는 것은 너무나 행복한 일이었다. 하지만 죽은 것도 아니었는데 이제까지 아빠의 얼굴을 보지 못했다는 것에 짜증이 났다. 얼마나 아빠가 보고 싶었는데. 멋진 아저씨가 아빠라서 참으로 좋았지만 괜스레 심술이 났다. 미웠다.

"나 그 아저씨 별로야."

"왜?"

"엄마랑 나랑, 단비를 버린 거 아니에요?"

"아니야, 단우야. 그건 다 엄마 때문이야. 엄마가 미국으로 비행기 타고 갔거든?"

"그럼 비행기 타고 따라왔으면 되잖아요."

"아빠는 엄마가 어디 있는 줄 몰랐어."

"그래서 이제 오신 거예요?"

"그래. 그러니 내일부터는 아저씨라 부르지 말고 아빠라 불러 주자. 그럼 아빠가 무척 기뻐하실 거야."

"난 안 해. 아빠라 안 불러 줄 거야."

단우는 화가 단단히 난 모양이었다. 반대로 단비는 아빠가 있다는 것만으로도 날아갈 듯 기분이 좋은 모양이었다.

"엄마, 그럼 우리 이제 아빠랑 같이 살 수 있어요?"

"그러고 싶어?"

"네, 엄마. 같이 살아요? 네?"

린우는 조용히 웃음을 지으며 고개를 끄덕거렸다.

"이제 자야 할 시간이야."

"내일 아빠 만날 수 있는 거죠?"

단비가 졸음이 오는 눈을 비비며 재차 또 물었다. 린우는 환한 웃음을 지으며 아이들의 어깨를 감싸고 방 안으로 들어갔다.

아이들을 재우고 난 린우는 잠이 오지 않아 창가에 기대어 섰다.

비가 내린다. 칠 년 전 그날처럼.

아직까지도 그를 만났다는 것이 낯설었다.

칠 년 만에 나눈 키스. 그의 입술과 품이 낯설다.

이 낯섦도 시간이 지나면 사라져 버리겠지. 린우는 웅크리고 앉은 채로 무릎을 당긴 다음 고개를 숙였다.

 바라고 바랄 뿐. 꿈으로 그쳐 버리고 마는 게 아니라 현실이었다.

 그와 함께 가고 싶었다.

 그가 어렵게 내민 손을 잡고 싶었다.

 또다시 그의 어머니 때문에 멈추어야 한다면…….

 절대로 멈추고 싶지 않았다.

 이제는… 그와 헤어지고 싶지 않았다.

 땅속 깊이 숨겨 놓았던 사랑이 다시 꿈틀꿈틀 되살아나고 있었다.

 두 손을 팔짱 낀 채 빗물이 어지럽게 흘러내리는 창문을 무심한 시선으로 보았다.

 움푹움푹 파진 자리에는 크고 작은 동심원이 그려지고 있었다.

 가을은 깊어 가고 나뭇가지에 잎들도 하나둘씩 떨어져 간다.

 빗물에 흠뻑 젖어 있는 나뭇잎이 더 외롭고 추워 보여야 하는데 오늘따라 더 푸르러 보이는 건 왜일까?

 마치 누군가가 옷을 입혀 준 것처럼.

 마음 한구석이 따뜻해져 왔다.

11. 진실의 첫 출발

11. 진실의 첫 출발

 현준은 여동생 현정과 오랜만에 저녁 식사를 했다. 스테이크 한 점을 입에 넣다 자신을 뚫어져라 보고 있는 오빠의 시선을 느낀 현정은 고기를 제대로 씹지도 못한 채 목 안으로 넘겼다. 그리고 물을 벌컥벌컥 들이마셨다.
"먹다 체하겠다. 그만 봐, 오빠."
"어, 그래."
"도대체 할 말이 뭔데 이렇게 뜸을 많이 들이는 거야?"
"현정아, 만약에 너한테 조카들이 생긴다면 어떤 기분이 들까?"
"왜, 결혼하려고?"
"그럴까 생각 중이다."
"그래, 잘 생각했어. 엄마가 소개하려는 여자에 대해 내가 좀 아는데 괜찮은 여자야."

"아니. 나 린우하고 결혼하려고."

현정은 놀란 듯 눈을 몇 번이나 깜빡거렸다. 유부녀를 이혼이라도 시킬 작정인가. 정신이 제대로 나간 모양이었다.

"제정신이야? 미쳤어?"

"나 제정신이고 미치지 않았어."

"오빠, 린우 언니 다른 남자랑 결혼했다면서? 아이들도 있다 했잖아."

"결혼 안 했어. 그 아이들……."

"혹시?"

"그래. 네가 생각하는 그 혹시가 맞아."

현정은 쥐고 있던 포크를 바닥에 떨어뜨릴 만큼 놀라며 눈을 동그랗게 떴다. 입 안이 모래알을 집어삼킨 것처럼 까끌까끌했다.

"오빠, 그 아이들이 오빠 자식이라는 거 확실해?"

"이현정, 너 무슨 말을 그렇게 해?"

"미, 미안해. 너무 놀라서 그랬어. 아이들이 몇 살인데?"

"일곱 살."

현준은 지갑에서 사진 한 장을 꺼내 동생 앞으로 내밀었다. 현정은 사진을 들여다보다 눈물을 질금 흘렸다.

이래서 핏줄인가? 가슴에서 솜털들이 팔랑팔랑 나부끼듯이 뭉클뭉클 심장을 간질이며 긁어 댔다.

"오 마이 갓. 여자아이가 나하고 비슷하게 생겼어."

"이름이 단비야. 남자애는 단우고."
"역시 핏줄은 못 속이는가 봐. 단우, 오빠랑 똑같이 생겼다."
"그렇게 보여?"
"응. 와우. 나에게 조카가 있다니."
"좋은 거지?"
"좋기도 하고 놀랍기도 한데. 엄마한테는 말씀드렸어?"
"아니."
"엄마는 알고 있어야 하잖아. 미워도 엄마야."
"일단 아이들하고 친해진 다음에 말씀드릴 거야. 어머니가 가만 계실 분이니? 벌써 그 여자를 린우에게 보여 준 모양이야."
"진짜야?"
"그래. 세한병원 따윈 개나 갖다 주라 그래. 그딴 것 전혀 갖고 싶지 않거든?"
"엄마도 참. 정말 포기를 모르시는 분이다."

현정은 목구멍으로 울컥 치밀어 오르는 아픔에 입술이 저절로 떨려 왔다. 지금은 커서 엄마의 손이 필요 없다 하지만 어릴 적에는 부모의 사랑과 관심이 무척이나 필요했었다. 아빠는 회사 일로 거의 집에 들어오시지 않으셨고 엄마 또한 재판일로 집을 등한시하셨다. 그러면서도 자식에 대한 욕심은 많았고, 당신 말대로 움직여야 했다. 특히 린우 언니에 대한 엄마의 예민함은 극에 달했다. 기억을 떠올리면 엄마는 린우 언니를 이용했던 것 같다. 오빠의 친구였지만 오빠의 공부를 도와주고, 오빠가 군대에 갔을 때에도 오빠의 힘든 군대 생활을 위한 기쁨조 같은 역할쯤으로 말이다.

"나보고 입 다물고 있으라고 지금 저녁 사 주는 거야?"

"그냥, 너는 알고 있어야 할 것 같아서. 어머니한테는 내가 시간 봐서 얘기할게."

"엄마가 린우 언니 싫어하는 건 알지?"

"대충은 알아. 그래도 허락하실 거야. 안 해도 상관은 없지만."

여자의 직감은 달랐다. 현정은 엄마가 린우 언니를 며느리로 절대 받아들이지는 않을 거라는 건 확실히 알았다. 그 첫 번째 이유는 엄마의 세한병원을 향한 욕심이 보통을 넘어선다는 것이었다. 두 번째는 엄마는 아직도 린우 언니를 싫어하고 계셨다. 그러니 엄마는 조카들과 병원 중에 고르라면 아마 후자를 고르지 않을까 하는 생각이 들었다.

"나 조카들 보고 싶어도 참아야 하는 거야?"

"당연하지. 나도 겨우 한 걸음 걸었는데."

"축하해. 아빠 된 거."

"고맙다. 요즘 들어 내가 살아 있구나, 아직도 심장이 이렇게 뛸 수 있구나, 하는 생각이 들어 잠이 잘 안 온다."

"오빠는 그런 선물 충분히 받을 수 있어. 열심히 살았잖아."

"현정아."

가끔 생각한다, 현준은. 여동생이 없었으면 어땠을까?

남동생이 아니라서 조금 서운하기는 하지만 동생이 있다는 것만으로도 많은 위안을 받았다.
 지금처럼.
 누군가에게 털어놓고 싶은 비밀이 있을 때.
 "후. 린우가 동생 타령 정말 많이 했었는데."
 "이제부터 내가 언니한테 진짜 동생 되어 주지, 뭐."
 "그래 주면 좋고. 시누이 노릇은 절대 안 돼."
 "엄마 한 분으로도 족해."
 "내가 노력해야지. 시간 두고 어머니한테 말씀드릴 거야."
 "오빠, 파이팅이다."
 어차피 린우와는 이제 끊어질 수 없는 인연이었다. 그녀와 내 아이들, 사랑하는 사람들을 지킬 의무가 있었다. 싹둑싹둑 잘라 낼 수 있었다면 칠 년 전에 끝나 버렸을 것이다. 그러니 어머니가 쥔 녹슨 가위는 절대로, 그 무엇도 잘라 내지 못한다.
 아무것도 못 하게 만들 것이다.

♦

 칠 년 만의 7인방 모임이었다.
 1차로 고깃집에서 고기를 실컷 먹은 뒤 술집으로 2차를 갔다. 저녁 식사를 하면서 이미 술을 마신 상태라 대부분 술에 반쯤 취해 있었다.
 "우리 7인방이 다 모인 기념으로 건배."

우현은 신이 나서 소주잔을 들고 소리쳤다.

"위하여!"

"우리 린우를 위하여 건배!"

모두들 잔을 들어 건배를 하며 입 안으로 술을 털어 넣었지만 현준은 마시지 않았다. 그녀가 술을 마시는 모습을 지켜볼 뿐이었다.

술 마시는 모습조차 예뻤다.

술을 한 잔 마신 그녀의 얼굴이 딸기처럼 붉어졌지만 맑고 투명한 눈이 조금 풀어지고 있는 것이 딱 취기가 오른 모습이었다. 현준은 그녀 앞에 골뱅이를 들이밀자 그녀가 작은 입술을 벌리고 냉큼 받아먹었다. 입 안에 넣고 오물거리는 먹는 모습이 얼마 귀여운지. 마치 어미 새가 물어다 준 먹이를 받아먹는 새끼 새 같았다.

"뽀뽀하고 싶다."

"그만 놀려."

"린우, 너 얼굴 붉어졌어."

"어, 소주는 처음이야. 아이들 낳고서."

맥주는 마시지만 소주는 마신 적이 별로 없었다. 특히 출산을 한 뒤로 술과는 인연을 끊은지라 알딸딸한 기분마저 들었다. 지켜보고 있던 지훈이 소주병을 들고 앞에서 흔들었다.

"어, 우리 린우 술 잘 마신다. 한 잔 더 할래?"

"한 잔만 더 마실게."

"좋았어."

린우는 빈 잔을 내밀었다. 그러자 현준이 그녀의 빈 잔을 빼앗았다.

"축하주만 마셔도 돼. 무리할 필요 없어."

"어이, 이현준. 네 와이프 챙기냐?"

"그래, 내 와이프 내가 챙긴다. 어쩔래?"

현준의 눈길이 오로지 린우를 향했다. 친구들이 자리에서 벌떡 일어나 손을 번쩍 들고 소리를 지르는 등 난리가 났다. 모두들 현준의 행동을 예상이라도 한 듯 보였다. 하나 시끄러운 와중에도 그 소리들을 모조리 흡수할 만큼 현준의 목소리는 세상의 달달함을 모조리 맛본 것처럼 달콤하고 감미로웠다.

"여기 아빠가 된 사람 있으면 나와 봐. 아이들이 아빠라고 불러 준 사람 있으면 나와 봐."

"저런 독재자 같은 놈, 어디서 자랑질이냐?"

"이게 자랑질이냐? 아픈 고백이다, 이놈들아."

며칠 전, 현준은 퇴근을 하자마자 약국으로 달려가 아이들과 함께 그녀의 일이 끝날 때까지 기다렸다. 약국 안 휴게실에서 장난감을 가지고 놀던 두 아이를 바라보다 현준은 잠시 눈을 감았는데 그때 갑자기 아이들이 다가와 자신의 눈, 코, 입을 만졌다. 그리고 손바닥에 고사리 같은 손을 대보는 것이었다. 도대체 왜 이럴까? 하는 생각에 일부러 잠자는 척하며 아이들의 대화 내용을 엿들었다.

"단비야, 너 오늘 아빠 얼굴 어떻게 그렸어?"

"응, 우리 아빠 멋있게 그려 줬어."

"쳇, 난 도깨비처럼 뿔도 그리고 무섭게 그렸어."

"왜?"

"뭐가 왜야? 갑자기 도깨비처럼 나타나 방망이를 휘둘렀잖아. 아빠 짠! 하고."

"그래도 난 우리 아빠 좋아. 눈도 동그랗고, 코도 오뚝하고, 입술도 크고, 손은 엄청나게 커서 우리 둘을 한꺼번에 안아 줄 수 있을 것 같아."

"엄마도 우리 둘을 한꺼번에 안아 주잖아. 그래서 그건 좋아한다 말할 이유가 안 돼."

"단우, 바보. 아빠는 우리 둘과 엄마를 다 안아 줄 수 있어. 그리고 엄마가 아빠 보면 얼마나 행복하게 웃는 줄 알아? 그렇게 웃는 엄마 얼굴 처음이야."

"하긴 그래. 아빠가 생긴 뒤부터 엄마가 더 예뻐지는 것 같아."

"단우야, 난 아빠랑 함께 살고 싶어. 너도 그렇지?"

"나야, 뭐. 엄마랑 네가 좋다면 다 좋아."

"그게 가족이라고 했어, 선생님이. 그러니까 이제부터 아빠라 불러."

"좋아. 이제부터 아빠라 부르지, 뭐. 우린 가족이니까."

"그럼 나 따라 해 봐. 아빠."

"아빠."

귓가에 들려오는 아빠. 아빠라 불러 주는 아이들의 목소리에 감격,

또 감격한 나머지 눈시울이 붉게 차오르며 울고 말았다.
"어? 아빠 운다."
"아빠! 울지 마!"
아이들의 목소리에 현준은 눈을 뜨고 아이들을 품에 안았다. 아이들의 머리를 쓰다듬듯 쓸어내리자 손가락을 통해 찌릿찌릿 전기가 올 만큼 전율이 일었다.

"날 아빠라고 불렀다고. 아빠."
갑자기 분위기가 숙연해졌다. 그런 분위기를 더욱 정적 속에 빠지게 한 건 린우였다. 그녀의 고백은 싱그러우면서도 한 줄기 바람처럼 친구들의 머릿속을 살며시 울리고 지나갔다.
"나 현준이랑 결혼할 거야."
더욱 조용해졌다. 친구들 중 아무도 뭐라 하지 못하고 멍하니 그녀를 쳐다보았다. 물론 제일 놀란 건 현준이었다. 현준은 생각도 못한 그녀의 고백에 벌떡 일어났다. 좋아 죽겠는데, 미칠 만큼 좋아 소리를 지르며 뛰어다니고 싶었는데. 아무것도, 아무 행동도 할 수 없었다.
"리, 린우야, 다시 말해 봐."
"이현준, 너랑 결혼하고 싶다고. 그래도 돼?"
이런 느낌을 뭐라 표현하면 좋을지. 숨을 깊이 들이마시며 진정해 보려 했지만 쉽지 않았다. 풍선처럼 부풀어 오른 심장 때문에 터질 지경이었다. 현준은 너무 좋아 입을 다물지 못

한 채 그 자리에서 뱅글뱅글 여러 번 돌다 그녀의 손을 잡았다. 그녀의 왼쪽 손가락에 못 보던 금반지가 끼워져 있었다.

"이 반지는?"

"기억나? 네가 프러포즈할 때 준 거야."

놀라움과 슬픔이 소리도 없이 들어와 가슴 깊은 곳으로 퍼져 나갔다. 현준은 놀라움 반, 충격 반인 시선으로 반지를 보며 손으로 문질렀다.

"안 버렸어?"

"이걸 내가 어떻게 버려. 네가 준 건데."

"린우야."

"그러니 이번에는 내가 먼저 프러포즈할 거야."

"여기서 해. 어서!"

"고백해! 고백해!"

친구들이 아우성을 질렀지만 현준은 단호하게 내뱉었다. 그녀가 장난처럼 던진 말이 아니었기에 그 기쁨의 순간은 단둘이서만 즐기고 싶었다.

"프러포즈는 린우랑 나랑 단둘이서 할 거야."

"저런 배신자. 배은망덕한 놈."

우현이 한마디하자 현준은 엄지손가락을 치켜올렸다.

"우현이 하는 말에는 내가 토를 못 달겠다. 축하한다는 말로 들을게."

"그래."

"둘의 앞날을 축복하는 의미로 건배하자."

우현이 다시 건배를 제의하고 친구들은 그들의 행복을 빌어 주었다.

시간이 10시가 넘었다.

린우는 아이들을 베이비시터에게 부탁을 했지만 마음이 놓이질 않았다.

"아무래도 아이들 때문에 가야겠다. 미안해."

"안 돼. 이렇게 빨리 가는 게 어디 있어?"

"다음에 우리 집으로 초대할게."

"진짜지?"

린우는 고개를 끄덕이며 가방을 들고 일어났다. 현준도 따라 일어났다.

"나도 갈게. 린우 데려다줘야 해서."

"어련하실까. 이현준, 너도 빨리 가라."

"나중에 연락할게."

현준은 그녀와 함께 주차되어 있는 차로 가 조수석 문을 열었다.

"타."

"너 술 안 마셨어?"

"너 데려다줄려고 안 마셨어."

린우는 조수석에 앉은 다음 안전벨트를 맸다. 현준은 시동을 걸고 그녀의 집으로 향해 운전을 시작했다.

"나 떨려."

"뭐가?"
"집은 처음이잖아. 아이들 보고 가도 되지?"
"어. 아빠잖아."
"아빠. 그 말 참 듣기 좋다."
"우리 노래 들을까?"
"좋지."

현준은 라디오를 켰다. 때마침 감미로운 선율이 흘러나왔다. 음악 소리가 귀를 통해 울림이 되어 가슴에 전해져 왔다.

아파트 문을 열고 안으로 들어갔더니 베이비시터가 아이들을 재웠는지 단우와 단비의 모습은 보이지 않았다.

"오셨어요?"
"아이들이 힘들게 하지 않았나요?"
"착해서 별로 힘들지 않았어요. 말도 잘 듣고. 새 나라의 어린이는 일찍 자야 한다며 9시가 되니까 자러 들어가더라고요."
"감사합니다. 우리 애들 예쁘게 봐 주셔서."

현준은 재킷 주머니에서 봉투를 꺼내 베이비시터에게 건넸다. 봉투를 열어 본 베이비시터의 얼굴이 환해졌다. 약속한 금액보다 더 많이 받은 베이비시터는 고맙다며 인사를 하고 집을 나갔다.

20평 정도 되는 그녀의 아파트는 아담하게 꾸며진 거실을 시작으로 두 개의 방이 있었다. 아이들이 있다고 자랑하듯 한쪽 벽면은 책과 아이들 용품과 장난감으로 채워져 있었다.

린우는 그에게 아이들 방의 문을 열어 주었다.

"여기야. 아이들 방."

어린아이들의 냄새가 가득 밴 방 향기는 달랐다. 때 묻지 않은 향기와 한없이 부드러우며, 깨끗한 것들이 함께 버무려져 만들어진 꽃향기였다.

현준은 자고 있는 아이들 옆에 앉았다. 갓난아이처럼 엄지손가락을 빨고 있는 단우, 특이하게 두 번째 손가락을 빨고 있는 단비. 보고 있는 것만으로도 가슴이 울컥했다. 현준은 장난스럽게 단우의 입에서 손가락을 뺐다. 그러자 몸을 뒤척이더니 다시 엄지손가락을 입 안으로 물었다.

"예쁜 녀석들."

쪼옥.

현준은 아이들의 머리카락을 쓸어 주며 차례대로 이마에 입맞춤을 남겼다.

"사랑한다. 아빠는 너희들을 정말 사랑해."

행복이란 이런 것이었다. 아주 당연한 것부터 시작되는 즐거움을 함께하는 것이었다. 린우는 그의 손을 잡고 혼자만의 공간, 침실로 발걸음을 옮겼다.

"여기가 내 방."

현준은 그녀를 따라 침실 안으로 들어갔다. 낯설지만 가구 하나하나, 소품 하나하나가 그녀의 손길이 담긴 것이라 정이 갔다.

"아담하네."

"구경했으니 나가자."

"잠깐만 린우야, 여기 앉아 봐. 할 얘기가 있어."

현준은 침대에 털썩 주저앉아 그녀를 끌어당겼다. 하지만 린우는 부끄러워 고개를 돌렸다. 목구멍은 견딜 수 없이 간질거렸고 그의 시선은 불편했다. 곤혹스러움에 안절부절못하며 얼굴만 빨개졌다.

그와 이렇게 같은 공간에, 손을 뻗으면 만질 수 있는 거리에 마주 보고 앉아 있는 것이 숨이 막히게 답답했다.

"뭔데?"

"백린우, 분명 나랑 결혼한다고 했다."

"어, 결혼할 거야. 그 전에 한 가지 다짐을 받아야겠어."

"뭔데?"

"정말 세한병원 딸과 아무런 사이가 아니야?"

"아니라고. 아니야. 그 여자 얼굴도 이름도 몰라. 나에겐 유령이나 다름없는 여자야."

"믿을게. 이제 네 말은 무조건 믿을게."

"좋았어. 결혼하자고. 나 빨리 너랑 아이들이랑 같이 한집에서 살고 싶어."

"응."

그녀는 울지 않으려고 했지만 결국 울고 말았다. 그렁그렁 눈가에 숨어 있던 눈물이 또르륵 떨어지고 말았다. 현준은 그녀의 눈물을 두 손으로 닦아 주었다.

"우리 예쁜 백린우, 많이 착해졌어."
"결혼할게. 이번에는 진짜로."
그녀의 대답에 현준의 심장이 두근거리고 어지러웠다. 말뿐인 프러포즈였지만 이 순간만큼은 호흡도, 세상의 모든 것들이 둘만을 위해 멈춰 버렸다.
"나 지금 어지러운데?"
"정말? 병원 가 봐야 하는 거 아니야?"
"약은 필요 없고 네 입술이면 돼."
"장난하지 마. 깜짝 놀랐잖아."
"잘 자라고 뽀뽀하면 안 될까?"
"현준아."
"뽀뽀만 할게. 진짜야."
말은 그렇게 했지만 실제 현준은 그녀의 입술을 허기진 사람처럼 허겁지겁 빨아 당겼다. 린우는 엉거주춤 그의 무릎에 걸터앉게 되자 그의 목에 팔을 둘렀다.
현준의 검은 눈동자가 어지러이 흔들렸다.
용기를 내어 한입에 꿀꺽 삼킬 듯, 그녀의 입술을 모조리 입에 담고 빨아들였다.
"읍, 하."
방 안의 뜨거운 열기가 아지랑이처럼 피어올랐다.
허공으로 흐트러지는 숨결에 실린 그녀의 호흡이 더없이 뜨거웠다. 술 냄새가 조금 섞인 그녀의 체취가 그의 가슴을 뻐근하게 만들었다.

누군가는 사랑을 불꽃이라고도 했고 얼음덩어리처럼 차갑고 냉정한 거라 말했다. 사랑할 때는 그 뜨거움을 따라갈 것이 없었고, 돌아설 때는 그 살벌함이란 말로 표현할 수 없었다. 그것처럼 화산 폭발만큼 강렬하고 칼날처럼 가슴을 날카롭게 파고드는 게 사랑이었다. 상처와 흔적을 깊이깊이 남긴다.

그래서 긴 이별의 슬픔을 알고 진한 그리움에 몸부림치고, 세상을 다 포기해 본 사람들은 사랑이 어떤 것임을 더 절절하게 안다.

그녀가 내쉬는 달뜬 숨결이 그의 얼굴에 달라붙었다.

"하아, 하."

허공으로 흩어지는 숨결조차 아깝다는 듯 그의 입술 움직임이 더욱 빨라졌고 뜨거워졌다. 거친 숨을 몰아쉬며 그녀의 입술을 물어뜯듯 빨아 당겼다.

투명한 물방울들이 입술 사이로 이슬처럼 떨어졌다. 이 모든 걸 마셔 버려야지 하는 생각으로 현준은 그녀의 혀까지 빨아 당겼다. 린우의 혀를 빨아 당기는 순간 혀와 혀가 엉켰고 그는 입 안을 깊숙이, 샅샅이 훑었다.

"윽, 하아."

그녀의 입술은 뜨거웠지만 타액은 마시는 찬물처럼 시원했다. 오랜 갈증을 해갈해 주는 것처럼.

문득 정신이 들었다.

아이들이 옆방에서 자고 있었다.

언제 일어나 엄마를 찾을지 몰랐다.

간신히 입술을 뗀 현준은 그녀를 안은 팔에 아플 정도로 힘을 주면서 그녀의 머리 위에 턱을 괴었다.

"백린우, 너 내가 얼마나 보고 싶어 했는지 알아?"

"아, 알아."

"다음에는 이것으로 끝나지 않아, 알지?"

홧홧하게 달아오른 그녀의 뺨이 식을 줄을 몰랐다. 심호흡을 하고 손바닥으로 얼굴을 식히려 해 봐도 소용이 없었다. 그의 거친 숨결이 느껴졌다. 좀처럼 가슴이 벌렁벌렁하며 진정이 안 되고, 터질 것처럼 뜀을 뛰었다.

거기다 그녀도 모르는 사이에 눈물이 흘러내렸다. 눈물이 흐르는데 입가에는 피식 웃음이 머금어졌다.

현준은 눈물로 인해 번진 그녀의 얼굴을 닦으며 그녀의 뺨에, 눈두덩에, 이마에 다시 입을 맞추었다.

"지금 끼고 있는 반지보다 더 좋은 반지로 다시 프러포즈할 거야."

"나 이 반지 좋은데."

"그 반지 보고 있으니 자꾸 눈물 날 것 같아."

"그런 건 있어. 반지 보면서 많이 울었지."

"울지 마. 네가 울면 나도 울어. 우리 이제 행복해야지."

"그래. 행복하자. 행복하고 싶어. 너랑 나랑 아이들이랑."

그래. 이것 때문이었다.

한국으로 다시 돌아온 이유가.

심장이 생명력을 자랑하듯 뛰게 만드는 유일한 남자, 바로 이현준을 찾으러 말이다. 그의 품 안이 따뜻할수록 그녀의 마음은 더욱 뜨거워졌다.

칠 년 동안 그를 향한 사랑을 땅에 꽁꽁 묻어 놓았기에.

이제는 박차고 나와 폭발할 일만 남았다. 넓고 따뜻한 그의 품에 파고들면서 그의 등을 꼭 감쌌다. 이제는 다시 떠나지 않겠다고 다짐하는 사람처럼.

♦

현준은 그녀와 함께 그녀의 어머님이 편히 쉬고 계시는 납골당을 찾아갔다. 국화꽃과 함께 사 온 배와 포, 막걸리 한 병을 앞에다 놓고 두 번의 절을 한 뒤 죄인처럼 무릎을 꿇었다.

생각난다.

바쁜 엄마를 대신해 그녀의 어머니가 해 주신 음식을 많이 먹었다. 음식 솜씨가 무척이나 좋았었는데. 늘 살가운 웃음을 보이시며 따뜻하게 친구들을 맞이해 주셨던 그녀의 어머니.

참으로 그리웠다.

돌아가시는 날까지 원망했을 터였다. 딸아이의 인생을 망쳐 버린 파렴치한이라고 얼마나 미워하고 욕을 했을까?

"아줌마, 저 현준입니다. 저를 많이 미워하셨죠?"

살아 계시어 잘못했으니 야단을 치시면 얼마나 좋을까? 사진 속의 그녀의 어머니는 다 용서해 줄 테니 잘 살라는 표정으로 웃고 있었다.

"저 린우랑 행복하게 살겠습니다. 지켜봐 주세요, 어머님."

꾹 다문 입술 사이로 자꾸 눈물이 흘러내리려고 하자 현준은 꾹 참았다. 어찌나 울음을 삼켰는지 목소리가 탁하게 갈라져 나왔다.

"어머니께서 날 용서해 주실까?"

"당연하지. 우리 엄마 돌아가실 때까지 너를 무척 보고 싶어 하셨어."

"내가 죄인이야, 죄인. 평생 그 빚 갚으며 살게."

현준은 작은 유리 안에 갇혀 있는 작은 단지를 매만지듯 유리문을 손으로 쓸면서 일어났다. 사람들은 저마다 말하지 못하는 상처를 하나씩 갖고 있기 마련이었다. 미혼모라는 딱지를 안고 평생 살았던 그녀의 어머니와 린우. 현준은 다짐했다. 린우에게 어머니와 같은 전철을 밟지 않게 하겠다고.

"어머님 말이야, 왜 납골당에 모신 거야?"

"자식한테 짐이 되기 싫으셨던 모양이야. 내가 미혼모였잖아."

"다 내 탓이야."

현준은 입술을 일그러뜨리며 차갑게, 낮은 웃음을 내뱉었다.

"하, 아버지는 이 사실을 아셔?"

"아마 알고 계실걸?"

"젠장."

"나 원망 안 해. 난 엄마만 있어도 행복했으니까. 아빠의 빈자리는 네가 채워 줬어."

린우는 알고 있다. 사랑이 깊으면 상처도 더 깊다는 것을. 엄마는 아빠의 사랑을 그리워했지만 구걸하지는 않았다. 그런 엄마가 이해되지 않을 때도 있었지만 지금은 이해가 간다. 사랑하는 남자의 핏줄이 있었기에 그 아픔과 고통을 인내할 수 있었다는 것을. 자신도 마찬가지였다. 칠 년을 버틸 수 있었던 건 아이들 때문이었다. 단우와 단비. 그래서 엄마가 더 그립다. 살아 계실 때 더 잘해 드리지 못해 안타까울 뿐이었다.

"어머님, 자주 찾아뵙겠습니다."

현준은 인사를 하고 납골당 건물을 그녀와 함께 빠져나왔다. 이곳에 도착했을 때와 나왔을 때 짊어진 고통의 무게는 별반 차이는 없지만 한결 가벼운 기분이 드는 건 확실했다. 차에 타자마자 현준은 잠시 핸들 위에 얼굴을 묻었다. 가슴 밑바닥에서 뭉근하게 피어오르는 아픔이 눈시울을 붉게 만들었다. 조금만 더 오래 사셨더라면 딸이 행복하게 사는 모습을 볼 수 있었을 텐데.

"미안해. 너한테 정말 미안해."

"이제 그런 말 하지 마."

린우는 그의 등을 가볍게 다독거렸다. 반듯하게 슈트를 입은 그의 모습이 어쩐지 너무 초라하고 불쌍하게 여겨졌다. 잔뜩 움츠려진 어깨 탓도 아니고 다 모두 자신 때문이라는 것을 알기에 더욱 마음이 쓰이고 애잔해졌다.

"회사로 들어갈 거야?"

"그래야지."

"저녁때 갈게. 집으로."

"집에 와서 밥 먹어."

"집밥이라, 좋지."

모두들 그가 상처도 없는 금수저로 태어났다고 생각하지만 실제는 아니라는 걸 알고 있었다. 너무 잘나가는 집안에도 꼭 문제가 하나씩은 있었다. 바로 어머니. 어머니에 대한 사랑이 없는 그는 때때로 슬픈 표정을 애써 감추려 노력했었다.

"매일 와. 내가 집밥 차려 줄게."

"너 힘들어."

"괜찮아, 현준아. 우리 엄마도 네가 밥 먹는 모습이 제일 예쁘다고 하셨어. 두 공기씩 뚝딱 해치웠잖아."

슬쩍 웃음을 보이며 현준은 차의 시동을 걸었다.

그녀의 약국까지 데려다준 현준은 회사로 가려다 차를 돌렸다. 그녀가 내리자 문득문득 차오르는 쓸쓸함과 허무함에 자꾸 코가 시큰해지는 느낌이 들었다. 그녀가 없는 칠 년을 이제까지 어떻게 버텼을까? 정말 신기했다.

이제는 모든 걸 원상 복구시켜야 한다.

그 첫 번째 할 일은 어머니를 만나는 일이었다.

린우를 마음에 들어 하지 않는 어머니의 마음을 돌리기 위해 손주들의 사진을 보여 주려고 한다.
 사랑의 힘은 아직 믿으려 하지 않으시니 다른 방법이 필요했다.
 핏줄의 힘, 바로 그것이었다.

●

 현정은 지끈거리는 두통에 진통제를 찾다 뭔가 생각이 난 듯 의자를 뒤로 밀치고 일어나 재킷을 입었다.
 그리고 사무실을 나와 근처에 있는 장미약국을 찾아다녔다.
"아, 저기 있다."
 장미약국을 찾기는 했지만 차마 문을 열 수가 없어 지나가는 초등학생에게 만 원짜리 한 장을 쥐여 주고 진통제를 한 통 사 달라고 부탁을 했다. 초등학생이 약국 문을 열고 들어가자 하얀 가운을 입은 약사가 모습을 보였다.
 유리문 사이로 보이는 그녀.
 린우 언니가 맞았다.
"어, 언니."
 언니와의 추억 중에 지금까지 생각나는 건 생리통 때문에 아파할 때 엄마처럼 옆을 지켜 주었던 기억이었다. 언니 집 침대 위에 누워 따뜻한 찜질 팩을 배 위에 올려놓고 한숨 자고 오면 생리통이 많이 줄어들었다. 변호사인 엄마가 너무 바쁘

서서 피자나 배달 음식이 질릴 때 가끔 언니의 엄마가 해 주신 집밥도 맛있게 먹고 왔었다. 특히 김치찌개. 두부를 올리고 파를 송송 썰어 만든 김치찌개. 그립다.

오빠랑 언니랑 사귀는 사이라는 걸 알고 좋아했지만 엄마가 언니를 너무 싫어했기에 표현할 수 없었고 언니가 사라질 당시 고3이었기에 정말 신경 쓸 시간이 없었었다.

"미안해요, 언니."

그녀에게 아무 도움을 주지 못하는 자신이 원망스러웠다.

만약 엄마가 조카들의 존재를 알고 빼앗아 온다고 하면 어쩌지? 엄마는 충분히 그러고도 남을 힘을 갖고 계셨다. 홍진영 로펌 대표가 아니시던가.

조카들이 생겼고, 오빠가 사랑과 행복을 되찾아서 좋기는 하지만 이제부터가 문제였다.

험난한 길.

그 길을 똑바로 걸어갈 수 있도록 돕고 싶은 맘이 간절해졌다.

♦

진영은 회사로 찾아온 아들의 방문에 당혹감을 감추지 못했다. 아들이 이곳을 왔을 때는 아주 중요한 얘기를 하러 왔음이 분명했다. 로펌 회사를 개업했을 때도 달랑 축하 메시지만 보냈던 야속한 아들이었다.

"해가 서쪽에서 떴나 보구나. 네가 여기 어쩐 일이니?"

"여쭤 볼 게 있어 왔습니다."

"그래, 일단 앉거라."

현준은 소파에 앉았지만 마치 남의 집 소파에 앉는 것처럼 불편했다.

"어머니, 린우는 만나 보셨나요?"

"내가 그 애를 왜 만나니? 나랑 무슨 상관이 있다고."

"네. 잘하셨습니다."

진영은 먼저 기선 제압을 해야 한다는 생각에 병원장의 딸 사진을 아들에게 내밀었다.

"강소민이야. 예쁘지?"

"저 선 안 봅니다. 그딴 유령 같은 여자한테는 더욱 관심 없어요. 그리고 어머니 꿈 깨세요. 세한병원을 가지려는 놈들이 줄을 섰을 테니까요."

"현준아."

"저도 어머니께 보여 드릴 게 있습니다."

현준은 들고 온 가방 안에서 봉투를 꺼내 들고 테이블 위에 올렸다. 어머니의 헛된 욕심과 기대를 한꺼번에 무너뜨릴 수 있는 건 이것밖에 없었다.

"이게 뭐냐?"

"사진입니다. 어머니의 손주들 사진이요."

"뭐?"

진영은 떨리는 손으로 봉투를 열었다. 그러자 사진들이 우르르 테이블 위로 떨어졌다.

해맑게 웃고 있는 아이들.

진영은 차마 볼 수 없어 눈을 감았다.

"어머니, 저 린우와 결혼할 겁니다. 어머니께서 린우를 마음에 들어하지 않는다는 것을 알지만요."

"난 린우가 싫다. 미혼모의 딸이야."

"어머니, 이 아이들을 칠 년간 미혼모인 린우가 키웠다고요. 어머니가 제일 싫어하는 미혼모의 자식들이라고요. 어머니의 손주들이요."

"가거라. 머리가 아프구나."

"어머니!"

"나도 생각할 시간이 필요하다."

현준은 문득 그녀를 다시 만난 첫날, 그녀가 했던 말이 떠올랐다.

'아줌마가 날… 싫어했잖아.'

"칠 년이란 시간을 허송세월했는데 무슨 시간이 더 필요해요? 아직도 린우가 미혼모의 딸이라서 싫은 거라면 어머니의 생각이 잘못된 겁니다."

"그래, 린우라면 무조건 싫다. 아이들을 낳았다는 게 무슨 큰 벼슬이라도 된 것처럼 유세를 떨 모양이로구나."
"어머니!"
아무리 냉정한 변호사 홍진영 여사라지만 이건 좀 이상했다. 없던 손자가 갑자기 생겼다는데 생각만큼 놀라지 않는 어머니의 반응에 현준은 마음속에 자라고 있던 의심의 싹을 피웠다. 며느리가 될 여자가 밉더라도 손주들에 대한 욕심은 있는 법인데 어머니는 전혀 그런 내색을 하지 않으셨다.

아들로서 어머니를 믿고 싶었다. 아니라는 대답을 듣고 싶은 마음 간절했지만 아무래도 그 답을 기대하기란 어려울 것 같았다.
"어머니, 혹시… 칠 년 전 린우가 임신했던 거 알고 계셨어요?"
"내가 그걸 어떻게 알아? 린우가 그러디? 내가 아이 지우라고 했다고?"
"어머니."
현준은 이마에 두 팔을 올린 채 깊숙이 몸을 묻었다. 애써 부정하고 있지만 알 수 있었다. 혈육은 혈육이라고, 거짓말을 하는 어머니의 표정을 아들인 그가 몰라볼 수 없었.

숨을 곳이 있다면 쥐구멍에라도 들어가고픈 심정이었다. 다른 누구도 아닌 어머니가 한 짓이었다. 린우를 떠나게 만들고, 그를 아프게 하고, 그의 아이들마저 부정을 모른 채 자라게 했다. 뜨거운 분노가 가슴 깊은 곳에서부터 목을 타고 홧홧한 김을 내뱉으며 입 밖으로 터져 나왔다.

"알고… 계셨군요. 린우가 임신을 했던 거."
"혀, 현준아."
"그래서 린우가 날 떠난 거였어요."
"아, 아니야. 린우가 떠난 건 걔 아버지가 국회의원 출……."
진영은 손으로 입을 막았다. 무덤까지 가져갈 비밀을 스스로 털어놓고 말았다.
"난 잘못한 거 없어, 엄마로서 아들이 잘못된 길을 가는데 어떻게 가만히 놔둬?"
"잘못된 길을 가라 하는 건 바로 어머니세요. 아세요?"
"네가 여자한테 미쳐 사리를 분간 못 하는구나. 역시 근본이 나쁜 애는 어쩔 수가 없어."
"어머니, 더 이상 저를 실망하게 만들지 마세요."
알고는 있었지만 이렇게 어머니의 나쁜 모습을 다시 알게 된 현준은 실망감에 얼굴을 들 수가 없었다. 머릿속이 분노로 터질 듯이 뜨거워졌다.
현준은 흐트러진 사진들을 모아 봉투에 넣은 뒤 다시 가방에 넣고서 자리에서 일어났다. 소리를 지르고 싶지도 않았다.
"어머니께 손주들이 있다는 것을 자랑하고 싶어 왔었는데 어머니의 추악한 모습만 보고 가게 됐네요."
"이현준!"
"그런 줄도 모르고 난 린우만 증오했어요. 린우를 너무 사랑했기에 그 애가 부담스러워 날 떠난 줄 알았다고요. 어머니 때문에 난 내 아이들을 칠 년 동안 보지 못한 채 살았다고요."
진영은 어금니를 꽉 깨물며 낮게 내뱉는 아들의 얼굴을 보면서 초조한 기색을 감출 수가 없었다.
"난 린우가 싫었다. 주는 것 없이 싫은데 날더러 어떡하라고?"
"그거 아세요? 어머니는 여자로서는 성공하셨지만 엄마로서 자격이 없었다는 걸. 하지만 린우의 엄마는 다르셨어요. 여자로서는 실패하셨는지 모르지만 엄마로서는 누구보다 최고였다는 것을요."
"현준아!"
"그만 가 보겠습니다. 혹시 할머니 대접을 받고 싶으시면……."
진영은 아들의 싸늘한 말투에 얼굴이 점점 굳어져 갔다. 아들의 눈빛에 숨이 제대로 쉬어지지가 않았다. 아들은 자신을 마치 범죄자처럼 보고 있었다.
"날 보고 사과하라는 거니?"
"그건 어머니 마음이시죠. 어머니가 더 이상 많은 것을 잃고 싶지 않으면요."
어머니를 보고 있으니 터질 듯한 분노는 차갑게 식어 심장 안으로 가라앉았다. 화를 낼 필요도, 화를 내 봤자 아무 소용이 없었다.
그 시절로 다시 돌아갈 수 없기에.
현준은 사무실을 나와 숨을 크게 내쉬고, 붉게 충혈된 눈가를 손으로 쓸어내렸다.

그녀가 보고 싶었다.

하지만 맨정신으로는 그녀의 얼굴을 도저히 볼 수가 없었다.

어떻게, 어떻게.

지금까지 그녀를 사랑한다고 해 놓고 정작 그 이유를 알아내 해결할 생각은 하지 못했었다. 몸만 어른이고 생각은 여섯 살 어린애에서 머물렀다는 것을 깨달았다.

차에 올라타자마자 현준은 핸들을 부서져라 손으로 내려쳤다. 억눌렀던 분노가 지금에서야 폭발하기 시작했다.

"빌어먹을!"

겉으로 표출되는 분노가 하늘을 찌를 만큼 극에 달했다.

차라리 몰랐을 때가 더 좋았다. 얼굴 부끄러워 과연 그녀를 어떻게 볼 수 있을까? 분노로, 증오로 활활 불타고 있는 눈동자엔 뻘건 실핏줄이 거미줄처럼 얽혀 있었다.

질척대고 헛되이 보낸 시간을 다시 만회하기 위해서라도 오직 내 여자, 내 아이들만 생각할 것이다.

12. 가족사진의 의미

12. 가족사진의 의미

"여기가 아저씨 집이에요? 왜 자꾸 와요?"

고스란히 전달되는 단우의 씩씩거림에 현준은 엷은 미소를 지어 보였다. 아직까지도 단우는 자신을 향해 완전히 마음의 문을 열지 않았다. 아무래도 시간이 조금 걸릴 듯했다.

"단우, 단비, 잘 있었어?"

반면 단비는 쪼르르 달려와 목에 팔을 감으며 안겼다.

"아빠, 보고 싶었어요."

"아빠도."

현준은 단비를 무릎 위에 앉히고서 연신 웃음을 날렸다.

"으, 술 냄새."

"아빠 술 마셨다. 미안해."

"원래 아빠들은 술 마신대요. 내 친구 영경이네 아빠도 술 마신대요."

"어이구, 우리 딸. 우리 단비 오늘 유치원에서 뭘 배웠어?"

"아빠, 나 한글도 배우고 구구단도 외웠어요."

"진짜?"

"그런데 단우는 못 외운대요."

"너, 백단비. 가만 안 둘 거야."

 현준은 단비에게 짜증을 내는 단우의 말에 듣고서 얼굴이 어두워졌다.

"너희들 이제부터 백단우, 백단비가 아니라 이단우, 이단비야. 알았니?"

"네, 아빠."

 현준은 아이들을 향해 두 팔을 뻗어 끌어안았다. 소중한 아이들의 등을, 머리를 쓰다듬으며 눈 주위가 뻘게지도록 눈물을 삼켰다.

"숨 막혀."

 단우는 팔을 벗어나려고 발버둥 쳤고 단비는 오히려 고사리 같은 손으로 현준의 어깨를 토닥거렸다. 현준이 팔을 풀어주자 단우는 방 안으로 뛰어 들어갔고 단비는 울상을 지었다.

"아빠, 엄마가 아파요."

"어디가?"

"배가 아파서 수술해야 한대요."

현준은 시선을 그녀를 향해 돌렸다. 그녀가 아프다는 사실만으로도 얼굴에는 어두운 그림자가 가득했다.

"배가 왜 아픈데? 병원 가 봤어?"

"갔다 왔으니까 걱정 마."

"뭐라고 그래?"

"얘기해 줄 테니까 밥 먹자."

린우는 단비에게 방으로 들어가서 단우랑 놀라고 말한 다음 주방으로 향했다. 아이들이 방에서 노는 동안 현준은 그녀가 차려 준 저녁을 먹기 위해 식탁에 앉았다. 현준은 그녀가 정성껏 차린 저녁 식탁을 봐도 얼굴에 가득 찬 어두운 그림자가 사라지지 않았다.

"도대체 배가 왜 아픈지 말해 봐. 이런 기분으로는 체하기 딱 좋다고."

"생리통이 심해."

"아직도 그런 거야?"

"그래, 그러니까 일단 밥부터 먹어. 밥 다 먹으면 얘기해 줄게. 심각한 거 절대로 아니니까."

"좋아. 밥부터 먹고 나서 얘기하자고."

그녀의 어머니가 음식 솜씨가 좋아서 그런지 그녀도 연애 시절 뚝딱, 아주 쉽게, 맛있게 음식을 만들어 주기도 했었다.

"와우! 이제 이 음식을 매일 먹을 수 있는 거잖아."

"아직까지는 아니다, 뭐."

"어쨌든, 잘 먹겠습니다."

현준은 소고기 콩나물국을 한술 떠 입에 넣고 환한 미소를 지었다.

"맛있다."

"정말?"

"어. 다른 것도 먹어 봐야지."

현준이 시금치 무침 쪽으로 젓가락을 옮기자 그녀가 재빨리 시금치를 그의 수저 위에 올려 주었다.

"린우야."

"내가 밥 위에 반찬 올려 줄게."

행복한 한 끼 식사가 주는 이런 뭉클한 기분 오랜만이었다. 밥 먹는 내내 따스한 온기가 식탁 주위를 물들였다.

음식에 설탕을 뿌렸는지, 참기름을 넣었는지 이제까지 먹어 본 음식 중에 가장 맛있고 따뜻한 밥이었다. 배가 볼록 솟을 정도로 배불리 저녁을 먹은 현준은 배를 통통 두드렸다.

"술을 안 마셨으면 두 그릇 먹었을 텐데. 역시 음식 솜씨 최고."

"엄마가 가르쳐 준 거야."

"역시. 우리 장모님, 음식 솜씨 진짜 최고셔."

식사가 끝나자 린우는 유자차를 타서 그의 옆에 가 앉았다.

"내기 직접 만든 거야. 마셔 봐."

"냄새 좋다."

유자차의 향기가 주방 안을 가득 메울 만큼 향기로웠다. 현준은 유자차를 한 모금 마신 뒤 그녀를 걱정스런 눈빛으로 쳐다보았다. 생리통이 심하다는 말에 현준은 그녀의 병명이 무엇인지 진단을 할 수 있었다.

"혹시 자궁근종이야?"

"맞아. 복강경으로 자궁 적출을 해야 한대. 다행히 난소와 나팔관은 살릴 수 있다네."

"린우야."

"잘됐어. 생리할 때마다 어지러워 픽픽 쓰러졌잖아. 생리 안 하고 좋지, 뭐."

정말 그렇게 생각한 적이 있었던 것 같다. 그녀가 자꾸 쓰러지자 생리를 못 하게 했으면 좋겠다는 생각을. 하지만 막상 그 상황이 닥치게 되자 기분이 급격히 우울해졌다.

"생리 안 하면 다른 질병은 안 생긴다는 보장 있어?"

"네가 옆에 있는데 무슨 걱정이야. 너 의사잖아."

"걸음마도 못 뗀 의사가 무슨 의사야?"

린우는 그의 손을 잡았다. 따스한 온기를 담아 진심을 전하고 싶었다.

"걱정하지 마. 잘될 거야."

"그리고 백린우, 너 왜 얘기 안 했어?"

"뭘?"

현준은 억지로 참은 분노의 한숨을 그녀의 얼굴 위로 토해 냈다. 어떻게 표현해야 할지 몰랐다. 이 아픔을, 미안함을 어떻게 표현해야 이 바보 같은 여자를 더 안 아프게 위로해 줄 수 있을까? 그의 미간이 당황스러움과 부끄러움을 담고 쉼 없이 꿈틀거렸다.

"하, 홍진영 여사 말이야."

"그, 그거. 그냥 얘기하기 싫었어."

"바보, 넌 바보야."

"그래서 술 마셨구나. 그리고 어머니보고 홍진영 여사가 뭐니?"

"어머니라 부르고 싶지 않다, 지금 마음으로는. 내가 어떻게 맨정신으로 널 보겠어?"

현준은 눈앞에 이렇게 또렷이 보이는 그녀의 얼굴을 너무나 그리워했지만 이 순간만은 정면으로 보기가 힘들었다. 어머니는 못난 아들, 못난 남자, 못난 아빠를 만든 주범이셨다. 주범 역할을 무덤덤하게 본 것까지 합하면 자신은 큰 벌을 받아야 하는 죄인이었다.

"미안하다는 말밖에 할 말이 없다."

"그만하라니까."

"어머니 많이 미워하지 마. 그 미움 모두 나한테 돌려."

"이제 미워하지 않으려고 노력하는 중이야."

"기다려 보자. 언젠가는 널 인정하시겠지."

말을 해 놓고도 현준의 마음은 찢어지게 아팠다. 도대체 그녀가 무슨 잘못을 했다는 건지. 현준은 그녀의 머리를 부드럽게 헝클어트렸다.

"모든 게 다 내 죄다. 단우는 아직 내가 어려운가 봐."

"그것도 기다려 보자, 현준아."

"기다릴 게 너무 많다."

현준은 잠시 생각에 빠졌다. 아이들과 빨리 친해지려면 뭔가 대책을 세워야 할 듯싶었다.

"이번 주말에 우리 애들 데리고 놀이동산 가자."

"그럴까?"

"친해져야 하잖아."

"좋은 방법이야. 그 전에 하고 싶은 일이 있어."

"뭔데?"

"사진, 가족사진 찍자."

현준은 그녀의 어깨를 살며시 끌어안았다. 가족사진이라는 말에 담긴 의미를 모를 리 없었다.

"그리고 하나 더 있어. 결혼하기 전에 먼저 혼인신고하자. 아이들 호적 정리해야지."

"현준아."

"하나씩 고쳐 나가자고. 모든 걸 제자리로 돌려놔야지."

린우는 그의 든든한 가슴에 얼굴을 묻었다. 너무나 편안하고 익숙한 느낌이 들자 그의 등 뒤로 손을 돌려 끌어안았다.

절대로 놓치고 싶지 않은 이곳이 자신이 있어야 할 자리였다.

♦

얼마 만에 거울 앞에 서서 예쁘게, 정성스럽게 화장을 하고 옷을 입었는지 모른다. 사진을 찍는다는 사실이 설레었고 떨렸으며, 그 떨림이 깊어져 벅차오름을 느꼈다. 그녀의 입술이 부드럽게 곡선을 그리며 말려 올라갔다.

"엄마, 너무 예뻐."

"단비도 예뻐."

"빨리 나가자. 아빠랑 단우가 기다리고 있어."

단비의 손을 잡고 대기실을 나가니 두 남자가 기다리고 있었다. 이 세상에서 제일 멋진 두 남자였다. 단우는 처음 보는 엄마와 단비의 모습에 초롱초롱한 눈동자를 크게 떴다.

"와. 예뻐요, 엄마!"

"고마워."

"그 말 내가 하려 했는데 단우가 선수 쳤다."

"진짜 예뻐?"

"당연하지. 누구 와이프고, 누구 딸인데. 빨리 사진 찍으러 가자."

현준은 한 손에는 린우의 손을, 다른 한 손에는 단비의 손을 잡고 에스코트하면서 사진실로 들어갔다.

"여기 보세요."

사진사가 찰칵 셔터를 연속으로 누르는 동안 린우는 이 세상에서 제일 행복한 웃음을 지었다.

가족사진.

단 한 번도 찍어 본 적이 없었다.

그녀에게 있어 가족은 엄마뿐이었다.

아빠는 그냥 어쩌다 한 번씩 오시는, 손님이었다. 아빠의 사진은 엄마의 지갑 속에 존재했다. 휴대폰으로 사진을 쉽게 찍을 수 있음에도 불구하고 아빠는 같이 사진 찍는 걸 싫어하셨다. 가끔 엄마가 아빠의 사진을 꺼내 보며 눈시울을 적시고 몇 번이나 눈동자를 세게 비벼 뻘겋게 충혈된 것을 본 적이 있었다.

그런 자신에게 가족을 선물해 준 사람이 바로 그였다.

사진 촬영이 끝난 뒤 놀이동산으로 향했다.

놀이동산에 처음 와 본 단우와 단비는 좋아 어쩔 줄을 몰라 했다. 단우는 손가락으로 회전 열차를 가리켰다.

"우리 저거 탈래요, 아빠."

아빠라는 말과 함께 단우는 손을 내밀었다. 현준의 뺨에 살포시 웃음이 번졌다.

"아들과 손잡으니 좋다."

"아빠, 나는?"

"딸도 마찬가지지."

현준은 단비와 단우의 손을 양손에 쥐고 회전 열차가 있는 곳으로 뛰어갔다. 아이들을 회전 열차에 태워 주고 현준은 린우의 어깨에 손을 올렸다. 작은 그녀의 어깨가 쏙 들어왔다.

"우리는 구경하자."

원을 그리며 돌아가는 회전 열차를 타는 아이들에게 밝게 웃으며 손을 흔들어 주었다. 회전 열차가 멈추어 서자 아이들은 다른 놀이기구를 찾아 뛰어다녔다. 연속으로 미니 바이킹과 회전목마를 타면서 마음껏 웃음을 보였다.

현준은 아이들이 웃는 걸 보는 것만으로도 심장이 찌릿했다. 그러다 갑자기 단비가 울상을 지었다.

"우리 단비, 왜?"

"이거 같이 타고 싶은데 난 못 타요. 단우는 타는데."

아직 어린이들에게 위험한 놀이기구라서 그런지 키 130센티 이하 어린이는 탈 수 없다는 경고문을 읽은 단비는 어깨를 축 늘어뜨렸다. 그러자 단우가 동생의 손을 잡았다.

"나도 안 탈게. 네 키가 조금 더 크면 그때 다시 타자."

"정말이지?"

단우는 고개를 끄덕거렸고 그 모습을 흐뭇하게 지켜보던 현준은 단우의 머리를 쓰다듬었다. 별 탈 없이 잘 자라 주어 고맙고 감사했다.

"역시 오빠는 달라."

"아빠, 나 배고파요."

"뭐 먹을래?"

"피자요. 돈가스도 먹고 싶어요."

"좋아. 아빠가 쏜다."

놀이공원을 나와 도착한 패밀리 레스토랑 안에는 손님들이 꽤 있었다. 특히 가족 단위로 온 손님들이 많아 테이블 곳곳에 정겨운 모습이 눈에 띄게 많았다. 아이들에게 음식을 나눠 주고 먹여 주는 모습에 현준은 눈을 떼지 못했다.

레스토랑 매니저의 안내에 따라 네 사람은 자리에 앉아 주문을 마쳤다. 놀이동산에서 조금 친해져서 그런지 서먹한 분위기는 없었다.

"엄마, 아빠는 왜 이제 오신 거예요?"

"그, 그게."

또랑또랑한 눈으로 물어보는 단우의 말에 린우는 금기 사항처럼 단 한 번도 얘기하지 못했던 이야기를 꺼냈다.

"아빠가 사정이 생겨 빨리 못 만난 거야. 너희들한테는 너무 미안해."

"무슨 사정?"

"단우야."

"그럼 한 가지만 더 물어볼게요."

단우는 궁금한 게 무척 많았다.

"그럼 아빠 직업은 뭐예요?"

"사장."

"에이, 난 의사 아빠가 좋은데."

"왜? 의사 아빠가 좋아?"

"엄마가 가끔 아파요. 어지러워서요. 수술도 해야 하잖아요."

다시 의사를 해야 하나? 참으로 난감했다.

현준이 뭐라 답을 해야 할지 몰라 머뭇거리고 있을 때 주문한 메뉴들이 테이블 위에 가득 차려졌다. 아이들을 위해 돈가스를 자르려고 하는 그녀를 대신해 현준은 열심히 돈가스를 먹기 좋게 잘라 아이들 접시 위에 올려 주었다. 아이들은 피자를 한 조각 깨물다 썰어진 돈가스를 포크로 집어 입에 넣기 시작했다.
"아, 맛있다."
"입술에 뭐가 묻었다."
 현준은 냅킨을 들어 아이들의 입가에 묻은 음식 부스러기를 닦아 주었다. 그 모습을 보고 있던 린우는 휴대폰으로 사진 촬영을 시작했다.
 찰칵, 찰칵 소리에 현준은 환한 미소를 지어 주었다.

 얼마나 웃고 뛰어놀았는지 아이들의 두 뺨은 빨갛게 달아올랐고, 콧잔등엔 땀이 송골송골 맺힐 정도였다.
 아이들은 차에서부터 자기 시작하더니 집 앞에 도착을 했어도 곤히 잠에 빠져 있었다. 그녀가 아이들을 깨우려고 하자 현준은 잠든 아이들을 번쩍 안아 들어 두 어깨에 멨다.
"단비는 내가 안을게."
"됐어."
 린우는 가방을 챙기면서 그의 뒤를 따라갔다. 든든한 아빠처럼, 믿음직한 오빠처럼, 항상 옆을 지켜 주었던 친구처럼 사랑하는 남자로서 그가 다시 다가왔다. 이런 행복을 준 그가 무척 사랑스러웠다.

아이들은 한 명씩 침대에 내려놓을 때까지도 눈을 뜨지 못했다. 현준은 차례대로 귓가에 달콤하게 속삭여 주었다.

"우리 아들, 딸, 사랑해."

현준은 사랑한다고 말할 수 있다는 것이 얼마나 행복한 일인지 요즘 들어 더 자주 깨닫고 있는 중이었다.

"차 한잔 줄래?"

"많이 늦었어. 너도 빨리 가서 쉬어야지."

"꼭 가야 돼?"

현준의 애잔한 시선에도 불구하고 린우는 고개를 끄덕거렸다.

"그래. 저번에 마셨던 유자차 마시고 가지, 뭐."

흔들리는 그의 눈빛을 보면서 린우는 주방으로 들어갔다. 유자차를 준비해서 다시 거실로 나왔을 때 그는 소파에 누워 눈을 감고 있었다.

"현준아, 유자차 마셔."

현준에게서 대답이 없자 그녀는 그의 어깨를 살짝 흔들었다.

"자는 거야?"

여전히 답이 없었다. 피곤했는지 코 고는 소리가 들리는 것 같기도 했다.

"집에 가. 집에 가서 자야지."

안 되겠다 싶어 그녀는 그의 어깨를 다시 한 번 세차게 흔들었다. 그때 그가 눈을 뜨면서 그녀의 손을 잡았다.

"적당히 하고 넘어가 주면 안 돼?"

"현준아."

"우리 홍진영 여사 때문에 안 되겠어?"

"잘 모르겠어. 아줌마를 만나야 한다는 생각을 하면 두려워져."

현준은 그녀의 어깨를 끌어안았다. 린우를 가슴에 품으며 그녀를 다독였다.

이제 그만 힘들어해도 된다고, 그 아픔을 모조리 자신에게 주면 안 되겠냐고…….

"사랑해, 린우야."

그녀는 인정해야 했다. 여전히 그를 사랑하고 있음을. 결혼을 하겠다고 해 놓고서 아직까지 그와 함께 밤을 보내는 것을 주저하고 있었다.

이 남자 없이는 살아갈 수 없다는 걸 알고 있으면서도. 린우는 조금 더 용기를 내야 하겠다는 결심이 섰다.

"자고… 갈래?"

현준의 눈동자는 동그랗게 커졌다 이내 맑은 웃음을 머금고 작아졌다. 갑자기 벌거벗기라도 한 것처럼 부끄럽고 쑥스러웠다.

"진짜? 너 곧 수술해야 하잖아."

"그러니까. 수술하면 한참을 못 할걸?"

욕망은 남자에게 자제심을 잃게 만드는 죄악이었다. 그녀가 곧 수술을 앞두고 있음에도 불구하고 그녀의 유혹을 거부

할 수가 없었다.

현준의 눈동자가 심하게 흔들렸다.

"정말 괜찮은 건가?"

"자궁근종은 여자들에게 흔한 질병이라는 거 네가 더 잘 알잖아."

알고는 있지만 수술하는 환자가 백린우라는 사실 때문에 마치 아무것도 모르는 사람이 된 것 같았다.

"난 네가 너무 신경 쓰인다고."

"그러니 날 사랑해 달라고."

늘 시작은 어렵고 두려웠다.

하지만 그 시작을 다시 한 번 해 보려고 한다.

친구였던 이 남자, 아이들의 아빠, 이현준과 함께.

"미안하다는 말 더 이상 하지 않을래. 너를 안고 싶어."

현준은 입술을 내려 그녀의 입술을 머금으며 욕망으로 뜨거워진 손으로 그녀의 엉덩이를 움켜잡았다. 서로의 숨결이 아주 잠깐 하나로 섞여 들었음에도 너무 뜨거웠다.

"여긴 거실이잖아. 방으로 들어가자."

"아, 알았어."

현준은 그녀를 덜렁 안은 채 침실 문을 열고 들어가 침대 위에 그녀를 내려놓았다. 그녀가 내뿜는 열기와 눈빛에 숨이 막힐 지경이었고 그녀를 다시 안을 수 있다는 게 기적이었다.

"눈물이 날 것 같아. 너랑 다시 사랑을 나눌 수 있게 되다니.

꿈만 같다."

"꿈이 아니야, 현준아."

꿈이 아니고 현실이었다.

손을 내밀어 그녀가 입고 있는 옷을 벗기자 사라락 소리가 났다. 놀랍도록 빠른 속도로 린우의 옷을 벗긴 현준은 잠시 그녀의 몸을 훑어 내렸다.

"여전히 예쁘구나."

그녀에게 따스한 시선을 주면서 현준도 옷을 벗어 던졌다. 맞닿은 시선은 떨어질 줄 몰랐다. 오늘은 옆방에서 자는 아이들을 깨워도 그녀를 놓아줄 수가 없었다.

"아이들 잘 키워 줘서 고마워."

"내 아이들이잖아."

"평생 갚으며 살게."

어두운 방 안, 스탠드 불빛만이 은은하게 분위기를 맞춰 주었다. 린우의 몸 위로 자리를 잡은 현준은 그녀의 입술을 강하게 내리눌렀다. 딱 알맞게 익어 버린 과일이 주는 달콤함처럼 그녀의 입술은 과즙을 담뿍 머금고 있었다.

"거칠 거야. 서툴지도 몰라. 칠 년 동안 해 본 적이 없어서."

"혀, 현준아, 읍……."

저돌적으로 파고든 그의 혀가 그녀의 목젖까지 건드릴 만큼 무섭도록 깊이 들어왔다. 치아 사이에 혀를 넣고 살살이 핥을 만큼 그의 혀는 탐구적이었고 열성적이었다. 진한 타액을 묻히며 린우의 입술을 정복한 뒤 곧바로 그녀의 젖가슴을 베어 물었다. 여자로서 해야 할 모든 행복을 경험한 터라 칠 년 전보다 더 커진 느낌이 들었다.

출렁이는 가슴을 두 손으로 움켜쥐며 어린아이처럼 쪽쪽 빨았다. 흥분된 그녀의 젖가슴이 꿈틀거리며 그를 흥분시켰지만 흘러내리는 것은 자신의 타액이었다.

"단우, 단비도 먹었겠지? 녀석들, 내 것을 빼앗아 먹다니. 가만 안 두겠어."

현준은 입술을 크게 벌려 젖가슴을 가득 담고서 빨다 검은 빛 열매만 혀끝으로 자근자근 씹었고 그녀가 아픔에 머리를 한껏 뒤로 젖혔다. 그러자 현준은 또다시 터질 듯한 그녀의 젖가슴을 혀끝으로 뱅뱅 돌렸다. 타액으로 반짝거리는 린우의 젖가슴을 보고 만족스러운 표정을 지으며 서서히 그녀의 배 위로 입술을 내렸다.

현준은 그녀의 온몸 구석구석에 짙은 열꽃을 만들어 냈다.

그녀의 깊은 숲 사이 은밀한 부분을 손가락으로 부드럽게 문지르자 그녀가 허리를 비틀었다.

"오랜만이라서 아플 거야."

"너라서 좋아."

용기를 얻은 현준은 빨리 린우의 안으로 진입을 하고 싶었지만 그녀를 위해 한 번 더 인내심을 발휘했다. 손가락으로 그녀의 안에 쾌락을 심었다. 빠르면 빠를수록 감싸 오는 그녀의 속살이 감미로웠다.

"예쁘다."

칠 년 만에 다시 본 그녀의 은밀한 곳. 어지러울 만큼 아찔한 전율이 그를 그러쥐었다.

현준은 그녀의 은밀한 곳에 입술을 내렸다. 붉게 상기된 모습으로 어서 오라 유혹을 했다. 반짝반짝 빛나는 검은 수풀이 호흡을 멈추게 했다.

"하, 하지 마."

"우리 이십 대가 아니야. 이 정도는 할 수 있다고."

"그래도……."

"즐겨 봐. 느껴 봐."

현준은 뒤로 도망가려는 그녀의 허리와 엉덩이를 꽉 움켜쥐며 깊은 곳을 빨아들였다. 뭔가에 홀린 것처럼 수풀 속 여린 살들을 입에 넣고 빨았다. 부풀어 오른 꽃잎이 유혹하듯 도톰해지자 그는 그것을 이로 물었다. 마치 달콤한 과즙을 짜낼 것처럼. 강렬하게 빨다, 감질나게 느릿느릿. 결국 그의 입술에 그녀의 모든 것들이 완벽하게 녹아들었다. 은밀한 계곡에서 흘러나오는 사랑의 물을 마시며, 자신 또한 기쁨의 눈물을 흘렸다.

린우는 은밀한 곳에 그의 입술과 혀가 녹아들 때마다 격하게 이는 전율에 숨을 제대로 내쉴 수가 없었다.

지금 이 순간, 일 초를 참는 것조차 꽤나 힘들 텐데 그는 최선의 노력을 하고 있었다. 그런 배려가 고마운 린우는 그의 머리를 쓰다듬었다.

"괜찮아. 이제."

"그래. 젖었다. 더 기다리게 하지 않아서 고마워."

활짝 드러난 엉덩이를 벌리며 현준은 천천히 몸 안으로 들어갔다. 그동안 참아 준 것에 대한 선물이었다. 그녀의 속살을 느끼며 그는 천천히 파고들었다. 그녀의 좁은 내벽이 느껴지자 못 참겠다는 듯 한꺼번에 밀어 넣었다.

그와 하나가 되는 순간, 그녀의 입에서 고통과 쾌감이 섞인 신음이 자연스럽게 흘러나왔다.

"으읏, 훗."

"아파?"

"더 많이 사랑해 줘. 채워 줘."

"당연하지. 칠 년 동안 못 한 만큼 채우려면."

칠 년 만이지만 달콤하기 그지없었다.

서서히 사랑을 향한 마력으로 인해 만족스런 신음 소리가 흘러나왔다.

"하아, 린우야."

처음에는 조금씩, 조금씩 흔들리는 그의 움직임이 조심스러웠지만, 주저함은 없어 보였다.

당연한 길을 가는 것이기에 자신 있게.

그의 움직임에 그녀의 몸도 따라 흔들렸다. 파들파들 전율하는 그녀의 열기가 단단한 가슴으로 고스란히 파고들었다.

탱탱하게 당겨져 뭉쳐졌다가 풀어지기를 수없이 반복하는 그녀의 여린 근육들의 몸짓에 현준은 점점 더 돌진하고 싶은 욕구를 토해 냈다.

"윽, 윽."

그녀가 목을 뒤로 젖히고 출렁거리는 젖가슴을 앞으로 내밀자 그는 그녀의 젖가슴을 아래서부터 모아 움켜쥐었다. 그러자 그녀의 젖가슴이 더욱 풍만해지며 터질 것 같았다.

현준은 칠 년 동안 풀지 못했던 미스터리 사건을 해결한 것처럼 들뜬 기분이었다. 올올이 기억하고 또 기억하고 있었다.

그녀의 모든 것을.

탁탁. 경쾌한 리듬에 맞춰 격렬한 몸짓이 쉬지 않고 내달렸다. 무서운 속도에 희열까지. 질주를 하듯 움직였던 그의 몸이 더, 더 빨라졌다. 그러다 어깨가 경직되더니 움직임이 멈춰졌다.

"으으으."

격렬했던 떨림이 잦아들자 곧이어 자잘한 떨림이 전신을 휘감았다. 심장이 멎을 것 같은 짜릿함이었다.

현준은 지금까지 그녀를 향한 그리움과 아픔을 보상이라도 받으려는 듯, 밤새도록 그녀와 사랑을 나누고 또 나누고 싶었지만 참아야 했다.

그녀의 몸이 완전히 나은 그날, 온전히, 횟수는 따지지도 않고 완벽히 가질 테다.

"사랑해."

거친 호흡으로 가슴이 들썩거렸지만 현준은 놓으면 사라질까 봐 린우의 어깨에 머리를 묻고 그녀의 온몸을 느꼈다.

 전해져 오는 그녀의 뜨거운 체온이, 호흡이 그녀가 옆에 있다는 것을 알렸다. 그리고 그녀의 고백이.

"사랑해. 나도."

 남남인 두 사람이 한곳을 보며, 서로 마주 보며 한 가지 생각을 한다는 것은 행복한 일이었다. 그렇게 두 사람은 해냈다.

 칠 년 만의 만남을 완벽한 사랑으로 만들었다.

◆

 그와 혼인신고를 하고 정식 부부가 된 지 일주일이 지난 어느 날, 땡똥 소리가 들려 약국 문을 향해 시선을 돌린 린우는 하마터면 소리를 지를 뻔했다. 현준의 어머니였다.

 칠 년 만의 만남이지만 옛 모습과 별로 달라진 게 없었다. 매섭게 눈꼬리를 올린 그녀의 두 눈은 자신을 경멸스럽게 바라보고 있었다.

"아, 안녕하셨어요?"

"안녕 못 하다는 걸 알고 있잖아."

 린우는 자신도 모르게 어깨가 움츠러들었다. 그녀의 얼려 버릴 듯 차가운 표정에도, 마주친 서늘한 눈빛에도 한숨이 저절로 새어 나왔다. 어쨌든 만나야 할 사이기에 마음의 준비를 단단히 했음에도 불구하고 떨리는 것은 어쩔 수 없는 일이었다.

"후, 여기 앉으세요."

진영은 소파 위에 손수건을 깔고 난 후 앉아 다리를 꼬았다. 그리고 미동도 않고 서 있는 린우를 올려다보았다.

"넌 안 앉니?"

"주스 드실래요?"

"아니다. 물이 마시고 싶은데."

"네, 잠깐만 기다리세요."

몸을 돌리는 린우의 얼굴이 착잡하게 굳어졌다. 어차피 만나야 할 분이었지만 두려운 건 사실이었다. 정수기에서 더운물 반, 찬물 반을 섞은 물을 테이블 위에 올려놓은 뒤 맞은편 의자에 앉았다.

"드세요."

진영은 그녀가 떠온 물을 마시다 인상을 찡그렸다. 답답한 속을 시원하게 뚫어 줄 찬물을 원했었다.

"물맛이 왜 이래?"

"찬물은 위에 좋지 않아서요. 가뜩이나 스트레스 많이 받는 일을 하시잖아요."

"생각해 줘서 고맙구나."

진영은 다 마신 빈 잔을 테이블 위에 올려놓고 한참 동안 입을 다물었다. 무슨 말부터 꺼내야 할지 생각하는 중이었다. 현준에게 얘기를 듣고 얼마나 화가 났는지 하마터면 사무실 집기를 다 부숴 버릴 뻔했다. 믿고 싶지 않았지만 현준이 녀석의 고집을 또 꺾을 자신이 없었다. 만약 반대를 한다면 이번에는 린우와 아이들을 데리고 한국을 떠날 놈이었다. 벌써 둘은 혼인신고까지 마친 상태이니 이기고 싶어도 이길 수가 없는 싸움이라는 생각이 들자 한 번쯤은 그녀를 만나 봐야겠다는 생각이 들었다.

"애를 낳았다고 하더구나."

"단우랑 단비입니다."

"나는 네가 유산, 아니 네 건강 상태로 임신을 유지할 수 없을 줄 알았다."

"압니다. 제가 건강하지 못했으니까요."

"지금은 건강하니?"

"네. 많이 건강해졌습니다."

"다행이구나."

린우의 눈동자가 무언가 결심한 듯 단호해졌다. 떨리던 심장 역시 차분해졌다.

"지난 번 환영 인사 선물은 잘 받았습니다."

"너 생각보다 많이 세졌구나. 그런 말도 할 줄 알고."

"예전의 백린우가 아니니까요. 여기 왜 오신 거죠?"

"내가 아이들을 빼앗으러 온 것같이 얘기하는 구나."

"충분히 그러실 수 있는 분이라 생각합니다."

진영은 몸이 부르르 떨려 오자 붉은 입술을 비틀었다. 그리고 두 손을 꼭 쥐고 끓어오르려는 화를 진정시키려는 듯 크게 심호흡을 했다.

"후, 내가 참아야 하겠지."

"또 저보고 도망가라 하실 수는 없잖아요."

"그때는……."

아들이 잘났다고 생각하는 건 모든 엄마들의 공통된 생각이었다. 그런 아들이 마음에 차지 않는 여자를 사랑하고 결혼까지 한다는데 어찌 손 놓고 있을 수 있단 말인가. 지금 생각해 보니 욕심이었다. 린우 정도면 괜찮은 아이였는데. 결국 욕심은 화를 부르고, 거짓은 밝은 빛을 가려 생각 자체를 흐리게 만들었다. 미혼모 딸이라는 것은 그녀의 잘못이 아니었다. 담아도, 담아도 끝이 없는 화수분처럼 욕심이 지나쳐 생긴 일이었다.

"이미 혼인신고를 했더구나."

"죄송합니다."

이미 법적으로는 부부가 되었고, 며느리와 시어머니 관계였다. 진영은 심기가 불편했고 찬물을 뒤집어쓴 느낌이 들었다. 하나 자식 이기는 부모 없다고 지는 척하며 내려갔던 위신을 세워 보는 것도 괜찮겠다는 생각이 들었다.

"내가 미안했다."

"사과받고 싶지 않습니다."

"그럼 어쩌라는 거냐? 내가 무릎이라도 꿇어야 화가 풀린다는 거냐?"

린우는 아무 대답도 하지 않았다. 혼자서 분노하고, 혼자서 울고 삭이고, 참아 냈던 지난날들이 떠오르자 참을 수 없을 만큼 감정이 복받쳐 올라왔다. 생각도 못한 대답을 듣기는 했지만 마음에 우러나서 한 건 아니라는 생각이 들자 비틀린 웃음이 린우의 입가에 묻어났다.

"저 잠시 병원에 입원합니다."

"또 어디 아픈 거냐?"

"자궁 적출을 합니다."

진영의 들썩거리던 어깨가 차츰 잦아들었다.

"그럼 다시 임신은 할 수 없겠구나. 하긴 이미 아이를 둘이나 낳았으니."

"이번에는 임신 못 하니까 저를 미워하실 겁니까?"

"둘보다는 셋도 괜찮다고 생각했다. 아주 잠깐."

"지금 그 말씀의 뜻은?"

"결혼식을 올리라고. 어쩌겠니? 아이들이 둘이나 있는데."

"역시 아이들 때문이군요."

린우는 마음은 아팠지만 현실을 인정하기로 했다.

"제가 입원하는 동안 쌍둥이들을 봐 주세요."

"나보고 일하지 말고 아이들을 보라는 거니?"

"나흘 정도면 퇴원할 수 있을 겁니다."

"내가 아이 보는 아줌마를 구해 주마."

"아닙니다. 아줌마가 아이들을 봐 주세요. 힘드시면 도우미 쓰셔도 되잖아요. 현정이도 있고요."

"현정이를 만났니?"

"아니요. 현정이가 고모잖아요. 고모."

진영은 예전과 달리 자신의 의견을 또박또박 말하는 그녀를 보자 어쩐지 웃음이 나왔다. 이미 볼 것 안 볼 것 다 본 사이였다. 아무리 그녀 앞에서 고고한 척, 착한 척한다 해도 이미 엎질러 버린 물이었다.

"알았다. 수술 잘 받고 나오너라."

"고맙습니다, 어머님."

어머님. 아줌마가 아닌 어머님. 달라진 호칭만으로도 마음 한구석에 들어있던 돌덩이가 부서진 듯 가벼워졌다.

이제는 가면을 쓰고 있지 않아도 될 것 같은 사이…….

조금은 편해진 사이.

가족이었다.

13. 그녀를 위하여

13. 그녀를 위하여

 순한이 고개를 들자 박 실장은 오시기로 했던 손님이 도착했다고 알렸다. 두 번째 국회의원 출마를 위해선 만남을 가려서는 안 되기에 방문 일정을 잡으라 하긴 했지만 이름만으로는 누구인지 분간을 할 수가 없었다.
 박 실장이 나가고 문이 열리자 슈트를 반듯하게 입은 젊은 남자가 들어왔다. 현준은 잠시 고개를 돌리고 깊은 한숨을 허공에 뿌렸다. 어릴 적 그녀의 아버지를 멀리서 뵌 적은 있었으나 이렇게 정면으로 마주하기는 처음이었다.
 "안녕하십니까. 이현준이라고 합니다."
 "이리 앉으시지요."
 "감사합니다."

현준은 소파에 앉았다. 그러자 곧 비서가 향이 좋은 모과차를 가지고 와 테이블에 올려놓았다.
"마셔 봐요. 요즘 난 모과차에 푹 빠져 있죠."
"잘 마시겠습니다."
"난 나비코 사장이라 해서 나이가 있는 분이라 생각했는데 많이 젊으십니다."
"아버지께서 물려주신 사업체였습니다."
"아, 그렇군요. 그런데 나를 왜 만나자고 하셨는지."
 순간 현준은 목구멍에서 뜨거운 덩어리가 왈칵 올라왔다. 여기에 오기까지 많은 생각을 했다. 먼저 린우와 가족의 인연을 끊은 건 아버지 국순한 사장이었다. 그에게 한때나마 가족이라 생각했던 모녀에 대해 알려 주고 싶었다. 일단 현준은 모과차를 한 모금 마시며 부글부글 끓는 속을 달랬다.
"백린우가 제 아내 될 사람이고, 제 아이들의 엄마입니다."
"리, 린우?"
 순한의 얼굴에 검은 먹구름이 끼기 시작했고 이마에는 진땀이 배어들었다. 순간 사무실 안은 팽팽하게 긴장감이 흘렀다. 현준의 시선이 그를 꿰뚫어 보듯 날카롭게 빛났다.
"모르십니까? 아니 아예 기억이 나시지 않는 겁니까?"
"내 딸이네."
"그럼 백행서 씨가 돌아가셨다는 것은 아십니까?"
 순한의 입가가 경직되면서 굳어졌다. 온몸의 신경이 올올이 곤두서는 기분이었다. 소파에서 몸을 일으키려고 했지만 다리까지 후들거려 쉽지 않았다. 순한은 소파를 두 손으로 지지한 후에야 겨우 일어날 수 있었다.

"미안하이. 물 좀 마실 수 있게 시간 좀 주게."

"네. 편하게 저를 대해 주십시오. 물론 힘드시겠지만."

"나를 너무 힘들게 하는군."

순한은 호출 버튼을 누르고 비서에게 물을 가져오라 시킨 다음 길게 한숨을 몰아쉬었다. 그런 다음 힘겹게 말을 이어 갔다.

"린우 엄마는 우리 회사 직원이었지. 비 오는 날 우산이 없어 어쩔 줄 몰라 하는 그녀를 집에다 데려다준 게 사랑의 시작이었네."

"사랑했습니까?"

"자네도 우리 린우를 사랑했으니 결혼을 하려고 하는 게 아닌가."

"사랑합니다. 많이 사랑하고 있습니다."

"그런데 듣고 보니 아이들이 있는데 아직 결혼을 안 한 모양이군."

"죄송합니다."

"나한테 죄송할 필요 없어. 린우한테 무릎 꿇고 사죄를 해도 용서받지 못할 사람은 여기 있으니까."

때마침 문이 열리고 비서가 물을 가져왔다. 순한은 갈증이 나서 그 물을 벌컥벌컥 들이마셨다. 하지만 식도를 타고 내려간 물은 목을 적시기만 할 뿐 타는 마음을 식혀 주기는 역부족이었다.

"목이 더 타는 것 같군."

"말씀해 주세요. 어머님이 돌아가신 걸 알고 계셨다는 것 같은데 아닙니까?"

"마치 죄인 취조하는 것 같구먼. 린우 엄마가 죽은 건 알고 있었네. 죽기 며칠 전 린우가 딱 한 번 비서실로 연락을 해 왔는데 내가 모른 척했다네."

현준은 지난번 납골당에 갔을 때 그녀가 말을 해 주었기에 알고 있었다. 아시고 계실 거라는 대답. 알고는 있었지만 이렇게 직접 듣고 나니 허무하고 한심할 지경이었다. 국순한은 딸이 내민 손을 뿌리친 것이나 다름없었다. 아버지라는 이름이 또다시 퇴색해 버렸다.

"결혼식에 린우 손을 잡아 주실 의향은 전혀 없으시겠군요."

순한은 아버지라는 이름의 기회를 한 번 더 줄 테니 잡으시겠냐고 묻는 그의 질문에 잠시 마음이 흔들렸으나 곧 다시 정신을 다잡았다. 이미 이십 년이 넘도록 만나지 못했던 딸이었다.

"미안하네. 나……."

"알고 있습니다. 또다시 국회의원 출마를 하실 예정이시라고요."

"정치에 관심이 있다네."

"이번에 또 낙선하셔도 말입니까."
"자네는 내가 낙선하기를 바라는 것 같군."
"그렇다면요?"

자신을 보는 그의 시선이 차디차게 식어 갈수록 순한의 얼굴은 검붉게 달아올랐고 메마른 웃음은 깊어져 갔다. 그의 비웃음이 무딘 칼날처럼 심장에 와서 꽉 박혀 버렸다. 오만하다고 나무라고 싶지만 야단을 칠 자격을 스스로 포기한 사람이었다.

"진실을 말해 줘서 고맙다고 해야 하나?"
"정의는 살아 있어야 한다고 생각합니다."
"그렇군."
"이제 가 봐야 할 것 같습니다. 시간을 빼앗아 죄송합니다."
"그 아이들을 잘 키워 주게."
"손주들이라고 말씀하시지 않는 걸 보니 제가 확실히 잘못 찾아온 것 맞네요."

걷잡을 수 없이 화가 났다. 아무리 참으려고 해도 현준의 심장은 얼음물을 뒤집어 쓴 것처럼 점점 차가워졌다.

현준은 자리에서 일어나 예의를 갖추듯 인사를 했지만 원망이 가득 찬 시선을 끝까지 거두지 못했다. 그로 인해 얼마나 많은 사람이 피해를 입고 살았는지 모르고 있는 듯했다.

"가 보겠습니다."
"린우처럼 아빠의 사랑을 모른 채 키우지 말고."

"걱정하지 마십시오. 아니, 아예 관심을 꺼 주시면 감사하겠습니다."

순한은 반갑지 못한 손님이 나가자 그 자리에 주저앉았다. 그가 나간 사무실 문이 미로처럼 얼기설기 엉켜 있는 듯한 착각을 불러일으켰다. 그를 붙잡고 내 사정을 알아 달라 호소하고 싶은데 할 수가 없었다. 심장을 누군가 쥐어짜는 것같이 욱신거리면서 고통스러운 신음이 비집고 나왔다.

"윽."

칠 년 전 국회의원 해 보겠다고 사랑했던 그녀와 딸을 미국으로 내쫓듯 보내 버렸다. 하지만 결과는 낙선이었다. 이번에도 심기일전하여 다시 출마를 하려고 만반의 준비를 하였으나 결과는 장담할 수가 없었다.

"가족을 버린 벌을 받는 건가?"

백행서. 그녀는 자신을 위해 모든 걸 버린 여자였다. 그런 여자를 버렸으니 천벌을 받을 수밖에. 행복하지 못했다. 행복감을 전혀 느끼지 못한 채 아내와의 관계가 좋지 않으면서도 국회의원 출마 때문에 쇼윈도 부부임을 감추고 살고 있었다. 갑자기 앞이 자욱한 안개에 휩싸인 듯 보이지 않았다.

"포기해야 하는 걸까?"

나직하게 읊조리며 순한은 입술을 물었다. 꽉 다물고 있는 입술이 아플 만도 한데 그는 전혀 아픔을 느끼지 못했다. 대신 자신도 모르게 눈물을 흘리고 있었다.

계절이 가을에서 겨울로 넘어가고 있는 시기임에도 불구하고 이미 겨울이 찾아온 것만 같았다. 그것도 혹독하게 추운 겨울이……

♦

린우를 수술실로 들여보낸 현준은 대기실 의자에 앉아 초조하게 기다렸다. 비록 의사는 아니었지만 수술실 의자에 앉아 타 환자 보호자를 보고 있는 기분이 이상했다. 두 손을 모아 울며 기도를 하는 보호자도 있고, 안절부절 왔다 갔다 하는 보호자들도 있었다. 의사들 손에 사랑하는 가족의 생명을 맡기는 사람들.

예전 인턴 시절이 떠올랐다.

실연의 상처를 극복하기 위해 남들보다 일은 두 배나 더 하고 잠은 덜 자며 사람이길 거부하고 살았다.

밥도 제대로 못 먹고 심지어 화장실에 가서 볼일 볼 시간도 없이 바빠 뛰어다녔다. 그래도 전공의들에게 깨지기는 기본이었다. 그런데 갑자기 그 시절이 그리워졌다. 다시 돌아갈 수 있다고 해도 가기 싫을 만큼 힘들었던 그 시절이 왜 생각나는 걸까?

현준은 자리에서 일어나 병원 밖 정경이 보이는 창가에 섰다. 요즘 대형 병원은 의료 기술도 좋아야 하지만 병원 크기

만큼 확보되어야 하는 건 주차장이었다. 병원을 찾는 환자수가 기하급수적으로 늘어 가고 있는 이때 능력 있는 의사들이 더욱 절실해졌다.

의사. 능력 있는 의사.

의대 육 년. 인턴 일 년 동안 귀에 딱지가 앉도록 들었고 입에 달고 살았던 말이었다. 능력 있는 의사가 되기 위해 엄청난 노력과 고생을 했지만 그녀가 곁에 없으니 다 부질없는 것 같았다.

꿈도 버릴 만큼 그녀가 소중했기 때문이었다. 병원에서 일할 때는 몰랐지만 단 하루, 몇 시간의 여유가 생기면 또다시 생각나는 그녀 때문에 어쩔 수 없이 병원을 그만두어야 했다.

그 당시에는 그게 최선의 선택이었다.

"후. 무슨 생각하는 거야, 이현준. 의사에 미련이라도 남은 거야?"

말과는 달리 현준의 눈동자가 눈에 띄게 흔들렸다. 자꾸 하얀 가운을 입은 의사들이 눈에 들어왔다. 살려 달라 외치는 환자들의 고통스런 목소리도 들려오는 것 같다.

현준은 수술실 의자에 앉아 보지 않으려고, 듣지 않으려고 두 손으로 귀를 막고, 눈을 감았다.

두 시간 후 그녀는 수술실을 나와 회복실로 이동을 했다. 그 사이 현준은 수술실을 나온 의사에게 수술 경과를 들을 수 있었다. 그녀가 수술하기 위해 입원하던 날 현준은 그녀의 주치의를 만났는데 알고 있는 사람이었다.

"선배님."

"어, 현준아."

그녀를 수술한 의사는 학교 일 년 선배였다.

현준은 반가움에 그와 악수를 나눈 뒤 그녀의 상태에 대해 물었다. 다행히 수술은 잘되어 나흘 정도 입원한 뒤 경과를 보고 퇴원하면 된다고 말했다.

"고맙습니다."

"너는 요즘 뭐 하냐?"

"아버지 사업 물려받았습니다."

"아, 난 네가 좋은 의사가 될 줄 알았는데."

"벌써 사 년이나 지났습니다."

"아직 안 늦었어. 다시 공부 시작해."

"자신 없습니다."

"시작이 반이라는 말 몰라? 병원으로 다시 돌아와."

"나중에 술 한잔하시죠. 제가 사겠습니다."

"좋아. 연락해. 대환영이니까."

현준은 고개를 끄덕이며 진료실로 가는 그의 뒷모습을 물끄러미 바라보았다. 만약 전공의 과정을 다 마쳤다면 지금쯤 내과 전문의가 되어 있지 않았을까?

자꾸만 흔들리는 마음을 다잡기 위해 현준은 두 손을 움켜쥐었다.

수술 경과는 꽤 좋았다. 회복실에서 병실로 돌아온 그녀는 어지럼증을 호소하다 다시 잠이 들었다. 병실 창문 사이로 들어오는 뽀얀 달빛도 하얀 그녀의 얼굴에 비하면 아무것도 아니었다. 평소에도 창백한 얼굴, 수술로 더 핏기가 없었고 우윳빛같이 새하얬다. 현준은 린우의 손을 잡고 가만히 그녀가 깨기만을 기다렸다. 어찌나 곤히 자는지 작게 코 고는 소리까지 들려왔다. 그녀가 뱉어 내는 호흡까지 달콤한 향내가 나는 듯하여 현준은 그녀의 입술에 살짝 입맞춤을 했다. 그러자 그녀가 몸을 뒤척이며 눈을 살며시 떴다.

"미안. 내가 깨운 거야?"

"아니. 오랜만에 푹 잔 느낌이 들어."

"몸은 어때, 괜찮은 거야?"

"참을 만해."

"헤모글로빈 수치가 걱정할 만큼은 아니야."

린우는 가만히 그의 얼굴을 올려다보았다. 얼마나 신경을 썼는지 그새 조금 야윈 것 같기도 하고, 거뭇거뭇 수염도 나 있었다.

"회사가 바쁜데 여기 있어도 돼?"

병원에 있는 동안 휴대폰으로 모든 업무 정황을 전해 듣기로 했고, 급한 업무는 마친 상태로 별문제가 없었다.

"괜찮아. 현정이가 있잖아."

"현정이?"

"그래. 단비가 고모 판박이다."

"고모라, 좀 웃긴다. 그런데 저 꽃바구니는 뭐야?"

린우는 병실 문 가까이에 마치 누군가가 툭 하고 던져 놓은 것처럼 무성의하게 놓여 있는 꽃바구니를 향해 시선을 돌렸다.

"국순한 씨가 보낸 거야."

"지, 진짜? 거짓말하지 마."

"내가 찾아갔었지. 가족사진을 보여 주려고. 외할아버지가 손주들이 이 세상에 있다는 것은 알고 있어야 할 것 같아서."

린우는 엄마가 돌아가시던 날을 떠올렸다. 돌아가시기 며칠 전 린우는 아버지 비서에게 엄마의 소식을 알렸지만 아버지는 철저하게 외면하셨다. 물론 조금도 기대하는 마음 갖지 않았기에 놀라지도 않았다.

"나 저 바구니 밖에다 내던지고 싶은 걸 꾹 참았어. 너 때문에. 그래도 너에게는 아버지잖아."

"그래서 병실 문 쪽에 있구나."

"맞아. 나 버릴 거야. 저거."

"나 아버지께 부담되고 싶지 않아."

"그런 걱정 하지 마. 그분은 절대로 국회의원 되시지 못할 테니까."

"현준아."

그녀의 어깨가 사시나무처럼 떨리고 있었다. 그녀의 어깨를 어루만져 주려고 손을 뻗었다가 현준은 손을 거두었다. 지난

번 만남의 충격이 아직도 채 가시지 않았다.

"왜, 내가 너무 심하게 말하는 것 같아?"

"아니. 네 말이 맞아."

"아프지 마. 이제부터는."

"알아. 네가 나 때문에 의사 된다고 했는데."

"그러게. 병원에 있으니 옛날 생각난다."

"의사가 되었으면 더 좋았을 텐데."

"그럴지도 모르지."

현준의 눈동자가 잠시 흔들렸지만, 이내 평온한 표정으로 돌아왔다. 똑똑똑. 노크 소리가 들려온 건 그때였다.

"들어오세요."

짧은 현준의 대답과 함께 문이 열리더니 아래위로 검은 재킷과 바지를 입은 현정이 병실 안으로 들어섰다. 칠 년 만인데도 한눈에 알아볼 수 있었다.

"린우 언니, 오랜만이에요."

"현정아."

생각지도 않은 그녀의 등장에 린우가 놀라 침대에서 천천히 몸을 일으켰다.

"어, 어떻게 왔어?"

현정은 선뜻 다가오지 못하고 침대에서 멀찍이 떨어져 섰다. 혹시나 반가워하지 않으면 어쩌나 마음 졸이며 병실 밖에서 한참을 초조히 서성이다 들어왔지만 오랜만에 만나는 거라 모든 게 조심스러웠다. 더욱이 조카 둘을 혼자서 키웠다는 말을 엄마에게 듣는 순간 같은 여자로서 얼마나 슬픈지.

"몸은 어떠세요? 많이 힘들었죠?"

"참을 만해."

"미리 찾아왔어야 했는데 언니를 만날 면목이 없어서. 미안해요."

"아, 아니야. 잘 왔어. 그렇게 서 있지 말고 이쪽으로 와서 앉아. 현준아, 뭐 해?"

현준은 슬쩍 의자를 여동생에게 내밀었다. 현정은 의자에 앉아 뭐라 할 말이 없어 고개만 숙였다. 그러다 미안함이 복받쳐 오르며 눈물이 나오려고 하자 마른침을 삼키며 억지로 참아 냈다.

"난 언니가 오빠를 떠난 줄 알았어요. 그런 일이 있는 줄도 모르고."

"다 과거 일이야."

"방금 전 조카들 보고 왔어요. 정말 귀엽고 깜찍하더라고요."

"예쁘지."

"네, 언니. 정말 고생 많이 하셨어요."

린우의 눈가에 구슬 같은 눈물이 고였다. 그 모습을 보고 있던 현정도 가슴이 조여 와 더 이상 아무 말도 할 수가 없었다. 어느 새 현정의 입가에 잔잔한 미소가 흘렀다. 현정은 일어나 침대 가까이 걸어가 린우의 손을 잡았다. 너무 미안해서 차마 미안하다는 말을 하지 못할 것 같았다. 하지만 달리 지금 이 마음을 표현할 말이 없었다. 그 말밖에는.

"언니, 미안해요."

"고마워."

"퇴원하면 우리 집으로 와요. 몸조리하러."

"그럴게."

"저 갈게요. 나중에 또 봬요."

그녀가 병실을 나가자 린우는 현준을 향해 나가 보라고 눈짓을 했다. 그가 그녀를 따라나서자 린우는 잠시 창문으로 시선을 돌렸다. 겨울이 코앞에 다가와서 그런지 찬바람이 휘이잉 부는 소리에 벌거벗은 나무들이 춤을 추듯 요란스럽게 울어 댔다. 흔들어 댔다. 마치 자신의 마음처럼. 꽃바구니가 눈에 거슬려서 갖다 버려야 하는 게 맞는데 왜 자꾸 시선이 가려고 하는지, 왜 눈물이 나는지 모르겠다. 아마 마취제가 머릿속까지 마비를 시킨 모양이었다.

용서를 해 달라는 건가? 용서를 바란다는 것은 엄마와 자신에게 미안한 마음을 가지고 계신다는 뜻인가? 참으로 혼란스러웠다.

린우는 천천히 꽃바구니 쪽으로 시선을 돌렸다.

빠른 쾌유를 빈다. 아버지가.

아버지. 아버지…….

린우는 조용히 눈을 감았다.

생각 같아선 저 꽃바구니를 쓰레기 취급하는 게 맞는데 마음 한구석에는 아버지에 대한 그리움이 남아 있었나 보다.

심장이 뛰기 시작하는 걸 보니.

밖에는 겨울의 시작을 알리는 찬바람이 불어오고 있었고 마음 또한 시린 겨울바람에 이리저리 나부꼈다. 겨울 동안의 긴 추위를 이겨 냈지만 아직까지 면역성이 없는 것처럼.

쉽지 않을 것 같다.

엄마를 떠올리면.

사랑하는 남자와 떨어져 있는 것이 얼마나 큰 슬픔인지 알고 있기에, 사랑하는 남자에게 사랑받는 기분이 어떤 것인지 알고 있기에…….

진영은 자신의 눈치를 슬금슬금 보고 있는 쌍둥이들을 보며 준비해 놓은 고급 과자들을 내밀었다. 아이들은 한 번도 본 적이 없고 먹어 본 적이 없는 과자들을 보며 눈을 동그랗게 떴다.

"이게 뭐예요?"

"과자."

"이런 과자들 처음 봐요."

진영은 알고 있는 듯 고개를 끄덕였다.

"먹어도 돼."

"정말 먹어도 돼요?"

"그래. 먹고 남으면 집에 가져가도 돼."

"고맙습니다."

단비는 두 손에 과자 봉지를 들고 인사를 했으나 단우는 머뭇거렸다.

"단우, 너는 안 먹니?"

"단비랑 나눠 먹으면 돼요."

"많이 있으니까 눈치 보지 말고 먹어."

진영은 과자 한 봉지를 들었다 내려놓고 아예 과자들이 들어 있는 박스째로 단우에게 내밀었다.

"고맙습니다. 잘 먹겠습니다."

진영은 공손하게 인사를 한 뒤 거실 한쪽에 앉아 과자를 먹기 시작하는 아이들을 한참 동안 뚫어져라 보았다. 참 인사를 잘했다. 착해 보였다. 그리고 얼굴에는 어두운 그림자가 없고 밝아 보였다. 린우가 아이들을 잘 키웠다는 생각이 들자 한편으로는 기뻤지만 사람을 색안경을 끼고 본 자신이 참으로 어리석다는 생각이 들었다.

"아줌마, 애들 먹게 간식 좀 만들어 줘요."

"할머니."

할머니라 부르는 단우의 말에 진영은 뭐라 답을 할 수 없어 입을 다물며 보일 듯 말 듯 고갯짓을 했다. 그랬더니 단우가 재촉하듯 다시 물어 왔다.

"정말 우리 할머니가 맞아요?"

"그, 그래."

"우리 할머니는 하늘나라로 가셨는데."

"내가 진짜 너희 할머니야. 돌아가신 분은 외할머니고."

"그럼 진짜 할머니. 우리랑 놀아 줘요."

"뭐?"

"빨리요, 네?"

진영은 아들과 판박이처럼 닮은 손자가 손을 잡으며 같이 놀아 달라는 말에 싫다는 말을 내뱉을 수가 없었다. 고사리 같은 손이 참으로 따뜻하게 느껴졌다.

아들과 딸을 키울 때는 정신없이 바빠 놀아 줄 시간도 없었다. 나이 먹어 조금 한가해졌다고는 하나 바쁜 건 여전했다.

하지만 이제는 조금 다른 삶을 살아 보는 것도 괜찮다는 생각이 문득 들었다. 손주들이 태어나는 것은 보지 못했지만 손주들이 자라는 모습은 꼭 보고 싶었다.

"할머니랑 놀아 볼까?"

"네!"

손주들의 우렁찬 목소리를 듣고 있는 이 순간, 가슴이 시릴 만큼 아파 왔다.

아무리 요즘 세상에 환갑이 적은 나이라 해도 일곱 살 꼬맹이 둘을 상대하기에는 무리가 있었다.

숨바꼭질하는 것도 어렵고, 아이들 보폭에 맞춰 따라다니는 것도 힘들었다. 동에 번쩍, 서에 번쩍, 어디에 숨었는지 찾으러 다니는 데 한계가 있었다.

"숨 많이 차요, 할머니?"

"할머니 힘들어서 더 못 놀아 주겠다. 어쩌지?"

"괜찮아요, 할머니."

할머니 최고라며 수줍게 다가와 뺨에 뽀뽀를 해 주는 손녀딸 단비를 보면서 진영은 울컥 치미는 감격에 하마터면 눈물을 흘릴 뻔했다. 그러나 그건 시작에 불과했다. 두 아이들은 진영의 양쪽에 서더니 고사리 같은 두 손을 펼쳤다.

"단비야, 우리 할머니 주물럭주물럭해 줄까?"

"응. 단우 너는 오른쪽 해. 난 왼쪽 팔과 다리, 어깨 주물러 드릴게."

진영의 입가에 슬픈 미소가 번졌다. 작은 손으로 반죽하듯 어깨와 팔, 다리를 주무르는 모양새가 얼마나 예쁜지. 아이들의 볼에 팬 예쁜 볼우물을 보면서 뼈저린 후회가 파도처럼 밀려 왔다. 너무 착하게, 반듯하게 자라 줘서 오히려 미안한 마음이 들었다.

"시원하다. 시원해."

"정말이지? 할머니?"

"그래, 우리 단우, 단비 너무 착하다."

천하의 홍진영이 눈물을 다 흘리다니. 아이들이 운다고 놀릴까 봐 눈을 감고 하늘을 올려다보았다.

하늘을 똑바로 쳐다볼 수 없을 만큼 창피했다.

역시 피는 물보다 진했다.

아무리 미운 며느리가 낳은 손주들이라 해도 핏줄은 다 예뻐 보이는데 이렇게 예쁜 짓을 하고 마음을 들었다 놨다 살살 녹이니 더 예쁠 수밖에.

너무 늦었지만 그 피를 이어 준 며느리가 될 아이도 가족으로 받아들여야 했다.

진심으로.

아무래도 손주들과 한바탕 놀고 난 뒤 병문안을 가야 할 것 같다. 빈손으로 갈 수는 없으니 소고기를 듬뿍 넣고 미역국을 끓여야 할 듯싶었다.

욕심을 버리고 나니 더 많은 복을 받았다는 생각에 진영은 밝은 웃음을 지었다.

◆

새하얀 웨딩드레스는 우윳빛 피부를 가지고 있는 그녀와 너무나 잘 어울렸다. 머리 위에 쓴 반짝반짝 빛나는 티아라까지.

세상에서 제일 아름다운 신부.

현준은 결혼 행진곡이 울려 퍼지자 그녀의 손을 맞잡았다. 그녀의 손에는 예전 그가 처음 프러포즈를 할 때 선물한 반지가 끼워져 있었다. 다이아몬드 반지보다 더 반짝거렸다.

내 남자. 내 여자.

서로의 것으로 확실하게 인정을 받는다는 것 자체가 감동인 날, 오늘. 현준은 주인공인 린우와 함께 같은 길을 가려고 준비 중이었다.

"준비됐어?"

"나 떨려."

"이제부터 나만 믿고 따라오는 거야?"

"그래."

쌍둥이들이 먼저 버진 로드를 걸어가며 꽃을 뿌렸다. 아이들을 보면서 현준은 그녀와 함께 행복의 길을 걸어갔다. 가지각색 꽃잎이 떨어진 꽃길을 넷이서 함께 내디뎠다. 칠 년 전 걸어야 했던 이 길을 참 많이도 돌아왔지만 사랑의 깊이는 한층 더 깊어졌다.

모두들 박수 소리로 네 사람의 새로운 출발을 축하했다. 예식장 안은 기쁨과 부러움이 가득 찬 공간이었다. 결혼도 하기 전에 귀엽고 사랑스런 두 아이의 아빠, 엄마가 된 신랑 신부를 하객들은 부러워했다. 진영도, 현정도 눈시울을 붉히며 박수를 쳐 주었고 다섯 명의 친구들은 인간 승리라 엄지손가락을 치켜들며 축복을 해 주었다.

"이로써 두 사람은 부부가 되었음을 선포합니다. 신랑은 신부에게 키스를 해 주시면 감사하겠습니다. 되도록 19금으로요."

우현의 짓궂은 멘트에 현준의 입술이 그녀의 입술 위로 살며시 내렸고 하객 모두 기쁜 마음으로 웃음을 지었다.

결혼식이 끝나고 사진 촬영을 하려고 정면을 보고 있을 때 린우는 저 멀리 사람들 속에 보이는 한 사람에게서 시선을 떼지 못했다.

아버지.

비록 딸의 손을 잡고 입장은 하지 않았지만 결혼식장에 오신 것이다. 만나 뵌 지 이십 년이 넘었지만 한눈에 알아보았다. 핏줄이 당긴 건가? 그런데 참 많이 마르셨다는 느낌이 들었다. 기억 속에 아버지는 참으로 멋있고 잘생겼었다. 거짓말 조금 보태면 지금 옆에 서 있는 현준과 체격과 생김새가 비슷했다.

한 발자국씩 천천히 오셔도 되었다.

린우는 울지 않으려고 애를 썼지만 기어코 울고 말았다. 현준은 손가락으로 그녀의 눈가를 살짝 닦아 주었다.

"울지 마."

"아버지가 오셨어."

"알아. 신부 대기실 앞에서 기웃거리는 건 봤어."

"정말?"

"나중에 한번 같이 찾아뵙자."

"고마워."

"사랑한다. 내 아내, 백린우. 우리 행복하자."

린우는 그의 귓속말에 행복해서 미칠 것 같았다. 사랑해서 한 선택에는 후회가 없어야 한다. 그를 떠난 것도, 다시 그를 만난 것도 다 그를 사랑했기 때문에 할 수 있는 선택이었다.

14. 가족 여행

14. 가족 여행

겨울이었지만 바람은 딱 춥지 않을 만큼만 불었다.

추우면 어떻고, 더우면 어떨까?

지금 심정을 한마디로 말하면 하늘을 훨훨 날아 구름 위로 안착을 한 기분이었다.

"신혼여행이라."

결혼식이 끝나고 아이들과 함께 예전에 혼자 가려고 했던 그곳으로 함께 신혼여행을 왔다. 어머니와 현정이가 아이들을 봐 주겠다고 했지만 현준은 가족 여행을 가고 싶었다. 아이들에게 대한민국의 역사와 아름다움과 따스함을 알려 주고 싶었다. 시간이 나는 대로 종종 아이들과 함께 전국 여행을 다닐 참이었다.

새벽에 서울을 떠나 거제도 바다가 보이는 펜션에 도착을 한 현준은 짐을 푼 다음, 미리 예약을 해 둔 외도로 가기 위해 여객선 터미널로 향했다.

10시 25분쯤 배의 탑승을 알리는 직원의 목소리가 들려 선착장으로 나갔다. 외도로 가는 배는 그리 크지 않았다. 백 명 정도 탈 수 있는 배였다. 배가 소리를 내며 외도를 향해 출발했다.

가는 동안 해금강도 구경을 했다.

바다의 금강산이라는 뜻으로 수억 년 파도가 만든 보물이었다. 해금강의 사자 바위 해돋이 구경 또한 일 년에 딱 두 번, 삼월, 시월에만 가능한데 그것도 한 달도 되지 않는다고 선장님께서 큰 소리로 설명해 주셨다.

파도가 잠잠해 잠시 해금강을 구경한 뒤 다시 물결 위를 달려서 외도에 도착을 했다.

한 시간 삼십 분이라는 짧은 시간 동안 섬을 둘러볼 수 있었지만 보기만 해도 눈이 시원한 바다를 병풍 삼아 아주 잘 가꾼 넓은 정원을 걷는 기분은 뭐랄까? 사이다처럼 톡 쏘는 청량감을 느끼기에 부족함이 없었다.

섬을 거닐다 나무들이 만들어 놓은 사랑의 공간에서 아이들이 한눈을 파는 사이 그녀와 입맞춤도 나누었다.

"우리 여기서 겨울 연가 속편 찍어 볼까?"

"됐네요, 이현준 씨."

"왜? 나는 찍고 싶은데."

"밤에 찍지, 뭐."

"밤?"

현준의 눈이 별보다 더 반짝거렸다. 기분 좋게 외도를 구경한 후 유람선을 타고 다시 거제로 나와 여객선 터미널 근처 횟집에서 점심을 먹었다.

"다음 행선지는 통영이야. 케이블카 타러 가자."

"아빠, 케이블카 안 무서운 거지?"

"안 무서워."

"봐, 이단비. 안 무서운 거래 아빠가."

현준은 단비를 무릎에 앉혔다.

"이단비, 아빠랑 엄마랑 오빠가 널 지켜 줄게. 걱정하지 마."

"안 무서운 거 맞지?"

"아빠가 꼭 안아 줄게. 단비를."

"응."

현준은 자신의 품으로 파고드는 단비의 등을 토닥토닥 다독여 주며 웃음을 지어 보였다. 그 모습을 심각하게 보고 있던 단우가 시무룩한 표정을 지었다.

"아빠, 남자는 너무 많이 웃는 게 아니래."

"누가?"

"유치원에서 박정민한테 들었어."

"남자도 사람이야. 웃고 싶으면 웃고, 아프면 아프다고 말하고 우는 거야."

"정말?"

"단우도 아빠 믿고 마음껏 울어도 돼. 이제 아빠가 우리 가족 모두 지켜 줄 거야."

그제야 단우가 예쁜 웃음을 보였다. 현준은 예상치 못한 아들, 단우의 말에 너무 마음이 아팠다. 일곱 살밖에 안 된 아이였지만 생각하는 것이 어른 못지않았다.

점심을 먹고 난 뒤 케이블카를 타기 위해 통영으로 떠났다. 케이블카를 타고 전망대에 올라가 보니 워낙 날씨가 좋아 작은 섬까지도 보일 정도였다. 역시 한려수도의 경치는 최고였다.

통영 시내 쪽으로 들어가 보니 바다 위에 떠 있는 거북선 두 척이 보였다. 보기만 해도 절로 애국심을 끓어오르게 만드는 거북선. 아이들이 미국에서 태어났기에 자신의 조국, 대한민국의 역사를 더욱 가르쳐야 할 필요가 있었다. 관람료를 내고 거북선 안을 이리저리 둘러보았다. 이순신 장군은 역사 드라마로 계속 나오는 인물 중에 한 분이시고 명량 해전을 보고 얼마나 가슴 벅찼는지……. 현준은 알고 있는 지식을 통틀어 아이들에게 거북선과 이순신 장군에 대해 설명을 해 주었다. 특히 남자아이라 그런지 단우는 궁금한 것이 더욱 많았다.

"아빠, 이순신 장군 할아버지가 전쟁 선수였네요?"

"전쟁 선수? 음, 그렇지. 챔피언이야."

"챔피언. 나도 이순신 할아버지처럼 될래요."

"그럼 이순신 할아버지에 대해 더 공부하러 갈까?"

"네, 아빠."

현준은 다음 관광 코스로 충렬사로 가 이순신 장군에 대해 몰랐던 사실을 더 알게 되었다. 단둘이 신혼여행을 가는 것도 좋지만 아이들과 같은 시선으로 보고, 배울 수 있는 여행도 뜻깊은 여행이었다.

다음은 통영 바다가 훤히 내려다보이는 언덕 위 동피랑 벽화 마을로 떠났다. 지역의 역사와 서민들의 삶이 녹아 있는 독특한 골목 문화로 재조명해 보자는 데 의견을 모아 만들어진 곳이었는데 통영의 관광지로 유명해졌다. 벽에 그려진 그림들은 아이들뿐만 아니라 어른들까지도 동심의 세계로 초대해 주었다.

현준은 단우, 단비가 하얀 날개를 펴고 저 높은 하늘로 건강하게 날아가기를, 벽화 속에 담긴 의미를 되새기며 아이들이 많은 것을 배우기를, 부족했던 아빠, 엄마의 사랑을 많이 느끼기를 간절히 빌어 보았다.

현준은 예쁜 벽화 앞에서 연신 셔터를 눌렀고 행복하게 웃는 사진들을 정말 많이 찍었다. 또한 벽화를 배경 삼아 사진을 찍고 있는 아이들이 귀여워서 손뼉을 치며 좋아라 하는 그녀를 사랑스러운 눈빛으로 내려 보았다.

"단우, 단비 너무 귀여워."

그녀와 아이들의 사진을 찍으면서 설레고, 가슴이 터질 것 같으면서도 평화로운 이 느낌. 이런 게 가족 간의 사랑이며,

행복이었다. 비로소 제대로 된 아빠의 역할을 하고 있는 기분이 들었다.
 또 한 장의 추억 사진첩을 만들었다.
 아이들과 함께 떠난 신혼여행이자 가족 여행.
 내일은 어떤 여행이 기다리고 있을까?

 결혼식을 올린 후 첫날밤이 다가왔다. 사랑이라는 인연의 끈을 몇 번이나 묶은 이상 풀기가 어려웠다.
 첫 키스를 나눈 그 시절.
 첫 사랑을 나눈 그때도 마찬가지였다.
 우수에 젖은 그의 눈동자에는 기쁨이, 뭔가 자꾸 요구하는 시선이 보였다. 그 시선을 마주하고 있으면 저절로 그의 품 안에 안기고 싶어졌다.
 쿵쿵.
 그의 심장 소리는 마치 동굴 속에서 들려오는 깊은 울림처럼 사람을 편안하게 만들었다. 함께한 기억이 너무 많기에, 그를 사랑한 마음이 흘러넘치기에 이제는 표현해야 했다.
 칠 년 동안 나누지 못했던 사랑을 채워 나가려면 몹시 바빴다.
 아이들을 재우고 난 다음 둘만의 방으로 들어오자마자 현준은 방문을 잠그고 그녀를 벽으로 몰아세우며 입술을 내렸다. 혀가 뒤엉키고 타액이 섞이고 호흡까지 맞물렸다.

"으응."

그녀의 나른한 신음 소리가 흘러나오자 현준은 벽을 잡고 있던 두 손을 내려 그녀의 옷을 들추고 그녀의 살결을 마음껏 더듬었다.

탄력 있는 그녀의 젖가슴을 손으로 느끼다 아쉬움을 느낀 현준은 입술을 떼고 다시 입술로 베어 물었다.

"하읍."

탱글탱글한 검은빛 멍울이 곤두선 게 제법 앙증맞았다. 말캉거리는 젖가슴이 더욱 달았다. 꿀이라도 발라 놓은 게 분명했다. 그녀의 가슴을 가득 빨다 살짝 혀로 핥았더니 그녀의 온몸이 파르르 떨려 왔다.

"추워?"

"아니, 너무 더워."

"그럼 벗어야지. 빨리 말이야."

현준은 그녀의 옷들을 순식간에 벗겨 내고 번쩍 안아 들어 침대에 눕혔다. 부끄러워 다리를 꼬며 가슴을 가리고 있는 그녀를 내려다보며 현준은 얼른 옷을 벗어 던졌다. 허물을 벗었지만 그녀의 손가락으로 반쯤 숨어 버린 젖가슴은 오히려 탐스러운 자태를 뽐내고 있었다.

"섹시한데?"

"네가 더 섹시해 보인다."

옷을 벗느라 헝클어진 그의 머리까지 섹시해 보였다. 실오

라기 하나 걸치지 않은 그의 모습을 보고 있노라면 얼굴이 저절로 붉어진다.

남자는 단단함을 자랑하고 여자는 두부처럼 연하고 부드러운 것을 자랑한다. 그러니 단단함과 부드러움이 만나 조화를 이루며 살아가는 것이 당연했다.

지금처럼.

린우는 눈을 감았다. 곧이어 다가올 사랑의 전율을 느끼기 위해…….

하지만 참을 수 없는 자극이 시작되자 살포시 눈을 떴다.

"점점 뜨거워진다."

그녀의 말이 도화선이 되었는지 현준은 침대 밑에 무릎을 꿇고 난 다음 천천히 고개를 내려 그녀의 발가락 하나하나에 입을 맞췄다. 엄지발가락에서 새끼발가락까지. 그리고 발등을 쭈욱 핥으며 무릎 아래까지 올라갔다.

"더, 더러운데……."

"힘들었던 시간을 버텨 내 준 너의 모든 것을 사랑해 주고 싶어."

"현준아."

린우는 눈물이 핑 돌자 몸을 살짝 일으켜 허벅지 안쪽을 향해 얼굴을 올리는 그의 머리를 감싸 안았다. 하나 곧 그녀는 침대 시트를 움켜쥐며 다시 침대에 누워야 했다.

"윽."

그의 손가락이 은밀한 곳을 점령하더니 미친 듯이 움직였다. 그의 손가락은 마치 마법의 지팡이처럼 모든 것들을 만들어 냈다.

전율, 사랑, 감동, 기쁨.

툭 터질 것처럼 부푼 그녀의 은밀한 곳은 작은 떨림에도 정신없이 발작을 해 댔다.

"으음, 학."

그의 손가락이 그녀의 숨은 열꽃을 터뜨리는 준비 과정이었다면 그의 혀는 마무리 과정이었다.

뜨거운 그의 호흡과 함께 입술이 수풀 속을 헤치고 짜릿하게 찾아왔다. 그의 혀가 깊고 은밀한 곳까지 핥았다.

민망했지만 말리고 싶지 않았다. 오히려 점점 더 파고드는 통에 허벅지가 더 벌어지며 다리가 덜렁 들어 올려졌다.

그의 혀는 끈질기고 집요했다. 날카롭게 혀를 세워 콕콕 찍어 내듯 헤집어 놓자 눈앞에 깜깜해졌다.

모든 것을 내 주니 그는 더 많은 것을 주며 찾아왔다.

"린우야, 사랑해."

"나도 사랑해."

"이제 더 좋은 걸 해 줄게."

사랑 고백과 함께 그가 자리를 찾아 들어왔다. 빠르게 치고 들어오는 그의 몸은 그녀의 안에서 환호성을 질렀다.

고백까지 곁들였더니 미칠 것 같은 쾌감이 그녀의 온몸을 집어삼켰다. 그녀가 내뱉는 신음은 그가 삼켰다.

깊은 소용돌이 속에서 헤어날 수 없을 만큼 그는 세찬 바람이었다. 바람에 흔들리는 갈대처럼 이리저리 움직였다.

분명 몸은 두 개인데 하나가 된 느낌.

몸을 꽉 채워 주자 안정감이 들었다.

"으응, 좋다."

지금 함께하는 이 순간의 행복이 소중함을 알고, 지키기 위해 최선을 다할 생각이었다.

사랑하기 딱 좋은 날, 가장 어울리는 적극적인 행동으로 나타나 서로를 기쁘게 만들었다. 그들은 다시는 떨어지기 싫다는 듯 두 손을 깍지 껴 손가락 하나하나를 얽어 그러쥐었다.

웃음꽃 핀 린우의 달짝지근한 입술 위에 자신의 입술을 겹치고 그녀의 허벅지 사이로 손을 내려 부드럽게 원을 그리면서 힘 있게 움켜쥐었다. 그게 시작이었다.

침실의 뜨거운 열기가 아지랑이로 피어올라 달려들듯 하였다. 그들의 입에서 터져 나오는 건 아찔하고 짜릿한 감각이 전해 주는 멜로디였다.

깨끗하면서도 거부하기 힘든 여인의 향기. 내 여자의 유혹적인 내음이었다.

"음, 하."

홍당무처럼 열이 오른 그녀의 유혹적인 얼굴에 미소까지. 진정이 안 된 그의 가슴이 벌렁벌렁하며 터질 것처럼 뜀을 뛰었다.

언제 그런 감정이 있었는지 모를 정도로 다 사라지고 그리움과 보고픔과 사랑만이 남아 존재했다. 그러니 그녀가 있어야 한다. 그것도 바로 가까운 곳. 바로 옆, 그리고 마음속에 영원히.

좋다. 너무 좋다.

온몸을 기분 좋게 휘감아 주는, 자신이 안기고도 남을 넉넉한 품이라는 걸, 이 품에서 잠시라도 쉬고 싶었다.

결국 이렇게 될 것을.

결국 이렇게 다시 사랑하게 될 것을.

왜 이리 어렵게 돌아왔는지.

서로를 향한 사랑의 욕망은 윤활제처럼 은밀한 부위를 채워 나갔고 온몸을 뒤흔드는 격랑의 파도 속으로 빠져들게 만들었다.

딸랑딸랑 종이 울렸다.

사랑의 종소리가······.

절정으로 향하는 속도가 점점 빨라졌다.

앞으로, 뒤로. 빠르게, 더 깊숙하게.

침실 안은 타는 듯한 열기가 감돌았다.

오늘 제대로 유혹을 당하는 중이었다. 무르익는 밤, 그녀의 몸짓은 더욱 깊고 대담해졌다. 제멋대로 움직였다, 빨라졌다, 느려졌다 그러길 몇 분, 그녀는 힘들다며 몸을 그의 얼굴 위로 숙였다.

"나 더는 못 해."

"내가 마무리하지, 뭐."

현준은 힘들어 하는 린우를 엎드려 눕히게 한 다음 그녀의 머리카락을 살며시 움켜쥐었다.

 뜨겁게 달아오른 몸과 몸이 다시 만났다. 흔들리는 살결이 재촉을 한다. 사랑을 해 달라고. 몸속의 피가 파르르 끓어오르며 터졌고 그의 움직임은 시작되었다. 완전 밀착된 그의 몸이 요동을 쳤다.

 더 이상 감추지 않았다.

 둘만의 공간에서 숨길 것도, 감출 것도 없었다.

 그녀의 어깨 위로, 등 위로 쏟아지는 그의 뜨거운 숨결이, 떨리는 살들의 감촉이 오롯이 느껴졌다. 몸을 앞으로 숙일수록 그의 몸이 휘어지며 다가왔다. 그녀의 얼굴이 베개에 묻혀 버림으로서 신음 소리가 더 야릇하게 들려왔다.

"아, 아, 아."

 손안에 가득 차는 그녀의 가슴, 도도록하게 솟은 정점을 건드릴 때마다 그의 몸은 조금씩 더 단단해졌다.

 좋다. 좋았다. 다 좋았다.

 다리에 힘을 주고 허리를 뒤트는 그녀의 뒷모습이 참으로 아름다웠다. 그녀의 살 내음이 더욱 짙어졌다.

 타다닥. 그렇게 하나로 이어진 몸은 쉴 새 없이 흔들렸다.

 찰박찰박. 소리는 그 분위기를 더욱 끌어 올렸다.

 야하지만 야하지 않았다. 두 개의 몸이 완벽하게 하나가 된다는 것은 참으로 경이로운 행위였다.

 곧이어 우윳빛처럼 맑은 그의 작은 생명체들이 그녀의 몸

안에 뿌려졌다. 물론 또 다른 생명을 만들어 낼 수는 없었지만 전혀 상관이 없었다. 그것을 받아들이는 그녀는 아주 편안한 안식을 찾은 것처럼 불규칙한 호흡에서 서서히 숨을 내쉬었다.

"고생했어."
"내가 너무 지나쳤나?"
"이제 단련이 되어야 되지 않겠어? 변강쇠 남편과 살려면?"
"좋은 방법이다. 잠시 쉴까?"
"잠시? 자는 게 아니고?"
"잠시야 잠시. 시간이 아깝잖아."

현준은 그녀에게 잠시 휴식의 시간을 주기 위해 물수건을 만들어 정성껏 닦아 주었다.

"낭군님, 도대체 몇 번을 하려고 하는데?"
"해 보는 데까지. 일단 쉬고 있어."
"넌 뭐 하려고?"
"아이들 잘 자고 있는지 확인하려고."

현준은 침대 밑에 벗어 던진 옷들을 대강 챙겨 입은 다음 아이들 방으로 향했다. 세상모르고 자고 있는 아이들을 보고 있으니 웃음이 저절로 입가에 흘렀다. 세상에서 제일 잘생긴 아들, 제일 예쁜 딸. 바로 팔불출 아빠였다.

"내 생명보다 더 소중한 단우야, 단비야, 사랑해."

아이들의 뺨에 입맞춤을 하며 진한 사랑을 남긴 현준은 다시 침실로 돌아와 입고 있던 옷들을 벗어 던지고 그녀의 곁에 누웠다.
 그녀와의 사랑은 지치지 않았다.
 처음도 아니면서 처음인 듯이 설레었고, 그래서 더 뜨거운 밤이 그렇게 지나갔다.
 둘이 사랑하기에 아름다운 밤.
 하나가 된 두 사람을 축복하듯 창밖으로 보이는 밤바다도 조용하기만 하다. 그들의 사랑을 엿보고 싶어서.

 커튼 사이로 조금씩 밝은 빛이 보이기 시작하는 그때 린우는 그의 짓궂은 장난에 보복이라도 하듯 그의 가슴에 입술 흔적을 만들기 시작했다.
 쪼옥. 쪼옥.
 귓가에 들려오는 유혹적인 속삭임에 그의 짙은 눈썹이 꿈틀거리고, 눈꺼풀이 열렸다.
 "드디어 깼네."
 "누가 잠을 유혹적으로 깨워서 말이야."
 린우는 부스스 잠에서 깨는 그를 보면서도 침대 광고를 보는 듯한 기분이 들었다. 맑은 햇살에 눈을 뜨면서 기지개를 펴는 환상적인 모습. 정말 멋있다는 말밖에는 달리 할 말이 없었다.
 "잘 잤다."
 "잘 잤다고?"

"그래. 린우 넌 잘 못 잔 얼굴인데?"

"누구 때문이었더라?"

현준은 그녀의 입가에 슬며시 피어나는 미소를 보며 그녀에게 입맞춤을 했다.

사람의 마음을 움직이는 눈꽃처럼 하얀 미소가 피어나고 있었다. 마치 꽃봉오리가 입을 벌리듯 조금씩 벌리다가 이내 활짝 피어나는 것처럼.

"린우야, 우리 해돋이 보러 갈까?"

"해돋이?"

"응. 새로운 출발을 기념하는 의미로."

"좋아."

린우는 아무렇게나 벗어져 있는 옷을 입으려고 침대에서 일어났다. 하지만 생각보다 몸이 따라 주지 않았다. 다리가 후들거리고 엉덩이가 내려앉는 느낌이 들었다.

"윽, 아프다."

"많이 아파?"

"응. 아무래도 해돋이 보러 못 가겠다."

"그래서 옷을 입으려고 했어?"

"밖으로 나가야 하는 거 아닌가?"

"볼 수 있어. 여기서."

"어떻게?"

"바보, 창문 열면 보이잖아. 그러니까 시트로 몸을 감싸고 감상해도 될 것 같은데?"

현준은 벌떡 일어나 시트로 그녀와 자신의 몸을 감쌌다. 서로의 내려가지 않은 체온을 느끼기에 너무 좋은 방법이었다.

따뜻하고, 사랑스러운, 말랑말랑한 이 느낌.

시트 안에서 사부작거리는 그녀의 작은 움직임에 그는 참을성 없이 또 흥분해 버렸다. 현준은 귀여운 경고 멘트를 날렸다.

"백린우, 자꾸 움직이면 우리 해돋이 못 봐."

감미롭고 다정다감한 그의 목소리가 귓가를 물들일 때마다 솜털이 오소소 일어났다. 하지만 지금은 시치미 뚝 떼는 작전이 필요했다. 그녀는 몰랐다는 듯 순진한 얼굴을 지으며 창가를 향해 시선을 돌렸다.

"내숭쟁이."

"너랑 해돋이 보고 싶어."

"나도 마찬가지야."

어제는 그녀와 달빛을 보며, 별을 바라보며 사랑을 나누었고 오늘은 바다가 보이는 창문에 기대어 붉은 태양을 바라보았다.

모든 것의 시작을 알리는 해돋이.

아침을 알리는 태양의 역동적인 모습은 탄성을 내지르게 만들었다. 붉은 태양이 반쯤 모습을 드러낸 바다 위는 용암이 섞인 듯 붉은빛이 강렬했다. 바다를 사랑으로 물든 것처럼 열정적으로 보이게 만들었다. 밝고 영롱한 아침 태양은 온 누리를 환히 밝히며 제 모습을 완전히 드러냈다.

"와우, 멋있다."

"나보다 더 멋있어?"

"너보다 멋있는 건 이 세상에 없어."

현준은 그녀를 돌려 온몸을 완벽하게 밀착시키며 껴안았다. 어떻게 해야, 무엇을 더 해야 이 마음을 그녀에게 완벽하게 보여 줄 수 있을까?

"단우가 그동안 많이 힘들었나 봐. 남자라고 말이야."

"다 내 탓이야. 단우는 남자니까 엄마랑, 할머니랑, 단비를 지켜 줘야 한다고 말했어. 내가."

"네 탓 아니야. 다 내 탓이야."

어쩐지 눈물이 흐를 것 같아 현준은 숨을 몰아쉬었다. 일그러진 눈썹에 깊어진 시선, 힘이 들었다. 사랑하는 아내 앞에서 눈물을 보이고 싶지 않았지만 성과는 별로 없었다. 또로록 눈물 한 방울이 떨어지고 말았다. 현준은 얼굴을 내려 그 눈물을 그녀의 어깨 위에 닦았다.

"우리 새로운 마음으로 새 출발 하자. 칠 년이라는 시간을 헛되이 버렸으니까."

"현준아."

"그리고 나 있지? 레지던트 과정 시작해 볼까 해."

린우는 놀라움에 눈을 동그랗게 뜨고 그를 올려다보았다. 전혀 예상 못 한 일이었다. 하지만 이미 결정을 마친 것처럼 그의 눈동자에는 이해해 달라, 축복해 달라고 말하고 있었다.

"진짜야? 회사는 어떻게 하고."
"전문적인 경영인 두면 돼. 현정이도 있고."
"현정이?"
"후, 현정이가 경영학을 전공했거든. 나랑 달리."
"의사가 네 꿈이었지?"
"응. 물론 너 때문에 하려고 했지만 의사가 내 적성에 맞았던 것 같아."

린우는 몸을 돌려 그의 어깨에 얼굴을 살짝 기대었다. 그동안 제 길이 아닌 길을 가자니 얼마나 힘들었을까? 그 마음을 알고 있어서 그런지 감정의 변화가 오고 말았다. 그녀는 슬픔을 억누르는 듯한 표정으로 되물었다.

"나 때문이지?"
"아니야. 의사를 그만둔 건 내가 결정한 거라고."
"그래, 네 결정 열심히 응원할게."

린우 때문에 의사가 되겠다고 결심을 했고 포기를 했지만, 그녀가 곁에 있기에 해낼 수 있을 것 같았다. 의사가 되고 싶었고, 꼭 이루고 싶었다. 현준은 슬퍼 보이는 린우의 눈동자를 지그시 바라보다 그녀의 이마 위에 입술을 내렸다.

"집에 자주 못 들어갈지도 몰라."
"괜찮아. 내가 가면 되지, 뭐."
"진짜지?"
"이제 널 못 보는 건 상상할 수가 없는데, 뭐……."

현준은 보일 듯 말듯 옅은 미소를 지어 보이며 그녀를 안고 있던 팔에 힘을 주었다. 당장이라도 달려들 듯 안달 난 사람처럼 그녀의 어깨 위로 지그시 무게를 실어서 내 여자라는 낙인을 찍었다. 짙은 흔적이 남도록.

"나는 너보다 더해. 이제 만났는데 또 헤어져야 하다니 슬퍼."
"헤어지는 건 아니지. 떨어져 있는 거지."
"어쨌든. 많이 보고 싶을 것 같아. 너의 모든 것들이."
"사랑해. 영원히 사랑해."
"나도 사랑해."

 흔하디흔한 단어, 사랑해.

 너무 흔해서 그 뜻이 바래졌을지는 모르겠지만 그녀에게서 들으니 왜 이리 절절해지는지.

 고맙다는 말을 해 줘야지 싶었다.

"하자."
"또?"
"또라니, 병원 생활 하면 독수공방일 텐데."
"그런가?"

 현준은 그녀를 덜렁 안아 다시 침대 위로 눕혔다.

 그녀의 부드러운 살결을, 흐트러진 호흡을, 입 안 가득 머금었다.

 살 것 같다. 다시.

 부족함이 아니라 넘치게 채워지는 그녀, 백린우.

그녀만이 숨 쉬게 만든다.

현준은 그녀의 좁은 길을 다시 찾아들었다. 그녀 안으로 온전히 들어가자 그녀의 앓는 듯한 신음 소리가 들려왔다.

"으응."

"왜, 싫어?"

"아니, 해."

"얼마만큼?"

"하고 싶은 만큼 해, 해."

현준은 말을 잘 듣는 아이처럼 몸을 움직였다.

그의 전부를 품은 그녀도 그를 따라 움직였다.

추운 겨울이 더운 여름을 그리워하듯 겨울에 태어난 현준은 여름에 태어난 그녀를 그리워했다. 서로의 온기를 합하여 나누면 따뜻한 봄이 되지 않을까?

인생에서 새로운 봄을 다시 찾았다.

그 보답으로 사랑을 나누어야만 이 애잔한 마음을 그녀에게 전해 줄 수 있을 것 같았다.

영원히. 변치 않게…….

에필로그

에필로그

"아빠."

씨익 웃는 현준의 눈매가 매력적으로 휘어졌다. 며칠째 집에 못 들어갔는지 모른다. 하지만 일주일에 한 번은 병원으로 찾아오는 아이들 때문에 힘든 내과 레지던트 삼 년 차 과정을 이겨 내는 중이었다. 늦은 나이에 다시 시작한 길이기에 결코 만만하지가 않았다. 사 년이라는 시간을 의사와는 전혀 거리가 먼 사업을 했던 터라 전공과를 결정하고 다시 레지던트 과정을 밟기까지 이 년여가 걸렸다. 그 와중에 물심양면 옆에서 도와준 사람들이 많았다.

인턴 과정을 마친 병원으로 찾아가 교수님들과 선배님들을 만났다. 그들은 다시 공부를 해 보겠다는 자신에게 격려와 위로 및 실질적인 도움을 주었다. 하지만 가장 많은 도움을 준 사람들은 역시 가족이었다. 가족들이 있기에 힘이 솟는다.
"우리 아들, 또 왔어?"
"응. 엄마가 불안해하는 것 같아 온 거야."
"엄마가 불안해한다고, 왜?"
"병원에는 예쁜 아줌마들이 너무 많대."
"가자. 엄마한테."
현준은 병원 쉼터에서 단비와 놀고 있는 그녀의 모습을 두 눈으로 고스란히 담았다. 시선은 여전히 그녀를 향하고 있었지만 입술은 딸의 이름을 불렀다.
"단비야."
"아빠."
현준은 반갑게 달려오는 단비를 한 손으로 품에 안고 다른 손으로는 그녀를 안았다. 그녀의 어깨를 안으니 고단했던 시간들이 스르륵 녹아 없어졌다. 그녀의 살결을 느끼는 순간 불이 옮겨붙어 마음이 뜨거워졌다.
"보고 싶었어."
"나도."
"그런데 단우 말이 사실이야?"
"뭐?"
"남편을 다른 여자에게 빼앗길까 봐 겁나?"
"아, 아니야."

"난 또, 천하의 백린우가 그럴 리가 없지?"

그가 없는 집이 텅 빈 듯 공허하게 느껴지는 건 사실이었다. 어쩌다 걸려 오는 그의 연락은 심장을 덜컹거리게 만들었고, 더욱 보고프게 만든다. 아무래도 칠 년 동안 생이별을 해서 그런지 그가 옆에 없다는 사실이 불안함을 가중시켰다.

볼 수 없을 땐 어쩔 수 없이 참았다지만 삼십 분만 차를 타고 가면 그가 있는 병원이 있는데 굳이 참을 이유가 없었다. 그리고 하얀 가운을 입은 그의 모습을 보고 있으면 왠지 가슴 한구석이 뿌듯해진다. 그가 의사의 길을 포기했다는 것을 알았을 때 얼마나 마음이 아프고 짠했는지 모른다.

"맞아. 사실 불안해."

"내가 더 불안하다."

살짝 미소를 짓던 그의 얼굴에 어두운 수심이 드리워졌다. 아이들을 만난 지 얼마 되지 않아 함께 있지 못하고 떨어져 지내는 생활이 좋을 리는 없었다. 그리고 사랑하는 아내를 안지 못하고 참아야 하는 고통이 전공의 삼 년 과정보다 더 어려웠다.

"참, 우현이 곧 아빠 된다고 하던데?"

"정말 잘됐다."

"미안해."

"뭐가?"

"아이들이 자라는 모습을 보지 못하게 해서."

"됐어. 난 지금이 너무 행복해."

"나도."

살짝 눈을 치켜뜨며 애교를 부리는 그녀의 모습이 너무 예뻐 두 손을 올려 그녀의 뺨을 쥐었다. 아직까지도 그녀를 갖고 싶어 안달이 난다. 숨 막힐 듯 그립다.

"키스하고 싶다."

"나중에 해."

"지금 할 거야. 지금 할 거야."

어린아이처럼 투정을 부리며 그녀의 입술을 먹으려는 순간 '코드 블루, 코드 블루, ER 응급상황입니다.'라는 안내 방송이 들려왔다.

현준은 손을 내리고 한숨을 쉬었다. 아이들과도 놀아 주지 못하고 아내와 키스도 못 할 만큼 시간이 없고 바쁜 직업이지만 다시 포기하고 싶지는 않았다. 삼 년 차. 힘든 직업이었지만 보람도 있고 이제 일 년만 더 고생을 하면 아내와 아이들 앞에 자랑스러운 아빠의 모습으로 설 수 있었다.

"가 봐야겠다."

"그래."

"내일모레는 갈 수 있어. 그때 뜨거운 밤을 보내자고."

"어우야."

현준은 그녀의 입술에 짧은 입맞춤을 남기며 뛰어갔다. 린우는 그런 그의 모습을 보며 손을 흔들었다.

하얀 가운을 입은 남편의 모습을 보면서 사람은 자신이 하고 싶은 일을 할 때 제일 행복해 보인다.

이제야 모든 것이 제자리로 돌아왔다.

의사를 꿈꾸었던 아홉 살 소년의 꿈도.

남편과 아이들과 함께 평범하고 단란한 가정을 꾸리길 원했던 열 살의 어린 소녀의 꿈도.

모두 다 이루었다.

스물다섯 살의 백린우는 자신감이 결여되어 그에게 가길 두려워했다면 서른일곱 살의 백린우는 당당해졌고 행복해졌다. 외로움으로 몸부림치며, 아버지와 시어머니를 미워하는 마음으로 독하게 물들어 있는 마음이 이제는 가족이라는 한 울타리 속에 들어와 사랑으로 흘러넘쳤다.

엄마로서.

아내로서.

며느리로서.

매일, 매일 감사하며 사랑하는 사람과 더불어 행복한 사랑을 나눈다.

영원히…….

마침

작가 후기

작가 후기

2017년이 희망차게 시작한 지 두 달째, 정말 오랜만에 종이책으로 인사를 드립니다.

그래서 그런지 더 두근두근 설레고 흥분이 됩니다.

모든 시작은 늘 그렇듯 새롭고 설렙니다.

첫사랑도, 첫 임신도. 초보 엄마가 되는 기쁨을 누리는 첫 탄생의 순간도. 새로운 친구들과 새로운 만남을 시작하는 여러분들도 마찬가지죠.

처음은 서툴지만 아름답습니다.

이 책의 주인공 역시 풋풋한 어린 시절부터 예쁜 사랑을 시작합니다. 하지만 사랑을 완성하기까지는 많은 어려움이 있죠.

오해.

그 오해를 풀기 위해 두 주인공은 새로운 사랑을 향해 나아갑니다.

다시 헤어지지 않는, 함께하는 사랑을요.

로맨스는 늘 해피엔딩을 꿈꿉니다. 그래서 로맨스를 읽으면 마음이 따뜻해집니다.

추운 겨울날, 로맨스를 읽고 행복을 느끼시는 건 어떨까요?

이 책을 출간하기 위해 많은 도움을 주신 손도영 과장님, 정말 감사드립니다.

마지막으로 독자님들의 가정에 건강과 행복이 가득하시길 바랍니다.

2017년 2월
민은아